果然我的
青春戀愛喜劇
搞錯了。⑥.⑤
My youth romantic comedy is
wrong as I expected.
渡 航【Wataru WATARI】
繪者／ponkan⑧
日本小學館正式授權繁體中文版

果然我的
青春戀愛喜劇
搞錯了。
6.5
My youth romantic comedy is
wrong as I expected.
渡 航【Wataru WATARI】
繪者／ponkan⑧
日本小學館正式授權繁體中文版

渡 航【Wataru WATARI】
繪者／ponkan⑧
6.5
six and a half

Contents

Oneday, after school... Yukino&Yui
由比濱結衣
Yui Yuigahama
雪之下雪乃
Yukino Yukinosita

My youth romantic comedy
is wrong as I expected.
戸塚彩加
Saika Totsuka

果然我的青春戀愛喜劇搞錯了

My youth romantic comedy is wrong as I expected.

登場人物【character】

比企谷八幡……… 本書主角。高中二年級，個性相當彆扭。

雪之下雪乃……… 侍奉社社長，完美主義者。

由比濱結衣……… 八幡的同班同學，總是看人臉色過日子。

材木座義輝……… 御宅族，目標是成為輕小說作家。

戶塚彩加…………… 隸屬於網球社，非常可愛的男孩子。

川崎沙希…………… 八幡的同班同學，有點像不良少女。

葉山隼人…………… 八幡的同班同學，非常受歡迎，隸屬足球社。

三浦優美子……… 八幡的同班同學，地位居於女生中的頂點。

海老名姬菜……… 八幡的同班同學，隸屬三浦集團。是個腐女。

相模南………………… 八幡的同班同學，隸屬女生中的第二大團體。

戶部翔………………… 八幡的同班同學，負責讓葉山團體不會無聊。

城迴巡………………… 學生會長，高中三年級。

平塚靜………………… 國文老師，亦身為導師。

比企谷小町……… 八幡的妹妹，國中三年級。

1 平塚靜又一次下達新的命令

校慶一結束，秋意便更顯濃厚。

秋高氣爽，吹撫在臉頰上的微風也開始帶著些許涼意。通往特別大樓的走廊上沒有什麼人影。我感到一股寒意，便將身上的外套拉直整理好。一片靜寂之中，只聽得見自己腳步的響聲。

在這所學校，秋天總是轉眼即逝。

緊接著校慶的活動是運動會，然後是畢業旅行。

特別是我們這些二年級學生，秋天的行程可說是一個接著一個，搞不好三個活動連在一起的這段期間，就是至今為止最為青春的一段日子了。

也許這就是原因，整班、整個年級，甚至整間學校都讓人感到正在躁動。

反正高中生本身就是一群看起來心神不寧的傢伙。現在更是嗨到了最高點。

這也不奇怪，畢竟校慶讓全校師生上下一心（除了我以外），運動會不分敵友的大混戰（除了我以外），畢業旅行則是感情融洽的夥伴們的親密時光（除了我以外），全都能讓青春的一頁更添光彩。「除了我」的註解也下太多次了吧？聽起來像是某黑白分明的美味點心。轉一轉舔一舔再泡一泡牛奶大概會很好吃（註1）。

我並沒有因為提到甜食就滿腦子都是甜食，不過社辦的門一開，一股甜味便撲鼻而來。

「啊，自閉男，嗨囉～」

對方注意到進入社辦的我，立刻充滿活力地舉手招呼，頭上的丸子髮型晃啊晃的。

由比濱結衣。我的同學，同時也跟我一樣隸屬侍奉社。外表看起來是個普通的現代女高中生，照理說應該不是個會主動找我搭話的對象，卻在不知不覺間開始待在社團裡了。個性與其說讓人感覺像隻小狗，從動物習性的角度來看，也許以狸貓形容更為貼切。

由比濱前面的桌子上擺了滿滿的點心，看來她們正準備開始享受放學後TEA TIME（註2）。

霧氣自馬克杯冉冉升起。紅茶從茶壺緩緩注入位於一旁、略顯樸素的茶杯內。

註1「除了我（俺を除く）」日文發音前半同OREO，知名餅乾品牌。

註2 動漫作品《K-ON！輕音部》中由主角們組成的樂團名稱。

拎著茶壺的人以她修長的指尖，撥了撥一頭烏亮的黑長直髮。淨白的側臉有如白瓷一般，在夕陽的照射下，泛起一股紅茶般的朱紅。

我並不是非常清楚下午茶的禮節，但是對方——雪之下雪乃的一舉一動，卻能讓人感受到她的優良教養，就算說她是某地出身的貴族，也會讓人不禁相信。

當茶點都準備完畢，雪之下靜靜地坐下。

「那麼，我們用茶吧。」

雪之下一開口，由比濱緊接著雙手合十。

「我開動了。」

「請慢用。」

總覺得兩人之間的互動有股扮家家酒的味道，但是因為現場氣氛太過完美，實在不太適合這麼吐槽。如果問我，此時此刻這間教室裡最多餘的東西為何，我敢肯定絕對是我自己。

搞不好這就是原因了吧——桌上茶點獨獨不見我的份。只漏了我什麼的拜託不要嘛……這跟之前做演唱會的一日工作人員，結果只有我的便當沒附筷子那情況根本沒兩樣啊。我人生中可就只有那麼一瞬間想學起印度人用手吃飯。雖然附近就有超商所以沒這麼糟……該死的場控。

「啊，自閉男的份……」

茶杯靠在嘴邊，將似乎是手工製的瑪芬大口吞下後，由比濱開口道。

雪之下似乎也注意到了這件事，悄悄地將茶杯放在茶几上，眼光掃過桌子周圍。想當然，並不會有什麼剛好多出來的杯子。

但是，不必擔心也不必掛慮。真正的獨行俠總是隨時隨地準備好當個獨行俠。說到底本來就沒人會顧慮我啦。

「沒關係，我自己有準備。」

我從書包裡「唰」地抽出了外觀呈現黑黃相間的警戒色、一副危險物品包裝的飲料。打從第一口便是高潮狀態（註3），沒錯，就是MAX咖啡。與其說什麼高潮，不如說打從一開始就是笑點所在。

我坐上平日坐著的位置，拉開了M罐（MAX罐裝咖啡的意思）拉環。咖啡稍微放涼到溫度恰到好處的時候，煉乳濃稠甜味的破壞力會顯得更為強勁，內行人就是喜歡這一味。以糖分含量來看，這玩意要是哪天被自衛隊正式列為軍糧也不足為奇。

山難就靠MAX咖啡。推薦爬山的時候帶在身上。

每個人手上都有了飲料，於是雪之下慢慢地拿出了筆記型電腦。如果是擔任校慶執行委員那段期間還沒話說，現在雪之下隨身帶著筆電的原因還真讓我無法理解，只能一臉呆看著她。先不提這個，「筆電」跟「不穿內褲」兩者猛一看還滿像的

註3　出自特攝作品《假面騎士電王》角色桃太洛斯的名臺詞，亦為niconico動畫流行語。高潮的原文「クライマックス（climax）」中亦包含MAX。

對吧（註4）。「不穿內褲」「不穿內褲」「不穿內褲」「不穿內褲」「不穿內褲」，以上五個詞之中有一個其實不是「筆電」而是「不穿內褲」。到底是哪一個呢？請作答！

就在我腦內正進行一個人的機智問答同時，大口吃著瑪芬的由比濱也以一臉不可思議的表情，探頭瞪著雪之下手上那臺筆電。附帶一提，剛剛那題問答的正確答案是「以上皆不穿內褲」喔！

「小雪乃怎麼會帶著那個？」

「平塚老師又塞了新的事情給我。據說是新的活動內容……」

將電源開啟，正等待電腦開完機的雪之下做了簡短的回答。不過看來雪之下對於活動內容本身也不是很清楚。

因為電腦稍微舊了點，整個開機過程需要一些時間。這段期間，雪之下將手放在下巴，擺出平常思考時的標準姿勢，眼睛直盯著螢幕。

受到雪之下的影響，我跟由比濱也從她的背後探頭往螢幕一瞧，只見從沒更換過背景圖片的桌面上，擺著一個名為「**Read me!**」的文字檔案。

桌面上找不到其他跟工作有關的檔案。雪之下伸指滑動游標，點擊了那個檔案。

註4　筆電的日文「ノートブック・パーソナル・コンピュータ（notebook personal computer）簡稱為「ノーパソ」，不穿內褲「ノーパンツ（no pants）」簡稱為「ノーパン」。

各位侍奉社成員：

做為侍奉社新的活動內容，即日起開放以電子郵件進行煩惱諮詢。
本活動命名為「千葉通煩惱諮詢電子信箱」。
請所有成員各自努力，盡力解決大家的煩惱。

侍奉社指導老師　平塚靜

讀完以上極為簡潔的文章之後，在場三個人的反應大相逕庭。

「……原來如此，我大致理解了。總之只要對寄來的諮詢做出適當回答，然後回信就可以了吧。不過到底會有多少人來信諮詢呢……」

比起活動內容，雪之下更在意的似乎是運作層面的事，一會瞇起單眼，一會雙眼直盯，反覆讀著文章。

另一方面，由比濱則是瞪大雙眼。

「那個，平塚老師以前有這麼正經過嗎……」

不愧是由比濱，驚訝的點完全符合自己的個性，我都快把對方簡稱為不愧濱同學了。

「不不，老師的郵件一向是這樣。平常給人的感覺並非如此，所以還挺讓人意外的啦。」

「原來如……咦？」

由比濱像是在想些什麼，隔了一段時間後，突然轉頭再次看了我一眼。

也是啦，我能體會由比濱為何如此驚訝。老師總是如此，該說是大老粗呢還是大黃蜂呢還是大雪崩呢還是大獸神呢……至少彬彬有禮或清秀可人或一本正經等印象，可以說是近乎於零。

「老師基本上也算是個正經的成年人吧。」

話一出口，由比濱和雪之下兩人不約而同地用訝異的眼神看著我。

「……你的說法聽起來像是常常和老師互通電子郵件一樣呢。」

雪之下以冷冽的嗓音拋出這句話，雙手靜靜地交於胸前，以銳利到彷彿能貫穿人的視線瞪著我。但我可不覺得這種事有什麼要被人瞪的理由。

「與其說是互通郵件，不如說是那個啦，單方面的來信啦。電子報啊亞馬遜啊麥當勞啊那種類別的感覺。他們偶爾會寄那種超長的郵件來嘛。」

「……是嗎。反正與我無關。」

雪之下簡短回答後，便轉身面向電腦。喀噠喀噠的鍵盤音聽起來明顯比剛剛大上許多，中間夾雜著些許呢喃。

「長文郵件……我似乎想到些煩惱諮詢的內容了呢。」

總覺得由比濱碎碎念的模樣有點可怕……不，老實說我也想知道避免收到長文郵件的方法喔？因為如果不回信的話，下一個來的就是電話……

正當我也準備動手寫煩惱諮詢信時，雪之下的打字音停了下來。

「馬上就有人來信了呢。」

「啊，還真的有人會寄啊。讓我瞧瞧～」

由比濱繞到雪之下的後方，從背後摟住她的肩膀。能夠自然而然地與對方做出肢體接觸，不愧是位於校園階級頂端的女孩子。

「……很重。」

雪之下碎碎念了兩聲。是說到底是什麼東西很重咧？雖然我對於這點非常有興趣，但是繼續追問這點的結果絕對是自討苦吃，所以我決定當作沒聽到，開口問了另一件事。

「來信內容是什麼？」

「我看喔～筆名腐生物（註5）……這個表情符號樣子好怪喔。」

ＯＫ，我大概知道這封信是誰寫的了。

「那封信可以不用繼續讀啦。」

我一開口，電腦前坐著的雪之下似乎與我意見相同，像是為了止住頭痛而伸手壓住自己的太陽穴，小聲嘆了口氣。

「是啊，我也猜得出來。」

「還、還是姑且讀一下啦！我念給你們聽好了！」

註5　日本twitter流傳的表情符號「┌（┌＾o＾）┐ホモォ……」，原用來影射喜歡BL作品的女性，後經二次創作等影響而成為一種網路模因。

由比濱伸手扯了扯雪之下的袖子。雪之下雖然感到有些厭煩，但是碰上這種如小狗般的懇求方式，似乎也沒有辦法狠下心拒絕。雪之下一邊將由比濱的手移開並要她把手縮回去，一邊開口說：

「我知道了，不要再扯我的袖子了。就姑且聽聽吧。只是姑且喔……」

「好！那我開始讀囉！」

由比濱開始念起郵件。雪之下顯得不情不願，但還是擺出了聆聽的姿勢。

妳實在是太寵由比濱啦。這是什麼情況，某公主雙月刊（註6）嗎？我看著兩人搞輕鬆百合，散發出的氛圍美妙到令人不禁微笑。由比濱繼續念了下去：

筆名：腐生物先生／小姐的來信

自校慶以來，班上某些男同學（H同學跟H同學（註7））的關係讓我感到非常在意。

雙方都太過關注對方的一舉一動了，我覺得這非常的腐恰當！H×H什麼的——猥瑣！超猥瑣！超讚的多來一些吧。

我認為兩人之間的關係可以再親密一點，但又覺得維持現在的距離感比較有配

註6　影射日本一迅社以女性間的戀情為主題的連載雙月刊《コミック百合姫》。漫畫作品《輕鬆百合》於此連載。

註7　比企谷（Hikigaya）與葉山（Hayama）姓氏開頭字母皆為H。

飯空間，這讓我感到相當苦惱。請問我應該選擇哪條路？

「腐恰當」這詞到底是不是單純的打錯字，我覺得可能需要討論。

話說回來，這傢伙到底是在煩惱什麼啊……首先H×H是指啥，說好不提的某獵人？

我不禁苦惱了起來，由比濱臉上也浮現一抹苦笑。雪之下則是早就不管什麼煩惱諮詢，沉溺於手邊文庫本的世界中。我瞭解妳不想和對方扯上任何關係，但這種應對方式妳不覺得太超過了嗎？

眼看雪之下決定無視這件事，另一邊的由比濱則是交互盯著我的臉和電腦螢幕，尋求我的意見：

「這、這該怎麼辦呢……」

問我我也很困擾喔。這種某男同學們的超展開……

「不，就算妳問我……與其說有兩條路可選，不如說是進也地獄退也地獄……」

「對聽的人而言也是地獄呢……」

這傢伙形容得挺不錯的嘛……雪之下將文庫本輕輕翻頁，轉頭看著我跟由比濱：

「這件事存在所謂的解決方法嗎？」

「……沒有呢。抱歉，自閉男。」

由比濱深思了一會，轉過頭來，一臉愧疚地向我道了歉。這是什麼沉重的氣氛……不要放棄急救啊！

「話說回來，妳們兩位能不能別斷定H同學就是我？」

雖然我心裡也明白事實如此，表面上可不能就這麼承認，只好試著開口抗議。然而，由比濱也擺出一張不滿的臉。

「可是，姬菜不是很常提到嗎……」

原來我一直以來都像這樣被當成話題……雖然自己不在場也能成為話題的焦點，可說是紅人的證明，我卻一點也高興不起來。倒不如說，這應該歸類在我最司空見慣的造謠中傷裡面？這樣形容還比較貼切，我也比較釋懷。

雪之下將書籤夾回文庫本，把書闔上。

「不過，比企谷同學根本不可能跟任何人關係良好，所以這個煩惱本身就不存在，沒錯吧。」

「原來如此。那麼煩惱就解決了！」

兩個人像是慰勞努力過的自己一般，再度用起茶來。

這是怎樣？雖然「H×H」一說能獲得否定很好，但是我的人格也一併被否定掉了。

「……問題能夠解決是不錯，但接下來要怎麼辦？是不是回個信比較好？」

我試著問，由比濱和雪之下兩人將手抵在下巴，思考起來。

「啊，對喔……這是煩惱諮詢，所以還是得回信。」

「那麼，比企谷同學，麻煩你了。」

「為何是我……」

離電腦最近的人的確是我沒錯，但這個跟離開桌爐的人要幫忙拿橘子沒兩樣的規則是怎麼回事？現在是在我家嗎？

我毫不掩飾地散發不滿，露出一雙死魚眼，直盯著兩人瞧，由比濱便馬上很不自然地補了一句：

「那、那個啦，因、因為，你的國文不是很厲害嗎？」

「雪之下的國文成績比我還高吧……」

我終究只是全學年第三名。第一名可是雪之下。說起這傢伙，就連其他科目的排名也全都比我還高，所以這已經不在什麼不甘心之類的次元內，而是到達了欽佩起對方的地步。

然而，雖然不會不甘心，讓人不爽這點可是一點也沒變。理由就是這傢伙只要跟成績或是輸贏有關的事，對我總是擺出一副恃勝而驕的表情。

現在的雪之下也正輕閉雙眼微笑著。雖然表情一臉平穩，但從撥弄頭髮的動作就能感覺出對方充滿了自信。

「比企谷同學，重要的不是成績。」

「不然是什麼啊。」

「真摯的態度……雖然對你可不能要求這點呢……」

雪之下馬上回答了我的問題，然而話說到一半，表情便顯得訝異，眉頭也皺了起來。

甚至連由比濱也雙手交於胸前陷入思考，開始發出低吟。

「幹勁……似乎也沒有。」

「溝通能力也不行呢……比企谷同學，你到底有什麼可取之處？」

「少給我歪著頭做出那種疑惑的表情。」

就是因為這個一臉呆滯的表情很可愛，才讓人如此生氣……

我的可取之處明明多得數不清好不好？就像是什麼，該怎麼說、那個……充滿親情愛之類的。不過此話一出口，我大概又要被說是妹控一個，所以還是不說為妙。對了，就是這點。這種學習能力也可以算是我的可取之處。只可惜是個讓人變得越來越自閉的負面能力。

我對於如此作賤自己的態度感到一陣悲哀，由比濱見狀便開口打圓場：

「啊，可是寫文章的速度很快啊！」

雪之下一聽，也點了點頭。

「的確。雖然做事不認真，花費的時間比較少也許是真的。比企谷同學的手腳很快。能夠找到可取之處真是太好了呢。」

若被別人一臉笑意地說了這些話，那還真是一點也沒辦法回嘴。我只能長嘆一口氣，乖乖聽話。

「……我知道了，總之這封信我來回。」

實際上，這封信的確是由我來回覆比較合適。要是雪之下動手，內容絕對是極盡尖酸刻薄之能事，由比濱則是會做出搔不到癢處的結論。

我將筆電移至面前，喀噠喀噠地敲起鍵盤。

【侍奉社的回答】

雖然令人不願斷言，但這個所謂的「H×H」，是否只是您想像上的存在呢（註8）？

不，也許這樣的猜測完全是錯誤的，然而我只是希望做為其中一種可能性，而提出此點看法。望您諒解，對於只能依賴文章內容做出判斷的「千葉通煩惱諮詢電子信箱」，這已經是極限了。

用力按下Enter鍵，我將宛如能幹的精神科醫師做出的回答當成回信送了出去。也許是滿足感所致，放涼了的MAX咖啡感覺非常好喝。

正當我心中想著「又完成一樁苦差事了——」的時候，一則視窗跳了出來。

「好像又有一封信寄來囉。」

註8 日本知名精神科醫師林公一的名言。

我對著剛重新沖完一壺茶的由比濱和雪之下說。

「那就請你念出來吧？」

筆記型電腦的體積並不大。雖說如此，比起刻意搬動這臺電腦，由我念出來還是比較好吧。

「嗯。筆名——我是姐姐喲寄來的信。」

話一出口，正在倒茶的雪之下手僵在半空中。

「……這封信我想是不用念了。」

從這反應判斷，我也察覺到寄件人是誰了。嗚呼，的確像極了那個人會做的事……

「還會有從校外寄來的信喔……」

我感到不寒而慄。到底是用上了什麼樣的宣傳手法，才能獲得如此神力啊。身旁的由比濱一邊晃著頭，一邊看著我和雪之下。看來她還不清楚寄件人是誰，由比濱傷腦筋了一會，忽然用力敲了一下掌心。

「啊！是陽乃姐姐嗎！」

正確答案。

「也對，這的確是她會做的事。仔細想想，根本就沒什麼好驚訝的……」

雪之下說是這樣說，還是很可怕啊。這個人到底是有多在意自己的妹妹啊？而且到底是有多閒啊？

「……總之我還是念一下吧。」

【筆名：我是姐姐喲先生／小姐的來信】

嘻～哈囉～！聽我說聽我說！

最近我妹妹對我實在是好冷淡喔 ><

我想要和她關係再好一點的說～幫忙想個辦法吧☆

交給你囉，比企谷♡

「……」

我和由比濱啞口無言。而且這封信還指名要我回答……

聽完來信內容的雪之下不停翻著手上的文庫本，看起來非常不悅。

「只要對方還會發這種信，我跟她關係就沒有辦法變好。是不是首先該從這個地方開始改進呢？」

本人都這麼說了，這樣回信應該不會有什麼問題吧。

我照著雪之下所述，將內容輸入電腦。不過，雪之下的說法是有些太過直接，所以我幫她翻譯成現代語言。若招惹來更多糾紛可是麻煩的一件事，這姑且也算侍奉社的工作之一，對吧？妳們要吵請在自己家吵囉？

「差不多就這樣吧……」

我一邊喃喃自語（專長），一邊注視著自己寫的文章。

【侍奉社的回答】

您被令妹討厭的主要原因，應是來自您企圖完全掌握令妹的一舉一動，並插手干預的行為。要不要試著回顧自己至今為止對於令妹的言行舉止呢？

當我正在確認文章時，由比濱悄悄地站起來，偷偷溜到了我的身邊。

我用眼神問她「有什麼事嗎？」由比濱便將食指放上嘴邊，輕輕眨了幾下眼睛故作神祕。

由比濱一站到我的身旁，便稍微屈身，伸手敲起鍵盤。每打一個字，夾雜著粉紅色的一頭棕髮便晃啊晃的，散發出一股花草系香水的味道。

嗚咿……距離好近喲……

我不自覺地稍微後仰了一些。就算千葉盛產哈密瓜，那兩顆飽滿的哈密瓜實在是有些危險啊……

我僵直身子，思考著這傢伙到底想幹什麼。看來她在文章的後面又多打了幾句話。

小雪乃說是這樣說啦，不過我覺得她身段已經比之前要柔和許多了。我認為您

可以再等一段時間看看。

看著後面加上的這行文字，我不禁笑了出來。完全就是由比濱會寫出來的句子。只是我不認為看到這句話的陽乃會乖乖照做。

就算如此，經過那場校慶，雖然只有一點點，我還是認為雪之下姐妹之間的關係有往前進了。由比濱一定也有相同的感覺。

只是，前進的方向不得而知。那對姐妹之間所存在的真實到底為何，我現在還不知道，恐怕以後也不會知道了。所以，我們現在能夠說的就只有這麼多。

重新讀過一遍，檢查完文章的由比濱悄悄地將手放上我的肩膀。

我順著由比濱打的信號，將信發了出去。

送件匣顯示的數字成為0的同時，收件匣的旁邊跳出了1的數字。似乎又有人來信了，我直接點進收件匣，並且打開未讀郵件。

郵件一開啟，由比濱便叫了一聲。

「啊，是優美子。」

的確，寄件人一欄寫著的是 yumiko ☆。雖然名字的後面跟著個☆符號，但是要說起這間學校叫做 yumiko 的人，第一個會聯想到的就是三浦。

「就算是這種情況也用本名硬上嗎……」

「優美子一直是如此坦蕩蕩……」

由比濱啊哈哈地苦笑了幾聲。

不愧是女王。由於雄踞校內食物鏈的頂端，本人可說是毫無自衛本能。要說這所學校能夠給予三浦傷害的人，也就只有雪之下這種異端般的存在了吧，所以其實沒什麼差。

只是，這同時也是一件頗為危險的行為。校內倒還好，在這資訊時代，尤其是於網路上暴露個人資料一事，可說是頗具風險的做法。我國中時也有電子信箱位址和電話號碼被人貼到交友網站上，因而交到了大量筆友，並對著假帳單發抖的一段過去。真的超可怕。

雖然有些多管閒事，但我認為還是提醒一下對方這件事的危險性為妙。

「由比濱。在網路上使用本名不全然是件好事，我覺得應該要提醒一下對方。」

「咦?這種程度應該還好吧?」

「嗯，現在的確是還沒這麼糟。不過要是不把念頭放在心上，可是會日趨嚴重的。」

只是名字應該沒關係吧，只是照片應該沒關係吧，只是一些當天的流水帳應該沒關係吧，事情一件一件分開看也許沒什麼大不了，但若結合起來，要人肉搜索出特定人物可謂易如反掌。

我將理由簡單說明給由比濱聽後，雪之下便闔起手上的書，欽佩地點了點頭。

「不愧是比企谷同學，對於風險管理有著獨到的見解。在班上也從不提起自己的名字，看來不是沒理由的。」

「我只是名字沒被人記住而已。」

我一回嘴，雪之下便一臉嚴肅，做了個感到抱歉的表情。

「哎呀，原來是這樣……真是抱歉，婚禮小物（註9）同學。」

「小雪乃，再怎麼說這種搞錯法也太離譜了吧？」

「沒錯。我可不是如此令人喜悅的存在。」

「連回嘴方式都好卑微！」

不，與其說我一點也不覺得受傷，倒不如說實在是已經習慣了。

「比起這種事，三浦的信內容是什麼？」

雪之下端正姿勢，重新面向我。不不不，什麼叫這種事啊這位小姐？

然而，由比濱似乎也不特別在乎，自顧自地轉頭盯著電腦並開始大聲朗讀。

「我看一下……」

【yumiko ☆先生／小姐的來信】

總覺得相模很煩。

註9「ひきでもの」，音近比企谷。

直球！是直球一招決勝負呢！製作人先生（註10）！搞什麼直球決勝，妳是哪來的天使嗎（註11）？

面對這封信，由比濱也只能苦笑。

「啊、啊哈哈……不過，有點不像是平常的優美子呢。」

「是嗎？感覺就是那傢伙會說的話啊。」

我反倒覺得，她在我的印象中可是能夠毫不在乎地說出更為惡毒的話語。

「的確不像平常的三浦同學。」

意外地，從雪之下同學那裡傳來了反對意見。我用眼神示意對方說明，雪之下便撥了撥落在肩上的長髮，回答我的問題：

「若是三浦同學，這種事情應該會直接向本人說吧。」

「啊——原來如此。也是啦，說起來妳也是同一種類型呢。」

「請不要把我跟她歸為同類。」

雪之下擺出一臉老大不愉快的樣子撇開了臉。雖然我覺得沒什麼兩樣，但在本人心中，自己和對方似乎存在著明確的差異。也許是對被歸到同一類這件事頗為不滿，雪之下朝我瞪了過來。

註10 偶像大師中天海春香常用的句型。

註11 出自動畫《Smile光之美少女》角色綠川直變身成旋風天使時的臺詞：「勇氣凜凜，直球決勝！旋風天使！」

「而且，我最近很少這樣做了吧。因為有些人講了也沒用。」

「啊哈哈，自閉男真的是無藥可救呢。」

由比濱有些呆愣地笑著同意，然而雪之下卻小小地嘆了口氣。

「妳也是。」

「連我也被放棄了嗎！」

……妳這不是直接對著本人說了？

是說直接向本人明講的做法也很有問題。話說回來，三浦和雪之下兩人真的很像呢。雖然類型可謂完全相反，但是就本性層面來看，她們所擁有的素質也許頗為相似。也許正因為如此，兩個人之間才會存在互相無法忍受的部分吧。

女孩子真是種複雜的生物啊。我一邊想著，一邊隨手操作電腦，便注意到三浦的信其實還有下文。

「好像還有下文喔。」

「咦？啊，真的呢。」

由比濱也注視著螢幕。雪之下注意到由比濱的樣子，便點點頭，用眼神示意她念下去。

該說是意志消沉之類的嗎？整個人在那裡憂鬱，氣氛都變差了。

總之很煩。

聽由比濱念完文章，雪之下輕輕將雙手交於胸前。

「……也就是說，其實是看到對方沒什麼精神，所以有點替對方擔心嗎？」

「好像是這樣。很像優美子會做的事呢。」

由比濱臉上浮現溫暖的微笑。

也許是因為看到了由比濱的笑容，連我都開始覺得三浦似乎是個好人了。

的確，現在回想起來，之前三浦和由比濱在教室裡僵持不下時也是，網球比賽時由比濱替侍奉社加油之後也是，三浦一直都把由比濱當作朋友相處。我認為一般而言，這是不可能發生的事情。在校園階級之下，派系鬥爭所造成的仇恨是永遠不可能抹去的，當對立已經造成，剩下的就只有無法掌握主導權的一方離開一途。離開的人若是沒有辦法跟下一個階級的人混熟的話，通常就只能走上獨行俠之路。

由比濱至今能夠待在頂層階級的理由，她本人的溝通技巧當然是其中之一，此外葉山不喜歡招惹風波的個性可能也多少幫上了一些忙。但是最關鍵的部分，應當還是在於三浦本人的個性。

身為一位女王，必須具備不因繁瑣小事而動搖的寬大胸襟。我想這就是女王被稱為女王的理由。

……正因如此，這封信代表的應該不是什麼三浦的溫柔心意，而是三浦真的覺得對方很煩，但又覺得因為覺得很煩而跟直接跟對方表明很煩的自己很煩，這種複雜的思緒吧。怎麼能夠如此複雜有夠煩的。

思考了一陣子卻似乎得不到答案的雪之下放下交於胸前的雙手，對著由比濱問道：

「實際上相模同學的狀況究竟如何？」

「嗯——那個，該怎麼說呢……」

由比濱含糊其詞。我接著她的話繼續說了下去：

「的確是很煩。基本上相模本人雖然一臉開朗，但是該說跟相模一夥的人在顧慮她呢，還是本人在強迫其他人顧慮呢……」

「那還的確是讓人厭煩呢……」

雪之下露出一臉束手無策的表情。光是用聽的反應都如此了，對於身處同一個班級的我們來說感覺更是強烈。

也許那股顧慮著相模的氛圍，就是造成班上氣氛不佳的原因了。

「……關於解決辦法——」

「啊，沒有問題的。不用多久就會平息。」

我打斷了說到一半的雪之下。雪之下用訝異的表情看了我一眼。

「什麼意思？」

「只是因為校慶才剛結束沒多久，相模那夥人還在鬧彆扭而已啦。不用多久就會恢復到平常的樣子了。」

一陣短暫的沉默之後，雪之下試探性地開口問道：

「所謂的鬧彆扭，是指校慶時你跟相模發生的那件事嗎？」

「八九不離十吧。從氣氛感覺得出來。」

此話一出，由比濱並未對我表示肯定或否定，而是輕輕嘟起嘴巴，做了個不滿的表情。她的反應讓我更加確信自己的想法了。

果然相模那夥人有在我背後到處說些有的沒的。比企谷八幡到底有多麼心狠手辣，多麼陰險惡毒之類的。

真要說起來，這就像是反比企谷團體正在進行政治遊說一般。我對於這種攻擊手法雖然早就習慣，讓人感到不快這點卻從來不變。對方若能乾脆點完全忽視我還好些，但是在眼前晃來晃去，如蚊子般在耳邊嗡嗡亂叫的話，多少還是讓人感到不爽。

只不過，讓人感到欣慰的是，三浦對於這件事感到煩擾。從我的人生哲學「敵人的敵人就是朋友」來看，三浦在這件事情上頭就是站在我方的人。討厭啦騙人三浦站在我這邊什麼的人還不錯嘛，滿溫柔的說，感覺都要喜歡上她了！絕對不可能好嗎！我默默地在心裡感謝三浦，或者說對三浦抱持著一股共犯般的感情，便聽到旁邊傳來一聲輕嘆。

「但是，那樣的感覺還是不太好……我也不喜歡、被說壞話……」

我稍微轉頭望去，只看到由比濱低著頭，手緊握著裙角，無法窺見臉上表情。

「由比濱同學……」

像是對那細微的嗓音做出回應般，雪之下也以輕柔的口吻叫了對方的名字。由比濱似乎因此回過神，猛然抬起頭來。

「那、那個！聽到別人的壞話不是都會感到不好受嗎！」

……嗯。該怎麼說，實在是個溫柔的傢伙啊。不過我可是一點也不溫柔。

「我聽到別人的壞話可是超愉快的。」

「個性超爛！」

由比濱大喊，另一方面雪之下則是一臉冷靜，嘴角勾起一抹微笑，以比起平時還和緩的語調說道：

「比企谷同學才不會享受聽別人壞話呢。」

……喔喔，怎麼了？這傢伙其實也很溫柔？正當我對聽見意外的聲援而驚訝之餘，由比濱也同樣呆了一會，然後點了點頭。

「說、說得也是呢。自閉男雖然個性腐敗，但還是……」

如寒冰般冷冽的聲音，迅速打斷了由比濱說到一半的話。

「會說他人壞話給比企谷同學聽的人，不是一個也沒有嗎？」

「理由太悲哀了！」

由比濱嗚咽著。不不不，該難過的人是我才對吧？搞什麼，差一點點我就要感激流涕了啊。

「但，這是事實吧？」

雪之下面對著我，露出全場最有看頭的一抹冰之微笑。

「大致上來說沒有錯，所以我無法否定……」

我真的沒有其他話可說了。怎麼，這傢伙的比企谷檢定級數到底多高啊？我傻眼地看著雪之下，但是雪之下根本不在意我的心情，清了清喉嚨又往下繼續說：

「總而言之，我們還是更加瞭解F班的情況，以及相模等人的動向之後，再做出適當的應對吧。當然，我也可以跟相模同學直接反應，但這只會讓情況惡化……」

看來雪之下為了解決問題，似乎要採取一些更具體的行動。然而，我不認為這樣的行動存在任何意義。

「不，這件事情就算放著不管也會自然平息，所以我認為什麼都不用做。畢竟不會有什麼實質損害。」

就我的意見，現在相模受周遭同學顧慮的現象只是暫時性的。校慶結束後日子並沒有經過多久，才會造就這股風潮。這只是他人為了掩飾自己近日所出過的糗，而把矛頭瞄準比起自己還要糗的對象罷了。對於自己默不出聲也會自動平息的事情，勞神費力也未免太傻。

然而，雪之下似乎無法認同，轉頭目不轉睛地瞪著我。

「……實質損害是有的。」

「對、對啊！畢竟氣氛不好也很讓人困擾呢！」

由比濱積極同意。如果兩個人都這麼有幹勁那也沒辦法。要多數決的話我也只能服從她們的決定。

「……也不是不行啦。」

我勉勉強強接受，雪之下便一臉滿足地點了點頭。

「那麼，我們先去查看相模同學的情況，看看能不能找到些解決辦法的線索。」

說是這樣說，現在已經是放學後了。相模一夥人早就回家了吧。

「那，總之今天已經沒有能夠處理的事囉。」

「是啊……時間也差不多了，我們回去吧。」

我們從椅子上站起，各自收拾收拾，準備回家。

今天侍奉社的活動成果，是稍微敷衍了海老名的妄想，建議陽乃維持現狀，以及對於三浦信上所提到的事情藉故推遲。非常出色地一件事都沒做。

我覺得這社團的活動實在是太誇張了，一方面由比濱則是將書包背上肩，並且鼓起幹勁。

「嗯，明天開始努力吧！」

明天開始努力。真是一句好話。好到讓人想要每天都講上一次。

2 如今，與城迴巡再次相逢

俗話說，眼睛能傳達的訊息跟嘴巴一樣多。要形容得更精確些的話，就是比起一張嘴還要煩人的東西叫做視線。

一天的課程已經結束，到了放學前的導師時間（SHR）。以小學生的方式來說的話，就是回家時間。

老實說SHR這詞實在是有些艱澀。第一次聽到的時候我還以為是要舉辦北美大陸橫斷競賽（註12）咧。

今天也感覺到了像是黏在自己身上般的視線，於是我偷偷地往後一瞧。因為平時完全不受人注目，所以我對於這種氣息可是很敏感的。這習性也太悲哀了吧。

註12 指《JOJO的奇妙冒險》第七部「飆馬野郎」劇情。原文副標為「Steel Ball Run」，簡稱SBR。

然後，我一回頭，便看到了那些傢伙（註13）。

班上的女孩子們。什麼嘛原來我這麼受歡迎喔，有這麼一瞬間我這樣擔心著，不過想當然事實並非如此。

緊瞇成新月般的一道道眼神，像是訴說著對我的侮辱以及嘲笑。我看了看，便又將頭轉了回去。於是後面傳來一陣尖銳的笑聲。夾雜著好奇和厭惡的眼神持續灼燒著我的後頸。

這些眼神的來源，並不是三浦為主的校園階級頂端那群人，而是下面一層的團體。而位於團體中心的，便是目光朝下、擺出一臉我好受傷喔我好難過喔表情的相模南。

雖然說不上是嫌隙，然而我與相模之間的確是稍微有些隔閡。是說我和這間學校大部分的人之間都有隔閡啦，不過與那種沒有交集而產生的隔絕不同，而是純粹的感情鴻溝，或者可謂因惡意而產生的隔閡。

這種隔閡最麻煩了。

當作對方不存在的完全無視——若是這種沒有交集的隔絕，則雙方之間便能保持一定的距離，維持兩邊的平行。

但是，因為感情而改變了立場的情形則不一樣。就算想要拉開距離，總有一天雙方還是會在某處撞上。

註13 原文為著名日劇《振り返れば奴がいる》，中譯《活得比你好》。

若是厭惡一個人到完全不想與其有任何關聯的話，就只能徹徹底底地無視對方。那正是像呼吸一般自然的無視，可謂無視的理想型態。討厭一個人的方式也是有訣竅的。

大家心不在焉地聽完導師的交代事項，一個個站了起來。

馬上飛奔出教室的人，總之先和隔壁座位的同學聊起天來的人，慢慢整理自己東西的人等等，每個人都不一樣。

我則是身兼收集三浦一事的情報，一邊緩緩地散發出似乎還有事情要處理的氛圍，一邊於教室裡遊蕩。

就是因為時間已值放學後，那種不知該不該說是高中生的感覺才顯得更為濃厚。在那之中，聚在教室後方的人們，以及葉山、戶部還有三浦等人，正可說是走在他們的青春之路上。

「那，我去社團活動囉。」

「好~掰掰~啊，結衣。我禮拜六要去買東西。」

「嗯，ＯＫ。我也要去我也要去。掰掰。」

由比濱巧妙地補足了三浦話中沒有表達出的訊息，然後回答了對方。不如說三浦也太不會邀人了吧……根本和我同一個等級。算啦，因為對方是女王所以也沒辦法。也就是說，我的邀人方式也跟國王幾乎沒有兩樣囉？※只不過是全裸的。

由比濱對著三浦一群人揮了揮手後離開了教室。應該是要去社辦吧。目送對方背影離開的三浦臉上似乎也帶著微笑，看來她也瞭解由比濱應該是要去社團活動。若是明確表達出自己的意思，則三浦也會表達出她的理解。看來我又不小心多瞭解三浦一些了。

留下來的三浦，像是女王蜂般將海老名放在身旁，身體靠在牆邊。葉山一夥似乎因為社團活動的關係，已經做好了離開的準備，想必在享受完短暫的聊天時光之後就會離開了吧。

教室的出入口於前後方各有一個。從後方離開的人必然會看見葉山一夥人。班上的同學一個個經過聊著天的葉山等人身旁，並留下一兩句道別的話語。這是什麼鬼啊，輪流覲見嗎？

不過，這僅限於和葉山一夥人交情好的人們。相處算不上融洽的其他人，則是悄悄地從前門消失而去。

又有一個人要離開教室了。離開的人是川……崎？嗯，大概叫川崎。那傢伙怎麼了啊，難道她還有在打工？

經過我身旁的時候，川崎的走路速度突然加快了。一直加速到變成健走般的感覺。然後，拉開一段距離後，又變回平時無精打采的步伐。

川崎走到了門口，悄悄地轉過頭來。和我的眼神對上後，她做出一臉語塞的表情，稍微點了點頭，然後快步離開。

看來本人似乎是在和我道別。傻了嗎。經過我旁邊的時候就該道啦。

川崎離開教室，我又發呆了一陣子後，這次換成相模一夥人從前門離開。之所以走前門，是為了和三浦一夥保持距離吧。從這裡也可以明白看出，相模其實不擅長面對三浦。

而她這個保持距離的舉動，想必又更加地刺激了三浦的神經吧。如同以往的由比濱一樣，含糊不爽快的態度，應該正是最容易激怒三浦的事情。

首先知道這麼多就夠了。重點就是，只要相模能夠不做出讓三浦感到焦躁的行為，問題就能夠解決。接下來就是思考如何實現這個手段。

我想最為有效的方法還是適時作戰吧。也就是持續放置到分班為止。雖說如此，因為雪之下急欲解決此事，這方法大概是行不通囉……

總之，我也一邊反芻著剛剛得知的情報，一邊磨磨蹭蹭地離開教室，往社辦前進。

×　×　×

今天的社辦也正進行著悠閒的下午茶。感覺她們不久之後就要創立樂團了。

我一進社辦，便看到兩人坐在電腦的正前方。

兩個人一邊喝著紅茶，一邊伸手拿點心，額頭碰額頭地擠在螢幕前，眉頭深鎖地看著電腦畫面。

我坐上了平日的位置，呆望著對電腦螢幕指指點點的兩人。

因為紅茶似乎沒有我的份，我拿出進來社辦之前已經買好、熱呼呼的ＭＡＸ咖啡開始啜飲。

秋意已濃，即將邁入冬季的這個時節，正是ＭＡＸ咖啡的季節。還有，從春天剛結束時算起的一整個夏季，來杯冰涼涼的ＭＡＸ咖啡想必也是非常美味。不如說ＭＡＸ咖啡就是一整年都很美味。

然後，今天配茶的點心是溼煎餅。

在千葉縣，溼煎餅做為銚子市的特產非常有名。再加上又是銚子電鐵的官方產品，可以說是無人不曉吧。千葉縣號稱米鄉，做為醬油的名產地也是廣為人知。千葉的米，上面覆蓋一層千葉的醬油。米和醬油的，夢～幻般的，（夢幻般的），合作☆（註14）

……說是這樣說啦，如果要問我溼煎餅和ＭＡＸ咖啡配起來味道究竟如何，我也只能一臉爽朗地回答「……我深愛著千葉縣！」就是了。

正當我舔嘴咂舌地享用著千葉名產，簡稱舔咂千葉之際，雪之下點了點頭，將雙手環抱於胸前。

「那麼，該怎麼做呢。」

「啊～這個嗎。」

註14　惡搞《K-ON！輕音部》插曲「米飯是配菜」的歌詞。

雪之下低頭思索，一旁的由比濱也同樣喃喃自語著。看來她們正為了那個新的活動，也就是「橫跨千葉縣煩惱諮詢電子郵件」而煩惱著。

我為了一瞧這次到底是來了什麼樣的信，而離開自己的位置，從兩人後方窺了窺。

筆名：巡☆巡先生／小姐的來信

我正在募集能夠炒熱運動會氣氛的好點子。還有，因為今年是最後一次了，所以我絕對要贏！

我邊咬了口溼煎餅邊讀著信，稍稍驚訝了一下。

……第一次有人寄內容正經的諮詢信來了。嗯，是說，會對這種事情感到驚訝，就表示我們的社團活動實在是讓人無言。

「運動會，呢。」

雪之下悶悶不樂地嘆了口氣。

「唉，已經是這個時節啦。」

這麼說來，回家前的導師時間，好像已經分完紅白組別了。

最近的運動會似乎較常辦在春天或是初夏，然而我們學校的運動會則是辦在秋天。運動會結束後，就是季節轉冬的時候了。話雖如此，唯有我們二年級在運動會之後，還有畢業旅行等著。

運動會對於學生而言也是個大型活動，而對於歌頌青春的人們而言，則是引頸期盼的青春時光吧。特別對於運動社團的男生來說，這可是能夠大顯身手，在女孩子面前表現自己的機會。如果能夠在這裡帥氣地拿下一城的話，我也能夠交到女朋友……會做這種妄想的男同學，絕對不只小貓兩三隻。

然而，女同學——尤其是雪之下似乎不這麼認為，嫌惡地皺了皺眉頭。

「班級對抗接力賽很討厭呢。」

啊～有有有。國中的時候曾經被強迫參加過。

「你是指那股謎樣的壓力對吧。」

一回想起來，那時候的感覺又重新浮現，我便不自覺地答了腔。由比濱對於我的話應了兩聲並點頭同意，然後把話接了下去：

「我的腳程不快，所以當時可是很辛苦呢～」

「沒錯沒錯，因為總是有那種人啊～班上同學一被別班選手超前就開始嘖個不停發飆大罵的足球社的永山。」

「那是誰？為何突然跑出人名！」

由比濱一臉驚訝地回頭過來。妳不知道嗎？永山啊，我國中的同班同學。妳知道的話才可怕就是了。

哎呀，我的確是討厭那傢伙喔，雖然對方大概也討厭我。

但是我討厭的並不只有足球社的永山而已。因為班級對抗接力賽這個詞的關係，我的心靈創傷資料夾都要噴火啦。（註15）

「還有不願意接棒的女同學也是。為何那種情況下還要特地在我面前說什麼『真是太扯了～』之類的話？傲嬌？」

無論怎麼想都只有對方故意要讓我沮喪這個答案。這就是越喜歡的對象越想欺負的心理？換句話說，我根本就超級受人歡迎嘛。沒這回事嗎？

我不自覺露出一臉自嘲的笑容，由比濱也哈哈哈地跟著苦笑。

「呃～那應該是……」

嗚，由比濱稍微帶著憐憫的視線實在是好痛……溫柔和體貼有時也會讓人感到痛苦。

「我想你應該也很清楚，所以就不講明了，不過女孩子表示不情願時，有很高的機率是認真的喔？」

可是雪之下同學，把冰冷的事實擺在眼前，並不一定就會讓人感到輕鬆喔？

「妳這不是講明了嗎？講明的意思去翻字典查清楚好嗎？還有，說到運動會的話就一定要提那個。」

「居然還有下文……」

發覺我打算繼續講下去，由比濱的笑容便開始抽搐。愚蠢的傢伙，運動會的回

註15　日本2ch論壇上分享圖片的討論串習慣使用的定型句。

憶絕對是罄竹難書啦。

「當然還有。這可能是男生才有的，藝術體操。分組時人數就是少一個，最後只能讓老師陪著一起做。要做『扇』之類的動作人數還不夠咧。」

沒錯沒錯～我的腦內八幡約有八萬人都表示同意了，雪之下和由比濱似乎卻無法理解，只能一臉瞠目結舌。因為女子項目沒有藝術體操，所以不知道嗎……

「藝術體操的話不只是『扇』，大致上不管做什麼都會變成跟老師同組。多虧如此，我在運動會上可說是眾所矚目的焦點。」

「看見兒子變成這樣的令尊令堂實在好可憐……」

雪之下將手放在太陽穴，露出一臉苦澀的表情。感謝妳掛心我的雙親，不過用不著擔心。我的父母當時可是瘋狂大笑呢，要不然就是完全忘記我的存在，忙著拍小町的影片。所謂的哥哥就是這麼一回事啦……

正當我半自嘲地嘆了口氣，因為想起過往的種種而變得陰鬱時，房間響起了短暫而富有節奏感的敲門聲。

雖然聽起來不大像是有使力，但是在安靜的室內，敲門聲更顯響亮。

我們不約而同地轉頭看向門口。

「請進。」

雪之下一回答，一位之前看過的女學生便走進社辦。

「打擾了——」

身邊圍繞著一股柔和的氣息，在教室裡一邊東張西望時，綁好的辮子也跟著晃啊晃的。瀏海用髮夾固定，夕陽照在那光亮而美麗的額頭之上，完美體現出她那活潑的性格。

城迴巡。比我大一年級的三年級學生。也是我們總武高中的學生會長。我和雪之下在校慶執行委員會幫忙時，曾經和她打過照面。

巡學姐一臉好奇地巡完一遍社辦後，對著我們微笑。

「那個，這邊是侍奉社沒錯吧？我之前有寄了封關於運動會的諮詢信件過來，但我覺得還是直接碰面用說的會比較快……所以就來了。」

聽到這句話，我們便往電腦的畫面望去。

筆名：巡☆巡。

原來如此。巡學姐的信指的就是這封吧。內文也提到了運動會，「最後一次」的敘述也完全符合推論。

「這封信的寄件者……」

由比濱交互看著電腦和巡學姐，對方便用手指了指自己。

「啊，那大概是我寄的。」

巡學姐一邊說著，一邊走到了我的附近。

「我想把運動會的氣氛炒熱到像校慶時一樣。能夠拜託你們幫忙嗎？雪之下同學和，呃……」

巡學姐一看向我，話就像塞在喉嚨，做出一臉想不出答案的表情，由比濱便像是打暗號般地小聲嘀咕。

「比企谷，是比企谷。」

聽到這句話的巡學姐啪的一聲拍了下手掌。然後，對著由比濱做了個微笑。

「啊，你是比企谷同學嗎？然後這位是……」

接著巡學姐又一臉困擾地往我看過來。發現自己的話被誤會的由比濱急忙訂正：

「不，那個，我是由比濱！這位才是比企谷。」

「啊啊～是這樣啊。」

巡學姐似乎終於理解，點了點頭。

「是的……那個，叫我比企谷什麼的……我會，很困擾……」

由比濱將臉轉開，聲音也變得越來越小。小到幾乎要聽不見了。是啊，現在聽見這句話的我對於該做出什麼反應也是非常困擾。

「被別人叫了會感到困擾的名字……根本是諱名呢。不愧是比企谷同學……」

塊住手阿！（註16）用別人的名字開玩笑什麼的塊住手阿！把近藤（Kondou）同學叫成保險套（condom）什麼的塊住手阿！我的情況則是會被別人叫成自閉男，冷靜想想其實頗悽慘的。

註16 原文為「やめたげてよぉ」，《神奇寶貝》黑白版中女配角「白露」情急時大喊的名臺詞。

「對不起，我實在是不擅長記別人的名字……」

像是不好意思而低著頭的巡學姐說道。

雪之下見狀，便用平穩的語氣溫柔地接了一句：

「請別在意。這只是因為他太不擅長讓別人記住名字罷了。」

「由妳來說這句話是不是有點奇怪？雖然沒說錯啦。」

事實上，別人叫我的時候通常是用「那個」或「欸」居多，看來我得懷疑大家是真的沒記住我的名字。

「那不就沒問題了？而且你也很擅長抹消自己的存在感吧。」

雪之下露出一臉微笑。連句子開頭的「那」是指什麼都讓人完全搞不懂，後面就又多了個「而且」。遺憾的是，以上全部都是事實，所以無法否認。

「才、才沒有那回事呢！」

然而，從某人口中意外地傳來了否定的話語。由比濱插嘴打斷了我和雪之下的對話。

「因為在教室總是一個人，所以反而讓人感到突兀！」

「還有這種幫腔法喔……」

根本就沒有幫到忙。繼續這樣追殺我是打算幹什麼？某種捕魚方式嗎？

「啊哈。」

看著我們之間互動的巡學姐突然笑了出來。

然後，朝我踏出一步，縮短距離。

「比企谷同學。」

於這麼近的距離下被叫了名字，我不自覺地往後退了一步。

「是、是的。」

我一回答，巡學姐便點了點頭。

「比企谷同學對吧。嗯，我確實記住了。校慶人手不足的時候你很努力地幫忙呢，這次也要靠你囉。」

比起能夠見到如此天真無邪的笑容，自己的名字沒被記住什麼的根本就是雞毛蒜皮的小事。不如說，名字被別人搞錯根本就不是什麼特別的事情。

比起這個，巡學姐還記得我在校慶上的努力，讓我心裡有了小小的感動。

同時也免不了感到一陣害臊。

明明兩人之間的距離如此接近，巡學姐卻似乎毫不在意，繼續注視著我，露出一臉微笑。

拜學姐所賜，我不自覺地撇開了臉。

「呃，嗯……我會盡我所能就是……」

結果，臉撇開後的視線內，出現了某個鼓著臉的傢伙。

「哼——……」

什麼鬼啊妳是河豚喔。敵人出現了嗎？

一陣冷徹心扉的聲音，從顯得不怎麼愉快的由比濱身後傳來。

「城迴學姐。那傢伙放著不管也沒差，所以請告訴我們委託的詳細內容吧。」

嗓音冰冷到甚至能夠讓人實際感受季節的變化，直呼「最近好像突然變冷了啊……」大概是這句話的緣故，巡學姐也從一臉笑容突然變成想起什麼般的表情，敲了一下手掌。

「啊，對了對了。我想拜託大家的事情是，替運動會男子和女子的壓軸比賽項目出主意喔。」

「眼珠比賽（註17）……」

我腦袋中浮現了頭部只有眼珠的妖怪一邊尖叫一邊到處亂跑的樣子，頭髮都要不自覺地直豎，變得像雷達一樣了。（註18）

這委託就是這麼空泛，空泛到讓人開始想像起這種無聊事。要比喻的話，就跟打工到一半空閒的時候，前輩突然開口說了句「欸講些有趣的事來聽聽吧」差不多。拜託別人這種鳥事就算了，當你說了些什麼，對方居然還可以回「好無聊喔——根本不好笑耶——」？如果一開始就表明沒什麼有趣的事可說，對方則會抱怨「你真是個無聊的傢伙吶——」。那到底是要我怎麼辦啦，通常會用這種方式開啟話題的人本身就是個無聊的存在。

註17「壓軸比賽」日文寫作「目玉競技」，可直譯為眼珠比賽。
註18 暗指作品《鬼太郎》。

我並不認為巡學姐是這樣的人，不過至今為止所聽到的內容仍缺乏一些具體性。我們就算聽了也不知道該做些什麼。

抱有同樣想法的不只我一個人，由比濱也稍顯顧慮地舉起手來。

「那個大概是指什麼樣的比賽啊？」

由比濱身邊的雪之下也環抱起雙手。

「說起來，去年運動會有舉辦過哪些比賽項目呢……」

「啊——一下子還真想不起來……」

我也嘗試挖掘了一下自己的記憶，卻找不到任何相關的東西。印象中自己好像只是一直坐在椅子上發呆。我應該是有參加某些項目，但是卻完全回想不起來。

若要說回想起來的事，就只有運動社團的一夥人在那嚷著「都高中生了還搞運動會超累的啊——」「真的——」，等到比賽開始卻比任何人都認真，比任何人還享受運動會之類的事吧。回來的時候還跟女孩子擊掌咧。而當時的我只能在一旁盯著女孩子的及膝襪。

我遲遲回想不起來最重要的壓軸比賽，雪之下見狀，便像是憐惜般地嘆了口氣。

「人類會把太過痛苦的回憶封印起來呢……」

「拜託別把我的運動會當成黑歷史好嗎？能夠這麼簡單就忘記的話就不會有什麼心靈創傷了啦，再說妳還不是一樣想不起來。」

「正所謂昨日死今日生，不是嗎？」

雪之下不知為何一臉驕傲地回了這句。

「啥，什麼啊，那種有點『我已經悟道了』的氛圍。妳根本沒有講出什麼厲害的話好嗎？」

「啊、啊哈哈……但、但我也不是記得很清楚。」

由比濱似乎因為顧慮我們，而贊同了我們的話。不過妳的情況應該是那個唷，只是單純的健忘而已唷？

似乎是因為三人都把去年的壓軸比賽給忘得一乾二淨，巡學姐顯得非常失望。

「果然不記得啊……去年舉辦過 cosprace，就是一邊角色扮演一邊賽跑的比賽的說……」

cosprace……總覺得好像聽過……啊不對，那好像是 Comp Ace（註19）。

果然還是想不起來。不過，當時看著比賽的我，想必是目睹了校園金字塔頂端的那群傢伙對著彼此身上的角色裝扮打鬧的樣子而露出一臉苦澀吧。就算是現在的我也會如此。

雖然聽了比賽內容的解說，雪之下和由比濱還是滿臉問號。

巡學姐面對兩人的反應也只能苦笑。她輕輕嘆了聲「這樣啊——」，然後似乎轉了個想法，重新振奮精神。

「我們的比賽每年都很平淡無奇呢。所以今年我想要辦些更顯眼的比賽。」

註19 角川出版的漫畫月刊。

一雙柔和、但充滿幹勁的眼眸直盯著我們瞧。也許是被氣勢給壓倒了，雪之下和由比濱都向後退了一步。

「原、原來如此……」

「我瞭解您的意思了。提議需要在什麼時候之前……」

雪之下一開口詢問，巡學姐便握住她的手。

「關於那個啊，其實之後會有一個運動會營運委員的會議，能不能就在會議上幫我們出主意呢？」

「咦？呃，是沒有什麼問題，那個，為什麼，手……能不能請您放開手呢……」

突如其來的肢體接觸讓雪之下感到一陣錯愕。平時不就和由比濱整天百合來百合去的，原本還以為她已經習慣這種事，看來並非如此。這傢伙與其說是對於整天百合來百合去的行為習慣，不如說是對由比濱習慣了吧。

雖然雪之下說了放手，但是巡學姐卻絲毫沒有鬆手的意思，反而往前踏近了一步。

「老實說，我們運動會營運委員會的主任委員還沒有決定人選呢……所以，雪之下同學，妳意下如何呢？」

被直盯著瞧的雪之下往後倒退，臉頰泛紅。然而，她似乎還留有一些抵抗的力氣，靜靜地解開了巡學姐握著的手。

「請容我拒絕。」

「果然是這樣嗎〜〜」

巡學姐重重地垂下頭，看起來似乎很惋惜，但卻沒有繼續強求，而是老實作罷。然而，眼神一閃，這次則是轉頭面向由比濱。

「那麼那麼，由比濱同學意下如何呢？」

「咦？」

矛頭突然指向自己的由比濱整個人彈了起來。然後，以超高速擺動雙手。

「咦、咦？不、不行啦！」

「也是〜這麼突然果然很讓人困擾呢。」

巡學姐垂著肩膀，無力地笑了笑。似乎是對這樣的笑容感到心痛，由比濱也變得一臉無精打采。

「對不起……」

「不，請不要在意。我只是抱著『如果對方能答應的話就太好了〜』的想法問的。還是謝謝妳替我著想。」

巡學姐一邊說著，一邊溫柔地撫摸由比濱的頭。雖然由比濱被這突如其來的舉動給嚇到而啊嗚啊嗚地呻吟著，巡學姐卻是毫不在意而繼續撫摸。

不過，都到了這個節骨眼卻連主任委員都還沒決定，這問題實在很大。不會對營運造成任何影響嗎？

巡學姐似乎也理所當然地瞭解事情的嚴重性，將手從由比濱頭上拿開，兩腕交於胸前，身體歪向一邊並閉上雙眼。

「但是，還沒決定主任委員人選也是很讓人頭大……既然如此！」

既然如此……我想了想，腦中突然閃過一個念頭。既然如此就是那個啦，就這局勢來看接下來就是要問我了對吧。如果雪之下和由比濱都被拜託過了，就局勢發展而言就是要來拜託我了啦……如果被握住雙手或是被摸頭的話，我可沒有任何自信能夠開口拒絕。糟糕，糟糕囉……

雖然我努力思考著脫身的方法，但是巡學姐卻比我早先一步做出結論。

「既然如此，我只能繼續努力尋找適合人選了呢。」

語畢，巡學姐點了點頭。

……咦、咦？還有人站在這邊喔！還有一個學姐沒有確認過意願的人站在這邊喔！

快看，就是我！我呢！

……我呢？

然而，我發自心靈的吶喊無法傳遞到巡學姐那，而學姐似乎已經認定主任委員問題獲得解決。嗚……我也想讓學姐摸頭啊……呃，不是啦，我有個妹妹但是沒有姐姐啊。身為長子不是或多或少有些那種憧憬……

正當我緬懷著化為夢幻泡影的憧憬時，耳邊傳來了雪之下的喃喃自語。

「主任委員還沒有決定……」

我轉頭一看，只見雪之下將手放在下巴思索著。她似乎是想到了什麼，忽然抬起頭來，對著巡學姐問道：

「那個職位由誰擔任都可以嗎？」

面對突如其來的詢問，巡學姐雖然先眨了眨雙眼，但是馬上就理解了對方的意思，並且回答。

「咦？不，誰都能當的話我們會有點困擾。規矩，正經的人，能夠安心交給對方辦事的人比較好。」

照這邏輯來看，我不就成了不規不矩不正經無法讓人安心交代事情的人了……

不過說真的，現在是要找主任委員，能夠找到中規中矩的人當然是再好不過。就這點來看，學姐不會找上我也是能夠理解的。

只是，雪之下似乎有著不同的意見，靜靜地搖了搖頭。

「不，我不是在談人品的問題，而是想確認人選是否有身分或是所屬單位等方面的限制。」

看來之前的論點似乎沒有交集。經過對方的糾正，巡學姐也理解了這個疑問的真正意圖。

「啊，原來是指這意思啊。沒有問題喔。其實我們有在募集候選人，只是，沒有半──個人願意跳出來參選……」

「原來有在募集候選人喔，我完全不知道。」

下。

由比濱驚訝得不自覺發出嘿～的一聲。巡學姐見到由比濱的反應則是踉蹌了一下。

唉，這行為跟對著當事人直說「我才懶得管你們有什麼活動」沒什麼兩樣……正因由比濱那單純驚訝的表情不帶任何惡意，反而讓場面更為難看。

巡學姐一邊嗚嗚嗚地哭著跌坐在地，一邊就地開了一人反省會。

「果然不知道呢……也是啦……是宣傳的方法弄錯了嗎……公布欄也貼了，網站上也公告了，傳單也發了，也請老師幫忙宣傳了，我的部落格也更新了啊……」

不，畢竟我也不知道學姐有部落格。咦？是偶像嗎？要挖個洞把自己埋起來嗎？(註20)

「啊！那個，對不起！那個，因為那些我都沒有看的習慣！我連公布欄位置在哪都不知道，啊，但是但是下次我一定會注意！嗯，會注意……」

由比濱忙著打圓場，然而學姐只是舉起她的手，停下了由比濱的話。擦了擦眼角後，學姐對著她笑了笑。

「沒關係，沒關係的由比濱同學。是我的宣傳方法錯了。以後我也會用推特宣傳的。」

「問題不在這邊好不好……」

我一個不小心，把話說了出口。雖然一方面覺得要是平常人早就大聲責罵「你

註20《偶像大師》角色萩原雪步害羞時常用的定型文。

對學姐講話這是什麼口氣！」另一方面卻感覺，若是這個人，用這種方式對待也沒關係。

實際上，巡學姐的確是完全沒有在意的樣子。

「嗯，我也會用LINE宣傳！」

不，所以我說啊……雖然我覺得這種積極的態度非常不錯啦……

「城迴學姐，沒有必要那麼做喔。」

雪之下一臉無奈地開了口。接著將手輕輕放在太陽穴上，嘆了口氣。

「怎麼說？」

巡學姐歪了歪頭。雪之下直截了當地回答了她的問題。

「有一個人適合這個職務，我想推薦她。」

「咦？誰啊誰啊？怎麼樣的一個人？」

巡學姐因為感到興趣而態度突然變得積極。另一方面，雪之下則像是正在整理自己的思緒，緩緩開口。

「有擔任過類似職務的經驗，並且擁有相對強烈的上進心，對於名譽職位心存一份執著，也可稱作是位有幹勁的人。」

「嗯嗯。這種有經驗有幹勁的人的確比較好。」

巡學姐一邊挑著話中好聽的部分聽，一邊用力答著腔。但是，我可沒有辦法如此沉著冷靜。

我腦中浮現了完全符合雪之下所給的提示的人。說起機智問答，我可是非常擅長。擅長到能夠完美回答「我堅強復國倒過來念念看？」然後被恥笑一整天的地步。那種校園文化真是爛透了。

如此優秀的頭腦導出了謎題的解答。而且是——不太好的那種。

「喂，雪之下。喂……不會吧。」

聽到我的呼喚，想必對方也理解我已經知道答案了吧。雪之下瞄了我一眼，然後故作神祕似的用嘴型說出「正確答案」四個字。

雖然我腦中浮現了「這傢伙嘴脣豔麗的咧」如此無關緊要的感想，但是相較之下，心中沮喪和看開的感情則是強烈了那麼一點點。只有那麼一點點是怎麼回事。

由比濱和巡學姐還不知道答案，只是歪著頭看著我和雪之下之間的互動。然而兩人要是聽到答案，想必會做出和我一模一樣的反應吧。也許不會有什麼「這傢伙嘴脣豔麗的咧」之類的感想就是。

「雪之下同學，告訴我答案吧？」

被催促的雪之下轉身面對巡學姐。

「二年F班，校慶執行委員會主任委員，相模南同學。」

「咦咦！」

接著驚訝到叫出聲來的居然是由比濱。真是讓人料想不到吧。巡學姐雖然也是一臉驚訝，表情卻漸漸轉為失望。

「啊——嗯。原、原來如此……但是，這樣好嗎……」

我代替欲言又止的巡學姐開口，質問雪之下的本意。

「雪之下，妳想做什麼？」

「道理跟克服心靈創傷是一樣的，如果你失去了某樣東西，就只能用層級更高的東西來彌補那份缺憾。不是嗎？」

雪之下的話讓我信服了。我怎麼忘了，這傢伙正是會假借練習名義，將旱鴨子一腳踹進泳池的人啊。

也就是說，藉由擔任這次運動會營運主委一事，讓相模取回自信，或是提升周遭的人對於相模的評價。

如果事情能夠順利，就能滿足相模自我認同的需求，也能消除她的挫敗感。

接著，二年F班班上氣氛不佳的狀況也多少能夠獲得改善吧。因為氣氛不佳的主要原因就是相模。雖然我無法否定我的存在本身也加速了氣氛的惡化。

「但是，一定要為了F班做到這種程度嗎？F班根本……」

「就是要做到這種程度。」

雪之下以尖銳的語氣打斷了我的話。直瞪而來的視線中能夠感受到她強烈的意志。

好吧。如果意志這麼堅決，我想要說服這傢伙應該不是件簡單的事。而且也很麻煩。

況且雪之下的用意也不是無法理解。其中多少還是有些道理的。

但是，能夠理解的部分只有推薦相模的理由，也就是以相模為著眼點時的理由。

問題在於以主任委員職務為著眼點時的情況。

在這方面，巡學姐似乎也無法信服。

「唔——相模同學嗎……」

巡學姐一臉苦澀地喃喃自語。

雪之下見狀，像是要補強自己的提案般，又補上了一句。

「我認為再度給予對方機會，也是培育人才時重要的一個環節。」

「是啊。嗯。我也是這麼想的。」

巡學姐閉起雙眼大力點頭，對雪之下的意見表示同意。

然後，緩緩地抬起頭，從正面筆直地看著雪之下。

「但是，這是份很重要的工作，要是半途而廢的話可是會造成困擾的。」

不要讓那場校慶的悲劇再度上演，巡學姐的雙眼如此述說著。溫柔，但是毅然的態度。這和平時溫和而且偶爾少根筋的巡學姐形象完全不一樣。現在的學姐身上散發著學生會長所擁有的威嚴。

「……」

雖然沒有到能以震懾形容的程度，但是面對巡學姐認真的眼神，雪之下也只能默不作聲。

的確如同巡學姐所說，相模可是個前科犯。身為一位領導者，校慶時的怠工以及放棄職守可不是能夠被人接受的行為。

「我也無法贊同。」

人可不是這麼簡單就能改變的生物。如果一句令人感激的話語，溫柔的同情，廉價的宣誓就能改變一個人的話，這世界就會到處都是變身英雄了。

雖然不是完全沒有，但我不認為經過那次校慶之後，相模在人格上能說是有所成長進步。

若是有所成長，那麼相模至少不會用那種惡劣的態度面對我，也不會強求身邊的人施予同情。

人是不會改變的。若是能改變的話，方法也只有一種。

一次又一次地遭受慘痛的經驗，於心中刻下無法抹滅的傷痕，進而形成迴避本能，只有這種本能可以改變人的行為。

相模還沒有到達這種境界。

因此我認為，相模不應該擔任主任委員。

「讓小模當嗎……如果又變得像之前那樣……」

由比濱的掛慮完全正確。結果恐怕會是一樣的。

「不會變成那樣的。我不會讓它發生。」

面對由比濱的掛慮，雪之下充滿自信地宣言。

但是對我而言，雪之下的自信也讓人感到危險。

「傻了啊妳。要是又變成像校慶時那個樣子，不就一點意義也沒有了。妳又打算一直工作到倒下嗎？」

話一出口，只見雪之下張著嘴呆愣著。

「……怎樣啦。」

「啊，那個，沒事……只是有些意外。」

雪之下小聲咕噥著，像是對於呆愣住的自己感到害羞，雙頰稍稍泛紅，乾咳了幾聲。

「你的擔心可謂杞人之憂。運動會並不是對外開放的活動，時間也只有一天。工作量比起校慶時少了許多，因此我的勞動量也會減少，相信對相模同學而言也較為寬裕。」

雪之下滔滔不絕地說明著。我跟由比濱也一邊搭著腔一邊仔細聆聽。突然，由比濱一動也不動地停了下來。

「這個，不就是以小雪乃也全力工作為前提嗎？」

被半瞇著眼的由比濱直直盯著，雪之下似乎也有些尷尬，欲言又止。

「由、由比濱同學。沒辦法，委託的事情也是，三浦同學的信也……」

雪之下像是在找藉口般，東說一句西說一句的。由比濱一邊嗚嗚低吼，一邊看著雪之下。

「唉……」

然後，像是感到無奈般地嘆了口氣。由比濱抬起頭來，對著雪之下微笑。

「我也會幫忙的。這次妳得乖乖倚靠別人喔？」

「由比濱同學……」

雪之下看起來像是鬆了口氣，不自覺地發出了聲音。

「謝謝……」

「不會，沒關係啦。」

由比濱朝雪之下靠近，然後依偎在她身邊。靜靜地握住對方的手，互相確認對方的體溫。感情融洽實為美妙之事（註21）。

我被晾在旁邊，只能遠遠欣賞著兩人之間美妙的百合情——說錯了，友情。

至於另一個人——也在旁邊看著的巡學姐則是嘆了口氣。

「如果雪之下同學也願意幫忙的話，大概就沒問題吧……」

學姐的話語間流露出她的放心。但是，也能說就是這股信賴造成了當初校慶時的窘境。

「這倒不一定。那傢伙也稱不上是完美無缺，我認為不該過於信任。」

我以稍微帶著抗議的眼神，偷瞄了巡學姐一眼。學姐則是回了我一個笑容。

「我認為沒問題喔。因為由比濱會陪在雪之下身邊。」

註21　日本小說家武者小路実篤的名言。

的確。都已經親眼看到兩人之間的互動了，會安心是理所當然的。這次由比濱一定會寸步不離地在雪之下身旁協助她吧。若是如此，雪之下累倒的事就不會再度發生。若雪之下沒有問題，這次運動會的籌備應當就沒有問題了。

「……嗯，也是啦。」

我如此回答，巡學姐便靠到我的耳邊，像是講悄悄話地小聲補了一句。

「而且，你也會待在她的身邊，對吧？」

巡學姐的聲音讓我感到耳朵一陣酥麻。正當這股酥麻感和甜美香味讓我愣在原處時，學姐突然抽身離開。

然後，用一臉溫馨的笑容，等待我的回答。

「……是啦，畢竟也是我的工作。」

我無法直視對方，只能看著窗外。巡學姐開懷的笑聲從耳邊傳來。

「好！那麼就決定了！」

巡學姐拍了拍手，將我們的目光集中過來之後，大聲宣布。

「那麼，接下來就去探聽相模同學的意願吧。由我和雪之下同學去比較好嗎？」

「好的。我們明天就去吧。」

雪之下點頭贊同巡學姐的提案。然而，就性格而言，我不認為雪之下擅長這種事啊……

「我、我也要去！」

那麼，彌補這部分的缺憾，就是由比濱的工作啦。嗯，這樣就不會有問題了。

「那麼，明天見。萬事拜託囉！」

巡學姐話一說完，便轉身要離開社辦。然後，似乎是想起了什麼事，又回頭轉過身來。裙子飄啊飄的。

「順便問一下，大家分到哪一組啊？我們學校不是會把每班都切成兩組嗎？我想順便問一下。我是紅組。」

說起來，巡學姐寄來的諮詢郵件裡的確是寫著「因為是最後一次了所以我一定要贏」之類的話。所以學姐才會這麼在意吧。

分配到的組別算不上是什麼個資。首先就由我來回答好了。

「紅。」

我一說完，看了由比濱一眼。

「紅。」

由比濱看向雪之下。

「紅。」

雪之下看向巡學姐。

像是點名一樣，大家接連宣布自己是紅組。巡學姐一臉滿足地看了看大家，然後鼓起氣勢握拳。

「跟我同一組呢。好！目標大會優勝，大家一起加油！喔——！」

無法跟上學姐高漲情緒的我們只能面面相覷，不知所措。為什麼這個人總是如此興致高昂呢……

看到呆愣在原地的我們，巡學姐又高高舉起她的拳頭。

「加油——！喔——！」

……啊！不行，這情況就是那個。跟勇者鬥惡龍五的雷努爾城國王（註22），或是英雄秀的主持人大姐姐同樣的情形。如果不好好回答的話就會掉入無限迴圈。

由比濱似乎也感覺到了這股氛圍，馬上用眼神跟我打了打暗號。

「喔、喔——……」

因為實在是有些羞人，我跟由比濱像招財貓般半舉著手回答。

巡學姐對於我們的回應感到滿足，這次才終於離開了社辦。

……該怎麼說，這到底是在演哪齣啦？

註22　遊戲中若是不答應雷努爾城國王的請求，則會突然雷聲大作，讓國王聽不清楚主角的回答而再次提問。

3 一如所料，相模南毫無改變

巡學姐拜訪社辦隔天的放學後，我獨自一人在社辦看家。

涼爽的秋風自稍微開著的窗戶縫隙吹了進來。社辦內一片寧靜，只聽得見時鐘的秒針走動，以及文庫本翻頁的聲音。

在毫無雜音，比起平時溫度稍低的社辦，讀書的效率更為良好，不知不覺就會陷入文章的字裡行間，回過神來，才打開不久的文庫本便已經停在最後一頁。

讀完文庫本，滿足感和令人愉快的疲勞感令我打了個呵欠，伸了伸懶腰。

自我來到社辦，轉眼之間已經過了三十分鐘。

與相模的交涉不順利嗎？正當我想要去看看情況，自位子上起身時，從門的另一邊傳來了細微的聲響。

門被豪爽地拉開，發出一陣噪音。

「呀～累死了～」

由比濱與雪之下一邊發著牢騷一邊走了進來。

「……真的。」

「辛苦啦。」

我向她們打了招呼，雪之下與由比濱只是一邊嘆著氣一邊點了頭。哎呀，看來兩人是真的累壞了。感覺疲勞都要移轉到我身上了。或者可以說是讓人鬱卒了。工作環境的氛圍，非常重要。

然後，從兩人身後傳來了一股柔和的氣氛。

「謝謝大家。比企谷同學也辛苦囉～」

巡學姐以一臉爽朗的笑容說道。看來是與相模交涉完之後就這麼跟著過來了。

嗚呼，真是治癒人心啊，這個笑容，還有溫柔的話語。

就該是如此啊，所謂的頂頭上司就該是這種類型的人才對。絕對不能對著準備下班回家的屬下說什麼「咦？要走了？」來施加壓力。不過如果是巡學姐，就算是相同的一句話，也絕對會被人解讀成「你已經要回去了嗎……？我還想跟你在一起的說……」反而讓場面更為溫馨。對方絕對是心甘情願留下來加班的啦。不行這實在是太有畫面了。然後就這樣誤解對方的意思而告白，然後被對方以溫柔的笑容打槍，然後我就羞得無地自容而轉身離開現場，到這邊為止都超級有畫面的。溫柔輕飄飄系女子被駑鈍的男生告白的機率實在是異常。

正當我在治癒時間以及心靈創傷時間的夾縫中搖擺掙扎時，雪之下的聲音彷彿一道冷水潑了過來。

「城迴學姐，那個男的一點也不累，請您不用費心顧慮。」

是啊，我的確是一點也不累。

「小雪乃，學姐只是在打招呼啦。」

是啊！由比濱同學！我非常清楚這件事！但是，沒有必要把它說出口吧！不如說妳為何要刻意提醒雪之下呢？不，比起這個，有著更應當掛心的事情。

「那麼，相模一事的進展如何？」

我一問，由比濱便一臉厭煩地垂下雙肩。

「真的很累……小模一直猶豫不決，我們談了很多……」

「談了很多嗎？」

我感到這個詞裡頭似乎帶著什麼隱情，試著複誦了一遍。由比濱點了點頭。

「對，那個、該怎麼說呢，大家一起嘿喲的感覺。」

這傢伙想說的大概是「加油」吧……

我已經被訓練到能夠把由比濱語翻譯成日語了，然而巡學姐則是一臉疑惑地歪著頭。

「嗯，我們的行為也能說是在抬轎，所以雖不中亦不遠矣……應該可以這麼說吧。」

雪之下馬上幫忙補了一句。不，根本不一樣好嗎……

「你最近對由比濱會不會太寬容了點？」

這個世界為何如此百合，某文社嗎？某 Time 什麼的嗎？（註23）

雪之下聽了，便做出一副我不知道你在說什麼的表情。

「沒有這回事，很普通吧。」

「是這樣嗎？」

我用絕──對不是這樣的表情盯著她看，雪之下則是目光低垂，一臉遺憾。

「……對不起，我不知道原來比企谷同學從來沒有跟人普通地相處過。那樣可是很普通的喔。你可以記起來。」

是喔，原來這樣叫做普通喔。這世界真是和平。

算了。當下最該注目的問題，不是由比濱與雪之下的百合情，也不是平時被人殘忍對待的我的人權問題。是相模是否接下了主任委員一職。

「然後呢，結果怎麼樣了？」

我一問，雪之下便刻意擺出冰冷的眼神回答。

「姑且算是接受了。」

「姑且？」

我對於刻意加上的前置詞感到疑惑。雪之下像是放棄了什麼，嘆了口氣，轉頭

註23 影射日本芳文社所出版的漫畫月刊《まんがタイムきらら》，該月刊以百合向作品聞名。

望向窗外。

「是的。我們，或者該說是葉山拜託之下的成果比較正確。」

「你們找葉山來幫忙喔，這點子還不錯。」

葉山可以說是相模仰慕的對象。比起雪之下和由比濱去勸說，由葉山來幹，分數當然是比較高。雖然僅限於這種時候，葉山還真是一張不錯的手牌。

但是，雪之下會積極去尋求葉山的協助，也是滿稀奇的一件事。明天該不會颳起颱風，搞到京葉線停駛吧？

我如此想著，由比濱這時補了一句話：

「不如說是看不下去的隼人同學伸出援手，幫了我們的忙。」

嗚呼，總感覺畫面在眼前鮮明地浮現。對方絕對又是以一臉止不住的笑意說著「我沒辦法啦～」一邊答應的吧。人的本性可不是這麼容易就會改變的。

「但是，至少對方是願意接下這份職務了。」

巡學姐開口補充。的確，只要結果有出來，過程就不必過問。

主任委員空缺的問題，以及2—F班上氛圍的問題都有了一定程度的進展，或者至少可以說是已經布好局了。如果接下來的一切都能順利就好了……但是絕對不會這麼簡單吧……

我都快嘆出氣了，不過巡學姐像是要把它堵住一般，繼續接著說。

「那麼，我們馬上出發吧。」

「要去哪裡？」

由比濱問道。巡學姐做了個微笑。

「接下來有個營運委員會的會議。」

會議……嗚，我好像聽到了個不好的詞……

然而，如此美妙的笑容，我可沒有辦法忤逆。而且雪之下和由比濱也都點了頭，然後從位子上站起來了……

這樣一來，我也不得不出席這場會議了。我放棄抵抗，從位子上起立，離開了社辦。

× × ×

運動會營運委員會所使用的會議室，和校慶時所使用的是同一個房間。有一陣子我還真的是整天都被關在這個地方。

一陣子沒有踏入的會議室內十分整齊，校慶準備時的模樣已不復在。

房間內已經先來了兩、三位營運委員會的成員，其中大部分是學生會的幹部。看來委員會的核心成員是由學生會幹部所構成的。

「各位辛苦了～」

巡學姐一打招呼，幹部們便行禮，迅速退到一旁，讓出一條路。什麼鬼啊，你們是忍者嗎？

除了學生會幹部以外，還有著身穿體育服的學生們。從體型和氛圍來看，應當是運動社團的人。

正當我對於他們為何會出現在此感到訝異，巡學姐便在我耳邊小聲說明。

「我們有吩咐各個運動社團派人出來幫忙。我們已經沒有餘力進行人員精簡或是前置作業等等的事了。」

是喔，原來如此……雖然說是營運委員會，實質上卻是由學生會、我們和相模等自願幫忙的人所組成的。

也就是說，委員會內可以分成所謂的決策組以及現場組。然後，負責出主意等等跟企劃有關的我們，可以算是決策組一邊的人吧。

現場組裡有個似乎在別處看過的傢伙在。

對方似乎也對我有印象，眼神一和我對上，就和旁邊的傢伙咬起耳朵。被搭話的那個傢伙果然也讓我覺得在哪見過。

體育服，還有放在桌子旁邊的大概是籃球鞋包吧。也就是說，是籃球社的人嗎？

話說回來，到底是在哪裡碰過面啊……我用力搜尋腦內記憶，卻沒有任何結果。是啦，如此一臉路人樣的傢伙們怎麼可能會有印象。

人類要確實記住一件事情，就必須給予強烈的刺激。至少要像川什麼同學一樣給人看個黑色蕾絲內褲才行啊！川什麼同學真是讓人興奮！

路人甲跟路人乙的事情先放一旁，我們跟在巡學姐的後面，走到會議室的最前方。

最前面的地方，有著一位正翻閱著複寫紙的女性。對方一換邊翹腳，白衣的下襬便翩翩搖曳。

「平塚老師……」

果然又是她嗎……我一邊稍微感到傻眼，一邊念出對方的名字，平塚老師便注意到我們，轉身過來。

「喔，看來妳順利找到幫手了呢。」

看見位於巡學姐身後的我們，平塚老師露出了微笑。巡學姐也回給老師一個微笑。

「是的，有照著老師的話去做真是太好了。」

「又是老師使指的喔……」

我半眯著雙眼死盯著老師瞧，老師見狀便不小心笑出聲音來。

「我也是因為每年的運動會內容都一模一樣，而差不多開始厭煩啦。期待你們做出有趣的成果囉。」

「根本只是想搞怪嘛……」

面對如此直率的主張，由比濱一臉錯愕地說道。也是啦，每年每年活動都一成不變，的確是會讓人感到煩膩。對老師而言，這到底是第幾次的運動會呢……

看著雖然已經參與過好多次運動會，卻仍一臉雀躍的平塚老師，雪之下像是要確認些什麼事而點頭問道。

「運動會也是由平塚老師負責的，對吧？」

「是啊，這種類型的工作，學校大概都是丟給年輕人去弄。那個，畢竟，我也還算年輕嘛。還算年輕嘛。」

因為很重要所以重複說了兩遍啊，這個人……

自己說出這種話然後顯得很高興的平塚老師看起來實在是太過悲哀了，以至於誰都沒有辦法回話。拜託了趕快來個人把老師娶回家啊啊啊啊啊，在還真的算是年輕的時候趕快抓住自己的幸福啊啊啊啊啊。

我們因為太過悲哀的關係而沉默不語，平塚老師似乎是注意到了現場的氣氛，像是為了打馬虎眼般地乾咳幾聲。

「話說回來，主任委員的事情如何了？人選決定了嗎？」

被老師提問，巡學姐含糊地笑了笑。

「雪之下拒絕了這件事……但是但是，她有推薦其他人選，所以我們去拜託對方了。」

「喔，推薦……」

聽到這個詞，平塚老師訝異地瞇起了雙眼，並且用眼神催促她繼續講下去。巡學姐看見，便點了點頭。

「是的，相模同學願意擔任這個職務。」

「相模？唔，原來如此……」

平塚老師像是在思考什麼，雙手交於胸前。

「嗯，如果這是你們的決定的話，沒有問題。那麼，那位主任委員怎麼了嗎？她似乎還沒有來到這裡……」

平塚老師稍微後仰，往我們的身後望去，像是正在找些什麼。但就算妳這樣找下去，也找不到相模的。這麼說來，為什麼相模不在呢？雖然不在比較好。

姑且還是得聽聽理由，於是我看向雪之下。雪之下毫不猶豫地回答。

「相模要稍後才會過來。」

「這樣啊……那麼，相模到了就開始開會吧。」

平塚老師語畢，眼神望向門口。

我們也隨著老師一起望去。看著那扇感覺沒有任何人準備打開的門。

× × ×

在我們來到會議室後不久。

紛鬧的談笑，像是在試探著什麼的乾咳，以及如同中場休息般一次又一次到來的沉默。這樣的循環重複了好幾次。

我稍微瞄了一下時鐘，會議的預定時間早就已經超過。

會議還沒有開始的理由，當然是因為相模遲到了。

如果是五分鐘、十分鐘的遲到，那還沒什麼大不了，常有的事。頂多心裡想著「對方稍——微遲到了一點呢」，但是還能接受。

然而，只要一超過十五分鐘，已經遲到的感覺便會非常明顯。打工也是以十五分鐘做為考勤管理的時間單位。

實在是等得有些久了，大家看起來像是快要開口抱怨「好——了——沒——？」

我們也只有等待這一個選項。由比濱雖然發了簡訊也撥了電話，但是對方毫無反應，只能疲累地嘆了口氣。

這一聲嘆息緩緩傳遍了整間會議室。

因為相模遲遲不來，會議室內的氣氛漸漸地讓人感到淤塞。

坐在一旁的由比濱開口小聲與雪之下搭話。

「差不多該派人去叫她或者是找她了吧？」

「嗯，也是呢。」

雪之下看了一下手錶，小聲說道。

「啊，那麼我去……」

正當由比濱從位子上起立的時候，喀啦地傳來一聲毫不客氣的開門聲。大家不約而同地轉頭過去。

「不好意思我遲到了——」

相模臉上不見半點愧意，就這樣姍姍來遲。

不須他人提醒，她自動往最前面的位置移動。看起來就像是對於自己的位子在最前面一事不抱絲毫疑問。

她走到一半，似乎是看見了熟人，開口招呼「啊，哈囉——」，甚至還揮了揮手。仔細一瞧，原來她打招呼的對象正是路人甲和路人乙兩位。

「原來遙和結也有參加營運委員會呢。請多指教囉～」

「……嗯，請多指教——」

兩人的表情稍顯僵硬，但還是揮手回了禮。

聽到這兩個名字，終於讓我回想起來。

路人甲和路人乙，她們兩個是在校慶時，和相模在一起的一群傢伙。大概是因為身為籃球社的社員，而被動員參加運動會的營運委員會吧。

似乎是因為看見朋友而安了心，相模的態度更是大模大樣了。

確實，拜託相模來擔任委員長這個職務的是我們。由於是被拜託來的，可以想見對方立場上自然有著優勢。

話雖如此，知道這件事的人，也只有身為決策組的我們，其他學生毫不知情。

他們以帶著些許煩躁的眼神，直盯著相模瞧。

相模坐上位子後，注意到那些視線，稍微畏縮了一下。

「那個，對不起……我是擔任主任委員的相模南。」

她含糊帶過句子，低頭行了個禮。

不管如何，這個會議終於能夠開始了。

位於斜對面的平塚老師像是要確認這件事，將會議室掃視了一遍。

「城迴，會議可以開始了。」

巡學姐一聽便點了點頭，以溫和的口吻一聲令下。

「是。那麼，現在開始舉行營運會議。相模同學。」

「好、好的。」

突然被叫到名字的相模，語氣帶著一絲驚慌。

「今天的會議就跟我一起主持吧。下次的會議就要麻煩妳囉。」

不錯的判斷。看相模這個樣子，一下馬上要她主持會議，我也不認為她辦得到。恐怕會像校慶時一樣搞砸吧。比起馬上就要相模主持而讓會議沒完沒了，不如由巡學姐陪著她一起主持，先把重點事項挑出來比較好。看來上次的反省發揮功效了。

巡學姐快速起立，移動至白板前方。另一個學生會幹部也跟了上去，站在白板的旁邊，動作流利地雙手捧起白板筆。

「那麼那麼，今天要討論的議題是關於運動會的壓軸比賽項目。」

學姐做出宣言，從幹部手上接過筆，在白板上以可愛的字體大大地寫下了議題。然後，用筆敲了敲白板。

「大家盡情提出意見吧～！有意見的人請舉手！」

巡學姐眼神掃過全場所有人，然而大家只是你看我我看你，默不作聲。

在這之中，由比濱用力地舉起了她的手。

「請說，由比濱同學！」

這種時候，是否有第一個人開口提案，對之後會議的活性會有非常大的影響。無論是什麼意見，先開第一槍是非常重要的。而且發言內容的水準反而越低越好。就這點來看，讓由比濱做為發言的第一棒，可以說是再合適也不過。不愧是善於讀取氛圍的察顏觀色女。利用自己不時看人臉色的個性來打開一條活路，還滿厲害的。

我在心裡佩服著，然而偷瞄了一下對方，才發現她一臉愉快的喃喃自語著「那個也不錯，可是還是選這個吧～」，這傢伙大概是那個啦，只是在想自己最喜歡什麼樣的活動而已。

也是齁！由比濱並不是深思熟慮過戰略才踏上會議戰場的類型！

那個也想做，這個也想做，還有好多好多想做，帶著這股感覺的由比濱精神飽滿地起立並拉大嗓門。

「社團接力賽怎麼樣！」

「這樣的話，沒有加入社團的學生就無法參加，會有人不滿的，也要考慮一下他們啊……」

由比濱一開口，平塚老師便小聲咕噥。

然後，寫在白板上的『社團接力賽』一行字，被畫上了長長的一條線。

看來是被瞬間否決了。怎麼會這樣……

由比濱垂頭喪氣地坐回自己的位子上。

她似乎不大能認同，不停歪著自己的頭，一旁的雪之下像是要安慰她，拍了拍她的肩膀。

「其他意見也請儘管提出來喔！」

巡學姐則是充滿朝氣地說道。

這次換成雪之下安靜地舉起手。

「請說，雪之下同學！」

被巡學姐點名的雪之下，以沉穩的嗓音開口回答。

「借物賽跑。」

「若是用上學生的個人物品，往往會和遺失、損壞等問題扯上關係……」

平塚老師馬上接著說道。恐怕之前已經有過這樣的案例了吧。也許是發生過什麼不愉快的事，她整個人苦著一張臉。大概是負責處理過這方面的案子……

「嗯，這樣嗎……」

巡學姐一邊說道，一邊在白板上的『借物賽跑』上劃了一條線。接著，重新審視白板上的內容，這下就算是巡學姐也只能愁眉苦臉了。不過，她馬上抖擻起精神，特意以充滿活力的聲音大聲說道：

「讓我們重振精神，繼續加油吧！下一位！」

事到如今，無論是誰都因為膽怯而不敢舉手了。就算如此，今天的由比濱可不同於往常，再一次大聲說有並且用力舉起她的手。

「請說，由比濱同學！」

巡學姐像是要回應她的氣勢，明亮且輕快地點了她的名。

「吃麵包賽跑！」

由比濱一開口，平塚老師又開始咕噥起來。

「噎到喉嚨的意外很常發生啊……而且還會有人抗議不要浪費食物……」

這，就叫做顧慮。也可以稱為自主規範。顧慮的結果，就是『吃麵包賽跑』上被劃了一條線。

傻眼的雪之下交互看著白板和平塚老師，然後開口說道。

「顧慮一大堆呢……」

「最近無論哪裡都是這麼煩啊……各式各樣的規範可多的咧。」

就連平塚老師都是一臉厭煩的表情。也是啦，她要是在這裡讓有風險的提案通過的話，頂頭上司和家長一定會來抱怨和抗議的。

身為中階管理者，也頗辛苦的呢。

會議室全體的熱度持續下降，巡學姐仍不放棄地擺出開朗積極的態度。

「總之我們繼續想想看吧！大家有其他的意見也請儘管提出！」

似乎是受到了巡學姐的激勵，由比濱和雪之下，以及其他的學生會幹部，認真地一個接著一個提出意見。

然而，意見提出的當下，馬上就被其他地方冒出的反對意見給推翻。白板上可說是一片慘狀。

『大胃王比賽』

『丟球比賽（意味深）』

『滾球比賽（意味深）』

『十項鐵人』

『十日談（註24）』

『波提切利（註25）』

『Chim Chim Cher-ee（註26）』

註24 日文音近十項鐵人。

註25 Sandro Botticelli。文藝復興時期畫家，將薄伽丘名著《十日談》繪製成畫。

註26 電影《歡樂滿人間》中的樂曲。Cher-ee 音同切利。

『大岡是處男（註27）。』

以上所有提案都被劃上一條線。

提議到一半怎麼變成聯想遊戲了，這是某魔法腦力綜藝節目嗎？還有，請不要再說見風轉舵的處男大岡壞話了！處男有什麼大不了的！

不過，照這感覺來看，大概做不出什麼結論，會議就結束了……

現在就算我提出什麼意見，恐怕也會像其他人的意見一樣被推翻吧。會議也有所謂的潮流存在。如果會議的氛圍較為積極，提案就比較容易被接受，但若是消極時，無論意見再怎麼優秀，也會被否定或是放在一旁。

人類是社會性動物。是會融入身邊氣氛以及氛圍的生物。被時代的巨浪吞噬，隨波逐流，不停地改變自己的一種生物。

所以，沒有人要忤逆這波潮流。

若硬是逆流而上，那才真叫做招風惹雨。若不是像我一般擁有堅不可摧的鋼鐵意志——若要比喻的話，就像是以堅固的水泥做好護岸工程的孤島一樣，是不能忤逆潮流的。

不懂這個道理的人，則是一個接著一個被淘汰掉。

「大家請提出意見——」

身為主持會議其中一人的相模說道。

註27 日文以「cherry」做為處男的隱喻，音近Cher-ee。

這句話的音量，要說大聲也沒多大。雖然她也算是主席，但幾乎所有的主持工作都是巡學姐在做，大概沒有什麼人會把注意力集中在相模身上吧。

然而，還是有人看向了相模。

熟人的聲音比較容易傳進耳朵裡。所謂的認識，並不單單是以五官感知，而是會刻劃進人的意識之中。因為如此，與相模越是熟識的人，越是容易聽見相模的聲音。

這是一句，於逐漸停滯的會議中，由毫無生氣之人所做的，不負責任的發言。

這傢伙……妳什——麼也沒有做，還在那裡一直叫人提出意見……你是上司還是老闆嗎！

不過想想，我好像也是什麼意見都沒出。換句話說，我就是上司。

雖然我認為自己以後絕對會成大器做大官，然而若由我這種人來擔任上司的話，下屬就太可憐了，所以我決定以後絕對不工作。不工作，絕對不工作。工作就輸了。

心中絕對不工作的意志更為堅決，無事可幹的我將視線擺向窗外。

× × ×

窗外的夕陽正閃耀著。

秋意漸濃，白天也越來越短。

看來隨著白天變短，大家的耐心也變少了，會議室裡的氣氛不知不覺間變得糟糕至極。長時間的會議，讓大家都失去了生氣，宛若一灘爛泥。

有厭倦而拿出手機玩的，瞪著一雙空虛眼神發愣的，把影印資料拿來當扇子搧的，營運委員會的所有成員全都可說是一臉不愉快的樣子。

「嗚嗚……如果，還有其他意見的話……如、如何呢……沒有意見了嗎……」

巡學姐以疲憊至極的語調說道，但是大家的反應並不熱絡。

相模的「有沒有其他意見～」也沒有任何人做出回應。在擔任主持的兩個人斷斷續續的喊話之中，身為負責人的平塚老師堅守著沉默，也順便堅守著貞操。操守也太堅固了吧！

我心中失禮的念頭似乎傳到了對方那頭，原本雙手抱胸閉著雙眼的平塚老師睜開其中一邊眼睛，看了過來。然後，用下巴指了指，對我打了個信號。

似乎是要我想想辦法的意思。

我不自覺地嘆了口氣。

「唉……這樣下去可做不出結論……」

雪之下和我一樣，接著嘆了口氣。她一邊按著太陽穴，一邊疲憊地說道：

「是啊，大家的點子比想像中還要貧乏呢。」

「無論說什麼，都是反對的意見比較多……」

由比濱雖然提出了許多點子，但是每次都從四面八方飛來否定的聲音。兩個人對於這場會議，已經進入了放棄模式。可不是貓耳模式（註28）。當會議已經往錯誤的方向持續前進，再怎麼積極發言都無法達到效果。走錯路的會議應當要馬上中止。

「只靠我們出點子也有些困難啊，這樣下去再繼續想也是白費力氣。」

「那該怎麼辦？」

由比濱問道。我低頭開始思考。

靠我們幾個是辦不到的。那麼就應該交給能夠辦到的人來做。甚至交給本來辦不到的人去做，搞不好也會在做的途中漸漸變成辦得到，那麼果然還是應該交給我以外的人去做。這時還是如親鸞上人一樣，秉持他力本願的精神，期待別人會來幫忙吧。我根本佛教徒。雖然親鸞他絕對不是這個意思就是了。

「那個啦，有句話叫做術業有專攻對吧。」

我說了句非常漂亮的成語，雪之下聽了便點點頭。

「這種想法的確非常重要呢……」

沒錯沒錯，這想法，重要。

無論是打工還是任何事，只要讓人看到一次自己事情做得好，接下來那類事情就會永遠都丟給你做了。在便利商店打工的時候，某位稍微懂得畫圖的女孩子也是

註28 動畫《月詠》的主題曲。

每次都被抓去畫宣傳海報。店長只會說什麼「妳畫畫滿厲害的啊，兩三下就畫好了吧？交給妳囉」之類的話。會做和想做根本就是兩回事，這點大家應當要更認真一點看待。

因為過去有著這樣的經驗，我不禁脫口而出。

「反正能幹的傢伙被公司組織當作好用的奴隸壓榨是世間常理。被壓榨就算了，薪水還加不了多少，導致認真工作的人看起來就像個笨蛋。」

「沒錯！你真是瞭解啊！」

突然傳來一句大聲的話，我轉頭望去，只見平塚老師啪的一聲拍了自己的大腿，並用力點著頭。

「平塚老師……您贊同這個意見，似乎不大恰當……」

正當所有的學生都對平塚老師投以同情的眼光時，只有雪之下以冷冽的眼神盯著老師瞧。能夠好好說出正確主張的人真的是很偉大。哪像我只能淚流滿面，都快看不到前面了……再沒有人把老師帶回家的話，我就幾乎要認真工作來養老師了。快點！是誰都好，快點把老師帶回家啊！

我擦了擦眼角的淚水，打起精神繼續提出意見。

「把辦不到的事交給辦不到的人還是辦不到。交給專家去處理才對。」

「你的意思是，我們要放棄這次的委託嗎？」

雪之下一臉訝異的盯著我瞧。然而，我可是能夠挺著胸膛說不是。

「我要表達的是Work sharing（職務分擔），Job Rotation（職務輪換），以及Outsourcing（委外）。」

聽到一大串英文，由比濱喔～的一聲表達她的讚嘆。

「雖然我不大懂，不過好像很厲害……」

感謝妳的贊同。總之，妳屬於容易上當類型的人，所以最好注意點啊。感覺妳就是會跑去買標榜自然什麼的食品然後被老鼠會騙光家當。

另一方面，從不讓人擔心會被詐騙的雪之下則是抱頭煩惱著。妳要是能再相信別人一點的話，我認為妳的人生會更為快樂喔。

「真虧你能夠接二連三說出煞有介事的單字……話要說得漂亮也是門藝術呢。」

雪之下嘆了口氣，一旁的巡學姐則是突然站了起來。

「但是，如果這樣就能解決的話也沒問題啊！放心把事情交給他人處理也是很重要的！」

得到巡學姐鼓舞人心的認同，我對著她點了點頭，轉身面對雪之下。

「雪之下。」

「好的。」

話才一出口，雪之下馬上就做出回答。途中雖然有著一些爭論，不過我的想法應該是成功傳達給對方了。

然後，她舉起手，看向巡學姐。

「城迴學姐，我們想招募外部人員做顧問。」

巡學姐眨了眨眼。

「顧問？」

「……問？」

巡學姐滿臉問號，歪著頭小聲複誦，由比濱也跟著歪頭。

「只靠我們的力量得不出結論的會議，再開下去也不是辦法。也許還是聽聽看專家的意見比較好吧。」

我附和說道，巡學姐微笑起來。

「也是呢，如果能有專家的幫忙會比較好呢。對吧，相模同學。」

雖然只是形式上，但是主任委員的確是相模。還是得和她確認過意見才行吧。

巡學姐在這方面的應對可謂圓滑得體，而相模則似乎是沒料到話題會丟到自己身上，慌張地開口道：

「是、是的。的確如此。實在是提不出什麼好的意見呢……」

相模也理解現在的情況，這事沒有任何拒絕的理由吧。今天所有參加會議的人，也應該都會同意這件事。

但是，在相模說完之後，非常安靜地——

像是平靜的水面落下一滴墨汁，我聽見了一聲低語。聲帶完全不做震動的無音細語。雖然完全沒有聲響，但是它確實地傳進我的耳裡了。

「老師。」

然而，細語馬上就被巡學姐的聲音給蓋過。巡學姐將目光掃向平塚老師。

平塚老師注意到目光，便點了點頭。

得到了老師的同意，我轉身面向由比濱。

「由比濱。」

「咦？」

被叫到名字的由比濱用手指指著自己，驚訝地眨了眨眼。

我擺了擺手示意，由比濱便移動椅子，上半身靠了過來。

比想像中還接近……

香水以及洗髮精淡淡的幽香讓我感到有些暈眩。我為了讓自己鎮定而深吸一口氣，但是深呼吸所造成的微妙時間間隔，反而讓由比濱感到好奇，往我的臉靠了過來。就跟妳說距離太近了啦。

因為近距離對上眼神而造成的害羞感，彼此同時避開了視線。

我試著盡量不將目光對上，盡量不太過在意對方，簡短地傳達了自己的意思。

由比濱從頭到尾都一直低頭聽著。被棕髮蓋住的耳朵大概是因為透光的關係，稍稍染上了一抹朱紅。

我話一說完，由比濱便抬起頭來。

「我知道了。那麼，我去叫人過來喔。」

由比濱單手拿著手機起身，離開會議室至外頭打電話。

我看著對方離開後，將疲憊的身軀深深沉入椅子裡。

×　×　×

不久，那位顧問來到了現場。

「他們就是顧問嗎？」

雪之下瞥了一眼站在門前的兩位人物。

「為何叫我來這？」

「唔姆？」

瞠目結舌的兩位，分別是海老名和……材木座。

不如說，材木座的出現才是讓我瞠目結舌……算了沒差。反正對方是材木座，別多想比較好。

海老名則是一貫的驚訝表情，向由比濱搭話。

「欸，結衣。為什麼我會被叫來這裡？」

「有些事情想要商量。」

「商量？」

海老名將會議室看過一遍，歪了歪頭。確實，運動會營運委員會和她之間並沒有任何關聯。本人大概想破頭也不知道自己被叫來的理由吧。

「是這樣的……」

「學校的運動會每年都會舉辦不一樣的壓軸比賽。然而，今年因為沒有什麼好的點子……所以我們想要參考一下海老名同學的意見。」

在我開始說明前，雪之下就把所有的重點整理好並傳達給對方了。

「反正我也很閒，沒差……但是為何是我？」

「啊，是自閉男推薦的。」

由比濱一回答，海老名便興致勃勃地望向我。

「是比企谷同學啊……哦——」

海老名驚訝地大聲說道，並瞪大雙眼看著我。

「……校慶時，王音之類的不是很受歡迎嗎？如果妳還有如此獨特的點子的話，想麻煩妳幫這個忙。」

實際上，我很欣賞海老名的製作能力。海老名擅長寫腳本以及導演，換句話說就是能夠把一變成十類型的製作人。此外，企劃的進行以及管理，就校慶時的實蹟來看是能夠信賴的。甚至，他和校園階級制度最上層的葉山一夥有著良好關係。

在這所總武高中裡，大概找不到比她還要優秀的製作人了。

「哼～既然這麼指望我，那我就努力看看吧。」

海老名輕快地呵呵笑著。

一旁的材木座見狀，斜眼用力瞪了海老名一眼。

「八幡！我也會！我也會努力的！」

「好啦好啦。」

材木座一邊拉我的袖子一邊向我訴說著什麼，因為實在是太煩太噁心了，我隨便敷衍了幾下。

「那麼就拜託啦。幫忙想些能夠成為運動會上亮點的項目。」

我話一說完，海老名便推了推眼鏡。

「能夠成為亮點……意思就是，能夠造成話題並且炒熱氣氛的比賽項目？」

「嗯，簡單說的話就是這樣。」

「能夠造成話題並且炒熱氣氛就好了對吧……炒熱那方面的氣氛也沒問題吧。」

原本沉思著的海老名，臉上突然浮現一股腐笑，然後又恢復原狀。妳、妳是要炒熱哪方面的氣氛啊……可怕，好可怕啊這個人……

我感到害怕，這時傳來了握拳擊掌的聲響。

「嗯嗯，很可靠呢。那麼，就先麻煩兩位幫忙想男子壓軸比賽的點子囉。」

一直在旁注視著事情發展的巡學姐做出結論，海老名和材木座便點了點頭。

「那麼我就想想看囉～」

「交給義輝就對了～☆」

兩人同時開口，然後轉頭看向對方。

「一起加油吧，那個……材、材？材木蟲同學？」

大致上沒錯。但是，材木蟲義輝似乎不怎麼滿意，緊握拳頭顫抖著。

「可笑！這次的提案對決！我將會獲勝！還、還有，不要叫我材、材木蟲！妳這個……這個，蝦子！（註29）」

丟下一句小學生等級的壞話，材木座跑著逃離了現場。

是怎麼了，這傢伙難道對海老名燃起了競爭意識嗎……大概是身為一個臭宅男的自傲不允許自己輸給一個腐女，之類的想法吧。哇塞，真的是超無所謂。

「怎麼莫名其妙就變成對決了……」

雪之下感到不可思議地說道。

「誰知道？但是，競爭政策應該能夠帶來較好的結果。」

「也對。」

不愧是個性黑白分明的雪之下，我完全能夠理解她這次也想用勝負來一決雌雄。所以妳才喜歡貓熊強尼囉？那傢伙也是黑白分明呢。

於是，蟲與蝦子的提案對決，就此展開……

註29 日文「海老」意為蝦子。

4 雪之下雪乃堅持試探到底

自材木座宣戰之後經過了一段日子，某天的放學後。

運動會營運委員會的會議室，被一股異樣的氛圍包圍著。

一決雌雄之刻，終於到來。

東邊，材木座義輝。

西邊，海老名姬菜。

作家志願臭宅男對上高性能腐女子，惡夢般的夢幻對決，正式揭開序幕。

誤打誤撞將兩人推上擂臺的我們，正在進行會場的準備工作。降下會議室前方的投影幕，打開投影機暖機，確認已經與電腦連線，並測試是否能夠正確投影等，大家分頭進行作業。

最後，雪之下確認完雷射筆，向巡學姐說道。

「城迴學姐，這邊已經準備好了。」

「謝謝。」

巡學姐回給對方一個微笑後，偷看了一下坐在身旁的相模。

「那麼我們開始吧……相、相模同學？」

「好，對、對呢……」

相模的聲音顫抖著。從這次會議開始，應該全是由相模來負責主持了。從她的神情來看，與其說是緊張，倒不如說是畏怯。

但，相模害怕的東西，與其說是身負主任委員以及主持人的重任，不如說是身旁充滿幹勁的海老名。

「那麼，姬菜跟……同學，拜託你們了……」

「交給我！」

「呼咳……」

一邊興奮至極，一邊緊張萬分的兩人從位子上站起，移動到投影幕旁，雙方一面對面，便互相投以冷笑。

終於，提案對決要開始了……

讓人意外的是，先攻的人是材木座。

一般而言，這類型的對決，先攻的人感覺上都會輸……看看那些料理漫畫，全是如此。

「咳咳。」

材木座站到螢幕的面前，清了清嗓子。

他點頭行了禮，然後開始操作電腦，將以 powerpoint 製作的簡報投影出來。

摘要的標題為「運動會競技提案」，意外地正經八百。使用的字體看起來很像毛筆字，除此之外就沒有什麼特別之處了。

「簡單就是美」這句話往往都被當作偷工減料的藉口。我也常常講這句話。

如此簡潔的標題，究竟能夠帶來什麼樣的提案內容，大家都屏氣凝神地注視著。

會議室內鴉雀無聲，只能偶爾聽到蚊子苟延殘喘地拍動翅膀的聲音。大家都端正坐姿，準備聆聽提案內容。

然而，材木座卻遲遲不開口。

「……，…………。…………。…………。…………謝。」

材木座吐了口氣，然後又行了個禮，轉身打算離開。

啥？結束了？

難、難不成，剛剛的蚊子聲，其實是材木座的說話聲嗎！

「因為過度緊張而導致無法發出聲音呢。」

雪之下冷靜地分析。

是啦，沒有經驗的話的確是會這樣……實際上，校園生活之中，站在眾人面前發言的機會並不多。實際情況則是所謂的發表現場，同時也等於受聽眾嘲笑的現場。所謂聽眾，就是能夠無條件地批判站在臺上者的一群人，時代就是如此。

「自閉男……」

我知道由比濱想說什麼。對方已經來幫我們的忙，就算是材木座這種人，我們也該心存感激。見義不為無勇也，古人說得真有道理。

「我嗎……算啦，也只有我行……」

可悲的是，現場只有我能夠跟材木座正常溝通。總覺得我好像是要去跟王蟲做交流……

我嘆了口氣，從位子上起身，向宛若一尊雕像般僵住的材木座搭話。

「材木座，我也來幫忙，重新來一次吧。」

嘰吱……嘰吱……材木座一邊發出像是勝二（註30）會發出的聲音，轉動他的頭，視線朝我看來。然後，僵硬的表情變得像是融化的雪一般柔和。

「……唔、唔嗯。是這樣麼？」

對方似乎是放心下來，又漸漸變回原本的調調了。真是令人火大……

我稍微行了個禮，然後開始播放投影片。

「提案的內容於此：千葉市民對抗騎馬戰。嗯？這什麼鬼。」

我不自覺地轉頭望向材木座。已經復活的材木座面向我，一邊做出誇張的手勢，一邊大聲說道。

註30 漫畫《赤腳阿元》中登場的角色，故事後期因染上毒品，導致精神異常。

「千葉市民對抗騎馬戰！簡稱——！千馬戰！」

你一開始就對著大家這樣說明不就好了……

「然後呢，這個到底是啥？」

「咳咳。古早以前，千葉一帶曾經發生過北條氏與里見氏的戰爭。千馬戰即為考量到此一歷史要素的優秀競技。」

「那時候的學校位置一帶應該都是海。然後呢，規則是？」

面對向我滔滔不絕的材木座，我一邊應著聲，一邊敲著ENTER鍵，將簡報切換至下一頁。就在此時，材木座停下了我的手。

「啊，不，等等八幡！那、那個有點丟臉！那頁簡報還沒有完全做好！才做到一半而已，只能算是塗鴉！只是塗鴉罷了！我還沒有認真把它做完！」

對方一邊拚命找著藉口，一邊用力抓住我的手，結果反而讓我按下了ENTER鍵。

「嗚噫噫噫噫噫噫噫噫噫！」

伴隨著材木座悽慘的叫聲，投影幕上顯現出了像是合成圖的東西。一張普通的騎馬打仗照片中，某位另外拼貼上去的鎧甲武士坐在畫面中央，手法只能以粗糙形容。看起來像是用小畫家修改的，品質極為低劣。

如此粗糙的一張圖在眾目睽睽之下秀出，材木座又當機不動了。我趁著這期間繼續往下說明：

「規則為選出複數個身穿鎧甲做角色扮演的大將，然後以擊敗的大將數目來決定勝負，其他部分大致上與普通的騎馬打仗相同。比起普通的騎馬打仗，這種規則的戰略性更為濃厚，而且可以給予觀眾視覺上的衝擊……搞什麼，規則訂得還不錯嘛。」

我省略最後的『大將，櫻花，浪漫之嵐（笑）』部分不念，將規則說明完畢。老實說，我非常驚訝材木座的提案居然這麼認真。

「是、是這樣嗎？」

材木座似乎對自己被肯定一事感到疑惑。

「簡單明瞭，易於理解呢。內容也很容易想像。」

巡學姐點了點頭。看來就算是粗糙的合成圖，做為表達概念的材料也已經足夠。會議室中響起了零落的掌聲。

該怎麼說呢。有時做的東西再怎麼好，只要搞錯表達方法，往往都得不到正面評價。我認為歸根究柢，表達的方法應該也要確實教導，這樣課堂上就不會有那麼多人遭受心靈創傷了。

材木座對於大家鼓掌認可自己感到驚訝，眼神游移不定，無法靜下心來。

「八、八幡，這到底是……」

「看來你的點子還不賴呢。辛苦啦。」

我拍了拍材木座的肩膀，回到自己的位子上。

「嗚、嗚呵。」

獲得出乎意料的高評價，材木座露出一臉滿足的笑容，結果聽眾們的拍手聲瞬間停了下來，取而代之的是「噁心」之類的小聲私語此起彼落。

你別露出那種笑容就不會變成這樣啦……

×　×　×

材木座的提案結束，接下來換海老名上場。

不愧是有過王音☆經驗，並且位於校園階級上層的人，她熟練地開始說明。

「那個，我的提案是這樣的。」

海老名按下ENTER鍵，將簡報換至下一頁。簡報封面寫著『倒竿比賽』。

意外地普通……明明是海老名的點子……難道你其實不是海老名姬菜，而是維基納基納（註31）？

「這次的重點，開門見山地說，就在大將身上。雖然跟前一個提案有些重疊的部分，不過這份提案的重點，比起戰略性，更重視的是個人魅力。」

海老名沒有注意到我疑惑的眼神，滔滔不絕地繼續說明。嗯，這個人的能力真的是不錯呢。集創意、能力，以及領袖特質於一身，實為難得一見之人才。

註31《機動戰士鋼彈F91》中登場的機體名稱。

「足球社社長葉山隼人同學在學生中頗有人望，讓他在倒竿比賽中擔任大將的角色，將可引起大家的關注。」

簡報迅速地換至下一頁，投影幕上顯示出的是一臉爽朗笑容的葉山的照片。這是怎樣……

我感到一陣厭煩，然而營運委員會的女子們則是呀～呀～喧鬧著。效果十分顯著！

「還滿有趣的呀。」

特別是相模，她看起來非常贊同。

照這情況來看，其他女孩子的反應大概也差不了多少。海老名的選角完全沒有問題。若要舉辦表演活動，選角就要選擇集客力高的人物，以便爭取最大的利潤。她採取的戰略非常安定。

然而，這個提案似乎有些漏洞，她看起來稍感困擾，臉上閃過一絲陰霾。

「因為葉山同學是白組，所以紅組也得找個人擔任大將，那個……紅組裡有沒有誰適合擔任大將的？」

海老名望向身為主任委員的相模。

「嗯，選誰比較好呢……」

相模只是歪著頭，而巡學姐則是對著會議室內的所有人說道：

「這邊有紅組的人嗎？如果有的話，希望大家能夠幫忙想想人選。」

所有人開始互相確認所屬組別。然而，卻沒有人提出什麼好的人選。巡學姐自己也一邊喃喃自語一邊思考著，突然「啊」地喊了一聲。

「雪之下同學她們也是紅組，不知道她們有沒有想到什麼適合的人選？」

「咦！比企谷同學是紅組嗎？」

海老名突然緊咬住這句話不放。或者該說，緊咬住我不放。

「那人選就決定是比企谷同學啦！兩位敵隊大將的紅白配對再吉祥不過了，今晚就煮紅豆飯囉！來啦來啦（註32）！」

沒有來，完全沒有來。

「齁㖠，八幡。汝亦朱紅之者嗎……」

材木座咧嘴一笑。也就是說，材木座也是紅組嗎……雖然很想乾脆讓材木座當大將算了，但若不是與葉山相稱的人選，應該是行不通……雖然感覺就負向量的角度來看，這兩個人頗為匹配，但就提案概念而言，這麼做想必不太好。

當然，依據同樣的理由，我也不在大將人選的名單內。人選必須和葉山一樣，能夠廣聚人氣，並且是個觀眾願意為他加油打氣的人物。

但是，已經進入腐模式的海老名持續暴走著。

「總、總而言之，海老名毫不隱藏海老名的吃驚、困惑與欣喜只是淡淡地繼續說明。那個，白、白組的隼人同學把、紅、紅，漲紅著的比企谷同學的棒子給噗

註32　動畫《草莓狂熱》角色台詞演變的網路流行語，多於討論同性戀愛時使用。

哈——」

海老名用力往後一仰，然後僵直不動。巡學姐察覺對方已經進入危險狀態，轉頭向學生會成員點了點頭。學生會成員們咻地一聲迅速移動，拉住海老名的手往會議室外帶開。被人拖著帶離現場的樣貌，不禁讓人想起羅斯威爾事件（註33）。

就趁這個機會，趕快把我擔任紅組大將的提議給否決掉吧。雖然就算我不反對，大家也應該會幫我否決掉。

「我身兼營運委員一職，沒有辦法擔任大將。若是決定舉辦倒竿比賽的話，請另外尋找人選。」

「對喔，說得也是。得先決定要採用哪邊的提案呢。」

巡學姐點了點頭。

「那麼，相模同學，開始投票吧。」

「好的。那麼，贊成騎馬打仗的人～～」

在場的手一隻隻地舉起。

「那，下一個。贊成倒竿比賽的人～～」

相模一邊說著一邊舉起自己的手。在場的手再次一隻隻地舉起，這次的人數也和先前差不多。

註33　一九四七年於美國新墨西哥州羅斯威爾市發生的幽浮墜毀事件。一張FBI探員牽著疑似外星人物體的黑白照片尤為人所知。

雖然雙方勢均力敵，不過倒竿比賽的人數稍微多了些。只有倒竿比賽才能看見葉山活躍的樣子，所以我毫不意外。

「差不多同票呢……」

數著人數的巡學姐如此說著。

就這樣決定舉辦倒竿比賽也沒問題。採用多數決投票的情況下，這是被允許的一件事。不管是對立方僅是少數意見，還是人數勢均力敵，幾乎達到半數的意見，都能以此為由否絕。總票數越多，代表被捨棄的人數也越多。

這就是多數決。我們可以說這系統存在著重大的缺陷。換句話說，是錯誤的。反過來說，少數決才是正確的，也就是像我這樣的少數派永遠都是正確的沒錯吧。原來如此，我就是正義嗎？

「那麼，男子壓軸比賽就決定是倒竿比賽了……」

相模不做思索，下了決定。

「這樣的話，要不要把騎馬打仗當作女子的壓軸比賽項目，兩個提案都採用？」

「喔──原來如此。」

巡學姐像是認同這個辦法，敲了一下掌心，然後看了看平塚老師。平塚老師也點了點頭。跟平常一樣，仍貫徹學生自主的指導方針呢。

巡學姐得到同意，眼光過整間會議室一遍。

「大家能接受嗎？」

妥當的判斷。畢竟騎馬打仗也得到了近半數的支持。對於巡學姐的提問，無人出聲反對。

採用多數決時該注意的重點，反而在於如何對被捨棄的意見方做好妥善照顧。就這點而言，相模的應對足以說是及格。

從決策面來看，我也不認為這樣的決定有什麼問題。騎馬打仗就概念以及創意來看，都不亞於倒竿比賽，學生會幹部為主體的決策組成員也都表示贊同。

但是，會議室內卻沒有什麼迴響。

我心底閃過一絲不安。

窸窸窣窣，一陣宛若蟲子腳步聲的低聲細語。

雪之下和由比濱也察覺到了，這股暗示著某件事前兆的氣氛。

「……」

雪之下瞇起雙眼，尋找說話聲的來源。雖然相模還沒有注意到，不過周遭的氣氛確實已經改變了。

「那個，因為沒有人反對，就決定以騎馬打仗做為女子的壓軸比賽項目了。接著來分配工作項目吧。」

自己的意見獲得採納，順利辦妥一件事的相模看起來非常愉悅。

「現在發下比賽項目的一覽表，請大家上臺登記自己希望擔任的項目。」

相模做出指示。學生會的幹部開始分發資料。接下來就讓大家自由思考，決定好答案後去白板前登記了。

我也因為必須做出選擇而直盯著資料瞧，這時巡學姐快步走了過來。

「當天我打算安排大家做營運總部的工作，所以不用登記喔。」

「好。那麼我們要來分配營運總部成員的負責項目嗎？」

雪之下點頭，提議所有決策組成員另行討論。

「嗯，好啊。」

「啊，那相模也要……」

由比濱搜尋著相模的身影。

相模並沒有離開太遠，還在會議室內。

所以，接下來發生的事，被我們看得一清二楚。

「擔任項目啊，怎麼辦呢？我想要選倒竿比賽耶。結和遙也一起來嘛。」

相模和遙以及結在一起。這三位校慶時也是結伴同行，因此運動會時必然也會湊在一塊。

但是，跟之前比起來，彼此之間的距離感明顯不一樣了。

遙和結互相望了望，像是事先預謀好般，同時說出同樣的話。

「那個，我有點……」

「我還有社團活動，準備工作比較重的可能不大行……」

面對彼此間拉開的微妙距離，相模一下子也不知所措，滿臉困惑。然而，她馬上就把笑容掛回臉上。

「咦……咦——？可是，其他項目都很無聊喔？」

相模一說完，兩人便動作一致地，彷彿事先演練過地，以柔軟的口吻拒絕了對方。

「嗯，是沒錯啦，但是我們還有比賽之類的要參加啊。」

「時間上要配合還是有點困難啦，所以這種比較氣派的項目就……」

「啊，但是不用在意我們，小南選自己喜歡的就可以囉。」

兩人持續搬出相模無法插手的，社團層面的理由，最後則是展現了一點對於相模的顧慮，並且強制結束話題。

這種婉拒的手法，和將棋殘局有著異曲同工之妙。

「是、是這樣啊。也是啦——」

相模為了表現出自己毫不在意，刻意做了個更為明朗的笑容。

「抱歉啦——」

另外兩人則是反過來，刻意強調出非常在意的感覺，充滿歉意地開口說道。就這樣，相模一夥人之間的交涉結束了。

就在此時，由比濱剛好開口叫了相模。

「喂——小模，要開始討論囉——」

「啊，好。馬上去馬上去——那我先走囉。」

相模向兩人揮了揮手，回到決策組側後，一行人便準備進行討論。

「是說，八幡。我到底該怎麼做比較好呢？」

「咦……啊——反正也能討論騎馬打仗的細節，你就留下來吧。」

材木座一聽完便點了點頭，用力坐上一旁的椅子。這樣材木座就搞定了，但是海老名該怎麼辦呢。她還沒有回來這裡……該不會又飄到某處的51區去了……

相模一坐定，決策組的討論便開始進行。

確認工作項目，並決定擔任人選。各個比賽項目需要的成員數量就交給現場組去決定。

問題在於其他部分，像是救護和廣播，還有道具製作和會場設置等。這些光靠決策組成員來弄是行不通的，必須要把一部分的工作交給現場組。

巡學姐參考著往年的運動會內容進行說明，話才剛說完，相模便點頭催促移至下一個議題。

「那麼，其他還需要的是……」

「壓軸比賽的規模是全校級的，可能得用上所有的人力。是不是應當動員所有的人力處理？」

「啊，也是呢。」

經雪之下提醒而注意到這點的相模站了起來。現場組的成員們已經要分配完他們自己的工作了，得趕快告訴他們總工作量會改變。

「不好意思，壓軸比賽改為全員參加。已經選擇擔任壓軸比賽的人，請另外選擇其他的擔任項目。」

相模的話讓現場組揚起一陣喧鬧。大家似乎都不怎麼有幹勁，能夠感覺出這股喧鬧中負面的情緒較多。

人群之中，有人的動作突然停了下來。

那是剛剛才跟相模說完話的遙和結。兩人低聲耳語，像是確認完什麼後，點了點頭。

兩人像是為了互相配合節奏，同時往前站了一步。

「那個，小南。我們反對這個決定。」

我分不出到底是誰講出這句話的，總之其中一方說完之後，會議室內便又掀起一股喧鬧。

「咦……」

直白不拐彎的反對意見，讓相模一時語塞。她似乎還搞不懂對方在說什麼。實際上來說，現在能夠完美理解現狀的人應該不存在吧。

「如果要強制全員參加的話，我們大概就沒有辦法幫忙了……」

另一方接著說完後，相模的臉色明顯產生變化。

「那個，這是大家決定好的事……」

「但是，大家都有各自的社團活動啊……如果不想些其他辦法的話……」

「花費太多準備時間，負擔太大的話，我們也很困擾。」

面對一句接著一句的兩人，相模只能沉默不語。

委員會中大部分的成員，是被各自的運動社團派來的社員。他們和以學生會成員為主體的決策組們，是絕對沒有辦法一心同體的。

巡學姐也是眉頭深鎖。

「是說，這樣的安排確實是很辛苦，可是能不能拜託大家幫個忙配合呢。」

她婉轉地說道。大概是因為要當面反駁一位學生會長的要求有些難度，遙和結只能撇開視線，沉默不語，但就是不點頭答應。

看見對方如此堅持己見的樣子，巡學姐也只能苦笑。

雙方的溫度差非常明顯了。

就算是決策組，一被現場組「拜託」，便無法繼續堅持主張。這是因為明確的上下關係，指揮系統沒有建立的緣故。

所以，就算是主任委員，實際上也單純只是企劃成員的一分子，無權對他人下命令，別人對於主任委員的請求也沒有服從的必要。

團體構造上存在著重大的缺陷。

如果彼此之間有著信賴關係的話，也許對方就會接受這份請求了。當初的巡學姐等學長姐們，應當就是這麼做的。

然而，相模和那兩人之間並不存在那種玩意。不，若要說得精確些的話，就是兩人之間已經失去了那樣玩意。

校慶執行委員會時，正是因為雙方都處於同樣的立場，才能相處融洽。但在這次的運動會營運委員會上，相模位於決策組，她們則是現場組的人，再加上社團活動以及工作量增加等顯而易見的負擔，讓雙方之間的身分差異顯現出來了。

事情的前兆一直存在著。

之前對於相模的言行舉止發出的細聲埋怨，正是來自她們兩位吧。相模一直做出對於現場組缺乏尊重的發言，因此她們的不滿也逐漸累積。

現在，這些不滿爆發了。

「大家到此為止吧。」

強而有力的一聲嗓音，傳進大家的耳裡。

仔細一瞧，只看見平塚老師迅速打開了會議室的門。

「時間已經不早了，今天就先解散，改天再繼續討論吧。」

決策組和現場組，雙方的立場雖然不同，但都一樣是學生。若要下令指揮，不由更高一個層級的人來做是不行的。

能夠收拾事態的人，只有平塚老師。

遙和結互相望了望彼此，然後抓起書包，快步離開會議室。現場組的成員們也緊接著她們離開。

留下來的，只有決策組、學生會幹部和我們，還有相模。

「城迴，過來一下。」

「是的……」

巡學姐被平塚老師呼喚，走了出去。

會議室內沉默不語。

一直站著的相模，像是倒下去般，跌坐在一旁的椅子上。

夕陽映入了會議室之中。

面對眩目而耀眼的落日，相模只是閉上她的雙眼。

× × ×

夕陽將天空染上一片鮮紅。自海一側湧出的雲朵，覆蓋了整個西邊的天空，如同燃燒的烈火般燦爛奪目。陸地側則只是逐漸被黑暗吞噬。

會議室中瀰漫著一股慘澹的氣氛。

自平塚老師宣布散會之後，事情沒有任何進展。離開會議室的結與遙等現場組的一夥人，應該都回去參與各自的社團活動了吧。

我們等著被平塚老師叫走的巡學姐回來。

材木座苦悶地嘆了一大口氣，大概是覺得待在這裡不大舒服，他不停扭動著自己的身體。像是打信號般，由比濱和其他學生會的成員見狀，也一個接著一個嘆氣。

只有雪之下閉著眼睛，腰桿挺直，保持著嚴肅凜然的態度。

現場除了她一個人以外，大家都待不住了。於是，大家自然而然地將視線放到某位人物身上。

相模南。

曾經擔任校慶執行主委，這次則是擔任運動會營運委員會的主任委員，在她身上絲毫感覺不出與她頭銜相稱的威嚴。相模只是閉著嘴趴在桌上，不時以指甲敲著手機的螢幕，發出喀喀聲響。

雖然從我的座位看不到她的表情，但是絕對不怎麼好看。

從校慶以來一直在一起的友人，這次卻不贊同相模的意見，甚至還明確表現出對立的姿態，這個事實沉重地壓在她的身上。

正因為有著羈絆，切斷時才會感到苦痛。

實在無法說是大快人心。

甚至該說是，令人憐憫。

原本就不能說是深厚的交情，分開時卻仍然確實地給予對方傷害。所謂流動性的人際關係就是如此棘手。

不清楚對方和自己結為好友的緣由為何，只是單純的認識對方，有時在校園內碰上，可能會「喲」地互相打聲招呼，或是交談上兩三句話，就是這樣的人際關係。

和班上或者是社團活動等較為固定的人際關係不同，校慶執委會和運動會營委會等情況，正是此類人際關係的典型代表。這種有著限制的交情，似乎稱之為「喲友」。小町之前曾經跟我說過……這樣也算是朋友？認定朋友的門檻會不會太低了？

相模的失算，就是身為「喲友」的結與遙也正好在場一事。更精確點說，就是她們這次與相模身處不同的立場出席會議一事。

相模做為決策組，而結與遙則是做為現場組的成員出席。

兩者之間清楚明瞭的身分差別，輕易地成為了糾紛的火種。如果她們三個這次也像校慶時一樣身處相同立場的話，就能夠繼續保持良好關係了吧。

這次的主委真的不行啦，工作好累喔，那個人只會出一張嘴卻完全不做事嘛，她們原本能夠一邊像這樣互相吐著苦水，一邊開心地一起工作的。

壞話以及中傷於人際交往中產生的效用，可謂深不可測。

透過經驗，理解的共享，明確展示自己的惡劣個性，進而相互掌握各個成員的弱點，最後形成共犯結構。正因共犯結構的存在，成員才能團結。甚至，壞話和中傷還能抒發壓力，使得成員間的交流能夠更為圓滑。

背地裡說人壞話真是太棒了。只要透過中傷他人，無論是誰都能互相結為好友。

然而，對於被中傷的人而言，這可不是能夠承受的痛。

建立在犧牲之上的友情，是無時無刻渴求著新鮮祭品的。如果供應來源遭到截斷，那就必須改從成員內部提供祭品。

從以立場不同一事開始，相模不停地犯錯和失敗。甚至，當二對一的構圖已經確立時，相模就註定得當那隻做為祭品的小羊了。

遙和結現在一定正瘋狂說著相模，甚至是整個決策組的壞話吧。

這樣一想，就會覺得相模實在很可憐。看她仍然握著手機，企圖尋找些許心靈依靠的樣子，更是覺得如此。

現場同情相模的人應該不只我一個。

由比濱也偷看了相模一眼，歪了歪她的嘴角。

目的先放一邊不談，推薦相模擔任運動會營運主委的人的確是我們。也許她因為這件事而產生些許罪惡感了吧。

「巡學姐她們，有點慢呢……」

這句話大概不是對著在場任何一個人講的，不過因為由比濱的這句話，會議室內沉重的氣氛稍微緩和了一點。

「的確是呢……」

雪之下睜開眼睛回答。

「要不要去看看狀況？」

學生會幹部的其中一人站起來向雪之下提問，但是她搖了搖頭。

「她們應該還沒有談完，就算現在過去也改變不了什麼。」

聽到對方沉著穩重的語氣，該位成員便點頭坐下。

但是，也能看出幹部們已經等得不耐慢了。平塚老師與巡學姐的談話比想像中還要來得久。

兩人回到會議室時，時間差不多已經過了二十分鐘。

表情比起平時還要嚴肅的平塚老師，以及似乎有些洩氣的巡學姐，回到了會議室內。

「抱歉讓大家久等了。」

平塚老師說完這句話，便坐上會議室最角落的椅子。巡學姐也接著走向正中央的席位。

確認大家都看向自己後，平塚老師開口說道。

「我已經和城迴討論過了，下一次的營運委員會決定先暫停。」

「稍微隔開一點時間，讓雙方都冷靜下來後，再看看情況……」

巡學姐補充老師的意思。

這樣的判斷算是妥當啦。既然造成氣氛僵硬的原因無法排除，那就只能等待時間將它風化，或者是等待這股情緒淡化了。

然而，我不認為問題這樣就能解決。

「可是，一天兩天就能冷靜下來嗎……」

由比濱喃喃自語。

「大概沒辦法吧……」

憤怒是短時間的感情。所以給予雙方冷靜時間，是正確的判斷。

但是，就算憤怒不再持續，憎恨也會繼續。它會在心靈的深處持續冒著黑煙，像是炭火一般，安靜地、緩慢地持續燃燒。

更加惡劣的是，嘲諷、戲弄和鄙視等感情，會更長時間地持續下去。貶低別人總是比誇獎別人來得簡單，若是再加入一些俏皮話，則甚至可以當作一種娛樂了。正因為這行為輕鬆且愉快，人們會抱著「說笑話」的感覺持續下去。與憎惡及怨恨不同，這種行為做起來不但毫無罪惡感，還能夠長時間地反覆進行。

隔開的這段時間，很有可能反過來讓事情更加惡化。

「就算如此，比起保持現在的狀態繼續開會來得好多了。」

大概是感受到我的疑慮，平塚老師非常不情願地說道。

的確，就算讓兩人明天繼續面對面，大概也很難產生什麼好的結果。況且，現在的相模又是這種樣子，結果就更不用說了。

我稍微看了相模一眼，對方只是咬著下脣，默不作聲。

「這樣沒有問題吧？」

平塚老師向相模確認，相模點了點頭。

「是、的……」

斷斷續續地回答完後，相模又將頭低了回去。

「……」

一直在旁觀察著相模的雪之下，突然移開視線，轉身面向巡學姐。

「……那麼，會議暫停的事，就麻煩學姐聯絡大家了。」

「嗯。那就由我們學生會負責聯絡囉。」

巡學姐一做出回應，幹部們便馬上理解巡學姐的意思，迅速地開始動作。大概是靠簡訊還是朝會，總之雖然我不清楚他們使用的方法，不過看他們馬上就結束作業的樣子，應該是擁有簡單聯絡上大家的手段。

看著他們處理完畢的平塚老師開口說道。

「那麼，我們今天也到此為止吧。」

聽到這句話的大家，開始互相稍微打招呼說聲辛苦了，然後開始收拾東西。

「唔。先告辭了，八幡。」

一直沉默不語、被晾在一旁的材木座迅速地收好自己的東西，接著快步離開會議室。其他的學生會幹部們也迅速地準備完畢，踏上歸途。

正當我也打算回家而抓起書包時，像是老早就算計好般，突然響起的一句話把我給叫了回來。

「比企谷。你們稍微留下來一下。」

「咦？啊不今天我不太……」

我雖然表現出為難的神色，平塚老師卻只是繼續用下顎指揮著其他人。雪之下看起來像是早就知道會被留下，姿勢一動也不動地待命著。由比濱大概沒特別在想什麼，於原地發著愣。

看來身為組織成員之一，我留在這裡已經是確定事項。我瞬間領悟抵抗也沒有用，只得勉為其難地坐下。

那麼，平塚老師到底是要和我們說什麼呢。我等待老師開口，然而她卻不是對著我們，而是對著意想不到的方向說道。

「還有妳，相模。妳也留下。」

被叫到名字的相模彈了一下。但是，她並沒有拒絕的樣子，而是小聲回答說好。

平塚老師眼神掃過我與雪之下、由比濱、相模，以及巡學姐後，開口說道。

「我就單刀直入地問了。你們接下來打算怎麼辦？」

無法理解老師意思的我與由比濱面面相覷。但是，光是這樣互相望著對方，也得不到答案。我們看向雪之下，她似乎理解到了某些事，眼神筆直地看著老師。

「您的意思是，我們委員會今後打算怎麼營運下去嗎？」

「嗯，是的。雖然不只這樣……」

老師一邊含糊回答，一邊看向相模。

「相模，你今後打算怎麼辦？」

「咦……」

大概是沒有料到會被老師點名，相模思考了一會才開口。

「就算老師這樣問我，我也只能，繼續做下去啊……」

傳出來的是斷斷續續、含糊不清的聲音。

雖然算不上是回答，不過相模至少理解，情況再這樣持續下去會很不妙。雖然老師問的是對策，而不是對於現狀的認識，但是現在就要求相模說出解決辦法，似乎也有些苛刻。

平塚老師並沒有嘆氣，而是嚴肅地應聲認同，然後面向相模，語氣平穩地說道。

「好。那麼先把今後的課題整理出來吧。」

確認現狀，然後給予相模時間整理重點。老師似乎堅持要相模回答這個問題。的確很像是平塚老師的作風。

相模視線游移，嘴巴一下開一下闔，整個人坐立不安。看來她不知道該從哪裡回答起。

她眼神東飄西移，掃過在場的每一個人，又馬上將視線移開。視線雖然也對上過我，但她只是露出羞恥和嫌惡的表情，然後馬上看往它處。

大家沉默不語，只是靜靜地等待相模回答。

她似乎感受到壓力，遲疑地開口說道。

「那個……現場組的人不聽指揮。」

「……」

唉，她果然是這樣想的。比起啞然，我的心境更接近「原來如此」。場面又回到一片沉默。在這之中，只有巡學姐一臉困擾地笑了笑。

「嗯……的確呢。不管是運動會還是壓軸比賽，不拜託運動社團的人加入現場組幫忙是不行的呢。但是，這次大家都沒有多餘的心力能夠幫忙，所以難以確保所需要的人力和時間……我的理解對嗎？」

「是、是的。」

相模雖然立刻應聲回答，但是我想她大概根本沒搞懂巡學姐在說什麼。

算了，就算如此也沒差。只要相模肩上還背著主任委員這個頭銜，結論還是得由她來下。所以，讓相模思考是正確的。不過反過來說，只要最後「說出」結論的是相模就行了。

相模以外的人，就負責引導相模的思路到達該結論。

雪之下似乎也很清楚這件事，稍微等待一會後，轉頭看向巡學姐。

「那麼，關於其他社團活動時間的交涉以及調整……將運動會舉辦前所有社團活動的時間表確認完畢後，再進行工作分配吧。」

雪之下的提議完全合理。

將遙與結反對的理由，換句話說，就是她們拿來當作藉口的論據，一個個確實破壞掉就行了。

但是，這樣還不夠。

講理的辦法，只對講理的人有效。

「光靠這樣是不行的吧。」

「嗯……大概。」

我開口道，由比濱也跟著稍微點點頭。看來她也理解這件事存在著另一個問題。

「說說看。」

我被平塚老師催促，於是簡單地做說明。

「既然對方已經對我們產生反感，接下來的交涉若不是非常高明，沒過多久對方又會不聽命令的。」

人類是被感情驅使的生物。

對人而言，事物的判斷基準不在於本身合不合理，而是依靠感情決定。不僅如此，若一時衝動而感情用事，之後還會編造一套理論來彌補自身行為的合理性。為了將自己因單純討厭而嫌棄、避諱的行為正當化，人們會想出各種論點來正當化自己的作為。

無論再怎麼努力談論道理和邏輯，對方還是會搬出另一套論點反駁。更不用說引用數據和參考資料，只會白費力氣，徒勞無功。

「我不是很懂……」

相模顯得有些焦躁。

……「我們」就是在說妳啦，相模。

我很想就這樣開嗆算了。現在的相模聽不懂這句話，就表示她依然毫無自覺。開嗆雖然是個方法，不過要是因此跟相模起了爭執，只會讓事態更加麻煩。我決定極力省略固有名詞以及實例不談，直接不拐彎地向她說明。

「對方若已經討厭我們，那麼我們的意見就算再怎麼有道理，對方也只會感情用事而繼續批判的意思啦。」

簡單易懂的回答。我的解說實在有夠簡單明瞭，都可以當作這個世界的真理了。沒有任何人對我的話做出反駁。

一直靜靜在一旁聽著的平塚老師嘆了口氣，開口說道：

「……只要相模繼續擔任主任委員，這個問題就會一直跟著你們。」

老師的理解完全正確。

信任一旦失去，便無法簡單地取回。反之，要失去他人的信任實在太過容易。

相模已經失敗了。

然後，這個世界對於失敗實在過於苛刻。

例如剛上高中或大學時，企圖改變自己的形象卻失敗，雖然只是初期階段而已，造成的後果就已經非常嚴重。更不用說在總決賽或者正式表演時的失敗，周遭的人將一輩子指責你的不是。

只有已經成功的人才會說「失敗是被允許的」，沒有留下任何成果的人，就算搞錯也不要把這句話掛在嘴邊，至於還在努力的人，也不要相信這句如糖果般甜美的謊言。

相模似乎稍微理解自己已經失敗的事實，反覆咀嚼著平塚老師的話。

然後，她明白了老師想要表達的意思。

「老師的意思是，我辭退主任委員比較好嗎？」

面對相模激動的態度，平塚老師做出苦笑。

「我沒有這樣說喔。失去的信任必須挽回，但這會是很辛苦的一件差事。我希望妳能理解這點。」

老師委婉地說道。

但是，太過委婉了。

就算挽回失敗並非不可能，但也不會像長輩或者成功人士所說的那麼簡單。絕大部分的情況，失敗只會引來更多的失敗。

現狀若是持續，相模只會掉進失敗的螺旋之中。

像是在試探相模是否有所覺悟，平塚老師雙眼筆直地盯著相模瞧，讓她有些畏怯。

「……那、那個。」

話說到一半，她偷瞄了雪之下一眼。

相模大概是在向雪之下尋求意見。但是，這是個非常大的錯誤。要說錯在哪裡，就是搞錯尋求意見的對象了。這種行為，應該要對著能夠給予自己想要的答案的人做。

雪之下以一成不變的冷冽表情，以及比起平時更為冰冷的語氣，對著相模說道。

「妳若是辭退也沒有關係。原本就是我們去拜託你的，擔任主任委員一事並不完全出自相模同學自身的意志。妳沒有勉強自己繼續的必要。」

「但、但是……」

相模企圖反駁對方，卻被雪之下一語打斷。

「是我拜託相模同學的，所以責任由我來負。」

也就是，雪之下將會負起責任，接手處理主任委員的所有工作。這句話太有真實感了。雪之下絕對辦得到，而且還能做得比相模好。若從校慶執委會一事來看，結果顯而易見。

相模就算離開，也有人能夠繼續扮演她的角色。已經沒有慰留相模的必要了。剩下的問題，只有相模的個人意願。

為了確認相模的決心，平塚老師以嚴厲的語氣問道。

「相模，妳打算怎麼做？」

「我、我……」

她的聲音顫抖著。

相模一定是希望大家能夠阻止她離開，能夠慰留她吧。

於是，她就能以此做為藉口，將自己的責任推到他人身上。

或者，一邊表現出惋惜，一邊以自己的意志辭退主委一職，看起來就不會像是企圖逃避，自尊心便不會受傷。

然而，雪之下不允許她這麼做。

這是一場賭局。

要達成侍奉社現在承接的委託——幫助相模南取回自信，不再散發負面氣氛，以改善2—F班上的氛圍，就必須在這裡斷絕相模的退路。

若是選擇逃避，之後相模就只能把過錯推到他人頭上，就只能靠著貶低別人來勉強維持住自己的自尊心。

如此一來，相模將不會有任何改變，班上的氣氛也不會產生任何變化吧。不，為了修補相模的自尊心，氣氛也許會變得更為糟糕。

為了避免這種事態，相模必須要自己做出決定。為了讓相模以自己的意志宣言繼續擔任主委，現在必須把她的退路給斷乾淨。

「……」

相模遲疑不語，無法馬上說出答案。

我感到有些意外。

相模於此卸下職務的風險，幾乎等同於零。若是在班上，只要隨便找個校園階級下層的人當作代罪羔羊，讓他擔任被欺負的對象，相模的便能保住自己的面子。至於遙與結，原本就僅僅是別班的「喲友」，就算這份關係斷絕了，也不至於對相模造成多大傷害。若是在校園內碰著，也只須裝作什麼都不記得，輕鬆地打聲招呼就好了。

對於相模而言，唯一的擔憂只有葉山當時也在場一事。就算如此，大家都很清楚葉山從不說人壞話，因此相模的自尊心也不會因葉山而受傷。

這並不是場有利的賭局。

就算如此，既然是雪之下設的局，那麼她手上應該握著某些獲勝手段。個性絕不服輸的雪之下，不可能不做任何對策，就參加一場毫無勝算的比賽。

雪之下持續注視著相模的舉手投足，甚至是呼吸的起伏。

低著頭的相模注意到自己一直被盯著瞧，於是偷偷地看了雪之下一眼。

兩人的視線交錯。

「……如果妳很在意之後的情況，我可以告訴妳不必擔心。妳可以放心交給我。」

雪之下持續追擊，又補上了一句。

聽起來像是顧慮相模，實際上則是斷定她毫無存在價值的一句話，直截了當地指出營運委員會就算沒有相模，也能運作完善。

相模的臉頰稍微動了一下，嘴角也開始抽搐，變成一副假到稱不上是假笑的表情。

原來如此，這就是雪之下的企圖嗎？

不是藉由表面上的責備以及喝斥，而是透過話語的內在暗示，讓相模自行領悟，甚至還能期待相模因此振作起來。大概是這種感覺吧。

有時，比起別人的批評，心中自責的聲音更是逆耳忠言。

如果有人說了自己的壞話，那麼嗆回去就是了。然而，當自己注意到自身的缺點，開始責備自己時，卻沒有能夠嗆回去的對象。

嚴苛，但是極其合理的逼迫方法。

然而，雪之下的方法並不全然正確。

激將法只能用在還算有幹勁，還看得到希望的人身上，不適用於只會責怪他人的人。不僅如此，阻斷這種人的退路，可能反而讓對方雙手一攤，完全放棄。

相模的心靈已被摧殘得體無完膚，兩眼無力地下垂。

然而，雪之下卻絲毫沒有罷休的意思，又企圖往下繼續。

「相模同學，妳打算……」

「夠了，雪之下。」

我打斷她說到一半的話。

被打斷的雪之下看了我一眼。然而，從她的眼神中感覺不出任何抗議的意思。

我的目光離開相模，轉身面向雪之下。

「妳再講下去也不會有好結果的。如果一個人被說個兩三句就能改變的話，打從一開始他就不會犯錯了。」

就算再怎麼有價值的話語，也只有願意聽的人會聽。如果一句名言就能改變人的一生，那麼世界就 happy so life 了，就是 beautiful world 了。

那些因為一句金玉良言而成功的人，其實不管契機是什麼，都一樣能成功吧。

話語本身沒有力量，而是取決於聽話的人本身有沒有力量。

這麼說的話，相模確確實實是屬於沒有力量的人。不，不僅是相模，大部分的人都是如此。我也不例外。

由於我打斷了雪之下的話，會議室又陷入了一片沉默。

多虧如此，就算是細如蚊鳴、含糊不清的回答，也能傳進我的耳朵。

「……我會繼續當。」

尖銳且稍微沙啞的嗓音像是卡在喉嚨，費盡一番功夫才得以將它擠出。聲音的主人低頭看著桌子，顫抖著的拳頭早已將裙角捏皺。

就算如此，相模還是做出回答了。

平塚老師解開一直抱於胸前的雙手，靠在桌子上，然後鬆了口氣。

「……是嗎。那麼之後也拜託妳了。」

只是，我完全沒有辦法安心，甚至還有些不安。為什麼，為什麼相模能夠選擇繼續擔任主委？

我所知道的相模，是個只要有路可逃，就會選擇逃避的傢伙，只要《蜘蛛之絲》一垂下來，就會毫不猶豫伸手抓住的傢伙。況且這裡也沒有葉山和班上同學，或是平時圍繞於相模身邊的人在場。

在場的人，對於相模而言幾乎全是敵人，至少也稱不上是夥伴。

對待相模態度較為溫和的巡學姐從位子上起立，站到她的身邊。

「那麼，首先要跟她們修復關係，對吧。」

了。

「……是、呢。」

相模像是沒有自信地喃喃自語。

一直看著兩人的平塚老師轉身望向我們。大概是判斷相模交給巡學姐處理就好了。

「與現場組的調解工作就交給相模……」

「我們則是負責各個社團活動間的調整，下次開會前必須整理好資料，並且做好說明的準備，對吧。」

雪之下迅速做出回答，平塚老師滿足地點點頭。確認老師的意思後，她拿出原子筆以及筆記本。

「各社團的大會行程由我確認，並且進行工作的分配……」

雪之下迅速將待辦事項一項項列出，一旁的由比濱見狀，將椅子靠了過去。

「我來負責跟運動社團的社長們聯絡吧。反正我大概都認識。」

「好，拜託妳了。」

雪之下回以微笑，由比濱便「哼」的一聲用力點了點頭。看來她很高興雪之下願意依靠自己。

「還有，我們也得研究千馬戰的工作量到底能夠削減多少……」

雪之下思考著，用筆桿頂住自己的下巴。然後，往我看了過來。

「似乎有個人雙手空閒著沒事幹呢。」

「咦……不，這個……」

我看了看自己的雙手。咦？好奇怪喲。我的雙手一點也不空啊？難不成我的雙手其實開了叫做風穴還是什麼的洞，空洞到可以把妖怪吸進去嗎？（註34）

「那麼，比企谷負責與其他人商量降低千馬戰勞力成本的方法。倒竿比賽應該不需要花太多力氣準備，所以維持現狀就好了。」

趁著我詞窮不知如何回答，雪之下一口氣把話給說完了。

「叫我找人商量，我辦不到啊。這種需要溝通能力的工作別叫我做。我只適合在昏暗的房間一角默默地製作人造花，或是在蛋糕生產線上負責放草莓。」

或是在深夜的便利商店員工休息室內看漫畫，並擅自主張把不喜歡的雜誌給退貨。不，到頭說來，我根本就不適合從事勞動。

「有句話叫做術業有專攻。」

我講了句似曾說過的美妙成語。不過，雪之下當然不會聽。

「是啊，正因如此，我才要拜託你。這份工作只有你才辦得到。你想想，除了你還有誰能夠跟那個，材、材……財津同學溝通呢？」

雪之下的理由非常有道理，我被她給說服了。不過拜託妳，差不多該記住對方的名字了啦！

「我不覺得自己有跟他真正溝通過……那傢伙完全不聽人說話。」

註34　暗指漫畫《犬夜叉》中的角色「彌勒法師」。

「發簡訊不就得了。」

這次換成由比濱發言。確實，使用簡訊也許可以確保溝通不至於走樣。最重要的是，我不必看到對方的臉，只須輸入工作內容，然後送出即可。

不過，話說回來，我本來就不喜歡簡訊。

主動發簡訊給別人時，總會產生一股輸了的感覺，著實令人生厭。為何世界上存在著「簡訊必須由男生先發」這種不成文的規定？就因為這莫名其妙的規則，讓發簡訊的難度提升不少。對方若不回信，造成的打擊還不小咧。多虧了這規則，自從國中以後，我的簡訊裡就再也沒有出現過問號。

算啦，反正對方是材木座，所以不需要顧慮什麼，把對方當作垃圾看待就行了，還算輕鬆。

「……好啦，我隨便弄弄就是。」

我一臉不情願地答應，雪之下便點了點頭。

「拜託你了。」

「好。」

反正我已經很習慣批評材木座的作品。看我把對方批到一文不值。

於是，分工方式確立下來了。

雪之下負責行程規劃以及排班，由比濱負責與其他運動社團社長溝通協調，我負責研究如何降低勞力成本。大致上算是妥當的安排吧。

工作量只有這點程度，我已經該感到萬幸了吧。要是再增加下去，我可是會受不了的。而且，就實際的作業量而言，應該是我最輕鬆。

但是，這麼多事情都丟給她們負責，真的好嗎？

特別是由比濱，她一定會很辛苦。與已經心生嫌隙的運動社團人士溝通十分困難，這點可謂顯而易見。若是如此，幫忙減輕這份負擔，便是身為能幹的男人——高性能獨行俠菁英，簡稱波提切利（註35）的義務，不，應該說是宿命。但是，我認識的傢伙中又沒有在當社長的，所以這忙我只能啊啊啊啊啊啊！不是有嗎？有個我認識的傢伙正是社長啊！網球社的社長正是我的戶塚抱歉口誤。我認識的傢伙。這不是有嗎～

心中的正直與善良突然全都回來了。我真是慈悲為懷。

我一鼓作氣地於心中說了千萬種藉口給自己聽。替自己找藉口，有時是非常重要的一件事。

當心中的找藉口辯論大會正式閉幕，我假裝像是突然想到，清了清自己的喉嚨：

「那個，由比濱。不然的話其實我知道戶塚的電話號碼，就由我聯絡他好了？妳想想，聯絡工作一個人跟兩個人做沒什麼差，我可以順便幫忙啦。全都交給妳做的話，妳不是很辛苦嗎？我只是順便做的，妳完全不用介意。」

註35 與「獨行俠菁英」音近。

說給別人聽的藉口也是很重要的！

但是，由比濱愣了一下，然後搖了搖她的手。

「咦?不用啦不用啦，沒關係，我也有他的電話，交給我吧！」

由比濱握緊拳頭，挺起胸膛。對方若是這樣回答，我也沒有辦法繼續詭辯。

呃，妳誤會了，我不是那個意思……

最後，由比濱甚至稍微低頭別開臉，眼神微微上揚看著我。

「但是……那個，謝謝你喔。」

「……不客氣。」

我完全不是那個意思，但是當下也只能回禮。嗚呼，發簡訊給戶塚的正當理由就這樣離我遠去。不僅如此，我的不良企圖還被攤到陽光底下，胸口感到一陣疼痛。

正當我快承受不住良心的苛責時，平塚老師開口說道：

「看來委員會的運作方針已經確定了。那麼，今天就到此為止吧。」

她站起來，叫了巡學姐的名字。

「城迴。門由我來鎖，妳可以先走了。」

「好的～」

一直陪伴著相模的巡學姐舉手回答。然後，她摸摸相模的背，示意相模趕快回家。

「相、相模同學。下週也要繼續加油喔。」

「……好。」

相模以微弱的聲音回答，並且抓起她的書包，跟在巡學姐的身後離開會議室。

剩下的我們也開始收拾東西。

大家拿起各自的書包往門口移動。也許是平塚老師按下了開關，室內的日光燈瞬間熄滅了。一片暮色之中，從背後傳來了一句話。

「又給你們添麻煩了呢。」

我回頭一看，只見平塚老師立於夕陽餘暉之中。因為逆光使我看不清臉上表情，但是她的聲音卻比起平時還要柔和。

「啊～不會啦。其實還滿愉快的。」

「而且，我們的社團活動本來就是如此。」

一個是明朗，一個是穩重的聲音，回答了老師的話。

「說起來還不是老師強迫我們的。」

我以無精打采的語調接著兩人答腔，老師便爽朗地笑了。

× × ×

秋意漸濃，大樓門口毫無人影，更添些許涼意。

走廊上響起三人零星的腳步聲。一個以固定速度打著節拍，另一個是輕快的小跳步，最後一個則是拖曳著疲憊雙腿的聲音。

由比濱一腳用力踢進鞋根已經磨光的便鞋裡，站到我的前方，轉過身來。

「小相模願意繼續當主委，真是太好了呢。」

「是這樣嗎。我覺得她若是辭退，某些方面來說反而比較好。」

我一邊將鞋子丟到地上並把腳放進去，一邊回答她的話，此時雪之下靜靜地從身後走了過來。

「若只考慮運動會的營運問題，是這樣沒錯。」

「但是，這樣就什麼也不會改變了。」

由比濱點了點頭。

的確。兩人的話都非常有道理。

侍奉社目前接受的委託有兩項。

協助運動會圓滿收場。還有，提升相模的評價，使其恢復自信心，以改善教室內的氣氛。

這是個同時能夠完成兩項委託，一石二鳥的絕佳機會，但也正因為實質上是兩項委託的工作，使得難度大幅提升。

相模南是這次委託的瓶頸。名為相模的變數若不能排除，事情就無法掌控。真是佩服她們決定讓相模繼續當下去。

我以訝異的眼神望向雪之下。

「是說妳啊，居然使用那種激將方式，真是服了妳。面對那種追殺法，普通人早就逃之夭夭不幹了。就算是堅強如我也早就落跑囉。」

這可不是「不想幹的話就回家啊」程度的追殺。已經可以稱作直拳騷擾或是職權騷擾了吧。呃，直拳是口誤。

總而言之，雪之下屬於不能當新進員工輔導人員類型的人。

雪之下卻將手指放在下巴歪著頭，滿臉問號。然後，一臉平靜地開口。

「咦，我只是說出事實而已啊？」

「是事實沒錯啦……」

是事實沒錯，是真相沒錯，這種事情就算不是柯南也知道。

但是正因為年輕一代的新進員工都無法吃苦，培訓時老闆還會叮嚀「不要太嚴苛、不要責罵」，所以我才要開口提醒。要是責備得太過頭，只會有反效果。

我一臉疑慮的看著對方，然而雪之下只是撥了撥肩上的長髮，毫不在乎地回答。

「狗急跳牆，老鼠被逼急了也會咬貓啊。」

「……」

這就是雪之下培育人才的獨特方式吧。還說什麼貓，你那種追殺法根本是老虎或是獅子好嗎？

雪之下可不是貓這種可愛的玩意。她可是獅子。

獅子會將自己的孩子推下山谷。獅子就算追趕兔子也是卯足全力。獅子連身上的蝨子也不放過。怎麼沒有人說過類似的格言呢。

見我瞠目結舌，由比濱苦笑，然後換了個話題。

「……啊哈哈。啊，是說啦，看起來相模真的討厭死自閉男了呢。」

「哼，這沒什麼啦。」

「竟然感到自豪？」

由比濱不知為何嚇到了。

這傢伙怎麼搞到現在提這檔事。我早在幾百年前就知道了。是說，能被那種傢伙喜歡上的人，性格絕對有問題吧。看看那個葉山。

反正討厭我的人不只相模一個。

「倒不如說，不只相模一個，差不多全世界的人都恨死我了。」

由比濱聽了，一邊思索著一邊回答。

「我的重點不是這個。小相模好像最不能忍受你瞧不起她喔。你阻止雪之下的時候，她一直惡狠狠地盯著你瞧呢……」

「我想也是。被自己瞧不起的人鄙視，是人都會萌生殺意。」

「不——殺意倒是不至於啦……」

雖然由比濱一臉無奈，但是一個人要痛下殺手，理由可以比你想像的還要無聊一百倍，還是小心點，別不知不覺就被殺了喔？特別得留意自己的言行舉止。

比起話語本身的內容，人們更重視的是「出自誰之口」。就算是同樣的一句話，也會因為人的地位、頭銜、階級等而產生不同的解讀。

正因如此，不受階級束縛的人，或者已經沒有東西能失去的人，才能口無遮攔。獨行俠的言論自由受到保障。另一方面，校園階級頂端的人則是時常受到言論限制。都這種時代了還談言論規範，根本就是落後國家。所以獨行俠算是先進國家囉？

正當我確信自己已經勝過校園階級頂層的那群傢伙，由比濱像是想到什麼，敲了一下手掌。

「啊，也因為這樣，所以小模最後拿出幹勁了吧？」

「嘩？」

她的前後文脈讓人無法理解，讓我不自覺地發出有些愚蠢的聲音。

由比濱快步走到雪之下的身旁，探頭往她看去。

「欸欸小雪。你是因為知道自閉男會出聲阻止，才那樣說的嗎？」

「……誰知道呢。」

雪之下簡短回答完，自顧自地往前繼續走。我與由比濱互相望了望彼此。然後，她露出了有些得意的笑容。

搞什麼，不要擅自揣測別人的盤算好嗎……

黃昏將整間學校染上了一片暗紅，也於我的臉頰映上一抹朱紅。

× × ×

寒風自敞開著的窗戶吹入。一到半夜，溫度驟降，遠方也傳來蟲鳴聲。

闔起手上的書本，我走向客廳。

我絲毫感覺不到睡意。明天放假，不用上學，看來可以一個人睡到中午了。這樣的話，喝杯咖啡，享受一下秋天的夜晚，好像也不錯。

我打開客廳的燈，繞進開放式廚房裡。

打開水龍頭，將電熱水壺注滿。將水量裝至剛好，颯爽地將水壺放回底座，然後等待水燒開。

這裡除了我以外沒有其他人。在安靜的廚房內，我一邊盯著電熱水壺，一邊回想著今天發生的事。

相模南的事。

遙與結的事。

到了這一步，我已經無法置身事外。既然已經無法避開工作，就只能思考如何減少我的工作量。

我的工作雖然以應付材木座為主，但這只是目前為止。

今後隨著運動會逐漸接近，雜務也會越來越多。到時候那些雜務勢必會全往我身上丟，而所謂的雜務，誰知道涵蓋範圍到底多大？

就校慶的經驗來看，大概什麼事情都得插上一腳吧？我是黑心企業的新進員工嗎？

視相模的辦事情況，雪之下的工作量很有可能增加，到時勢必又有新的工作丟到我身上。重點是不要讓雪之下主事。

說是這樣說，現實絕對不會如想像中美妙。

只要相模擔任主任委員，問題就會一直跟著我們。這在開會時就討論過了。

但是，就算再怎麼無可救藥的傢伙，只要對方希望被拯救，我們就得伸出援手。這就是雪之下心中的侍奉社理念吧。

對方若有意志，就給予他方法。

問題是提示方法的手段。

思考了一陣子後，我聽見水煮開的聲音。

算啦，到下禮拜再次觀察相模行為舉止之間，也沒辦法做出什麼對策。搞不好她就若無其事地和那些表面上的朋友們合好了也不一定……

我停下思考，將即溶咖啡胡亂倒進馬克杯中。

正當我把手伸向電熱水壺時，門突然悄悄地打開了些許縫隙。

「哥哥，怎麼了嗎？」

我回過頭，看到頭上戴著髮箍、露出的額頭上貼著冷貼布的小町。看來她書讀到一半跑來這裡透透氣。小町腳邊的小雪打了個大大的呵欠，伸了伸懶腰。

「……沒啦，想說喝點咖啡。妳要來一杯嗎？」

「要！」

馬上做出回答的小町用力坐上沙發，小雪也輕巧地跳上一旁。我迅速泡好咖啡，隨便加一加砂糖和牛奶後，端到沙發附近。

「給妳。」

「謝謝。」

看著小町接過馬克杯吹了幾口氣，開始啜飲之後，我走到桌子附近。

我抱著閒聊的心態開口問道，只聽見小町深深嘆了口氣。

「書念得怎麼樣了，還算順利吧？」

「念書……念書……念、書。」

她的話到此打住，像是靈魂出竅般，整個人一動也不動。看來是碰上困難了。

雖然事到如今沒有再提的必要，不過小町是個笨蛋。但是，她很懂得掌握要領，反應也很快；做事細心，人又可愛，什麼家事都會，煮的菜也很好吃。討厭啦，話說到一半變成在炫耀自己的妹妹了！

總而言之，就小町的素質來看，她應該是個很會念書的孩子。成績之所以不見起色，應該是努力程度的問題，甚至是效率優劣的問題。

「聽好了，小町。考試不需要全科滿分。如果不計算自己對於每個科目的擅長程度和進步空間，再制定讀書計畫的話，只是在浪費時間。」

「哥哥大老師……」

這孩子怎麼了。小町一邊以空虛的眼神看著我，一邊痛苦地低聲呻吟。大概是時常有人對她說過類似的話吧，只見她像是要把那些話從腦袋裡甩出去，使勁地搖著頭。

我也不想講這麼抽象的話。給人空泛建議的行為，就跟那些喜歡談論自己私事的人沒有兩樣。

這裡就先把重點整理好，再說明給對方聽吧。

「那，妳現在是為了哪一科在痛苦啊？」

「國文……」

小町垂下她的雙肩。

「我從來沒有為了國文困擾過，所以不清楚學習方法。」

也許是從小就是條書蟲的關係，國文考試從來沒有難倒過我。文章作者的心境自然不在話下，甚至是出題者的心境，我都能夠回答出來。漢字和古文，古文文法只要背就好了……我寫國文考卷的時候從來沒有傷過腦筋，所以無法理解小町到底是哪個部分不懂，哪個部分造成她的困擾。妳的哥哥這麼能幹，真的很抱歉。

我以眼神問她還有什麼科目有問題，小町便舉手答有。

「社會。」

「背啊。」

社會幾乎只能靠背書。無論是日本史還是世界史抑或地理和公民，基本上都是背書。有些高中的入學考試會有申論題，這邊也是只要有好好背書就一定會寫。

我再次以眼神問她，小町也再一次舉手答有。

「理化。」

「也是背啊。」

一般我們提到理化，腦內總是會先浮現艱澀的物理和化學，而把它歸類到理科類型的科目去，但是高中入學考試的理化，講白了就是靠背。的確是有要你算彈簧長度、地軸角度，或是化合物質量等需要用上公式的問題，但是那些問題也不會太難，只是要考你的基礎。只要把題型背下來，再機械式地把數值帶進公式，答案就出來了。

ＯＫ，國文放掉不管，這樣就至少兩科沒有問題了。我往小町看去，然而小町卻不願意看向我。咦、咦，小町？

然後，伴隨著像是已經半放棄的嘆息聲，小町小聲說道。

「……英文。」

「還是靠背。」

高中入學考試的英文只須背好英文單字、背好片語、背好文法知識就差不多了。雖然聽起來很爛，但是這樣做考試就絕對不會有問題。有問題的是學校教育的現況。這種學習方法最好是有辦法讓人說口漂亮英文，最好是有辦法和外國人無障礙對話。說到底，連我這個會說日文的人都沒有辦法和日本人對話了，文部省到底是怎麼搞的？

小町已經沒有在聽我說話，而是戳著小雪的額頭玩。

「那個，小町？」

「啊，講完了？那下一個是數學。」

聽人說話的態度還真是隨便。但是，已經表現出前所未聞之活躍程度的我，這次也沒有辦法說出一個令人滿意的答案了。

「……數學嗎。這個我幫不上忙了。」

我數學只考九分，全年級最後一名可不是開玩笑的。是說 mathematics（數學）念起來跟 masochistic（受虐傾向）根本超像，數學的自虐感根本異常。

「沒用的傢伙……對吧，小雪？」

小町一邊摸著小雪一邊說道。小雪也以鼻息哼了一聲。

沒．用．的．傢．伙！

我只是想盡點力幫點忙，卻被自己的妹妹如此稱呼。而且，還被小町用那種溫暖的眼神盯著瞧……

「算了，畢竟是哥哥，這點我很瞭解……沒關係啦，小町並不討厭哥哥這種幫不上忙的溫柔。剛剛的發言幫小町大大加分囉。」

小町以帶著憐憫和慈悲的視線看著我說道，最後還順便幫自己加了分。最後那句話要是不說，至少還能讓我覺得有些可愛，不過最近卻越來越覺得她那種小惡魔的個性也很可愛了，真是困擾。可愛的小町將小雪抱起，轉身朝向我。

「是說哥哥數學這麼差，居然還能考上總武高中。」

「嗯，也是啦……」

我國中時數學還算是有認真讀的，但是絕對稱不上是擅長。進了高中以後馬上注意到文組比較輕鬆，所以立刻就放棄數學了。段考就算不過，只要補考或者補習就不會留級。

有必要的就去做，沒有必要的就絕對不做。

人生就是這麼一回事。只要活著就會碰上痛苦的事，換句話說活著就是一種痛苦。然而這並不能當作放棄人生的理由。

那麼，面對痛苦的事情，我們到底要如何面對、要如何迴避呢？只要持續思考這個問題，答案就自然而然地出來了。讀書也不過就是這麼一回事。

也就是說，我面對數學的態度即是如此。

「那個啦，不擅長的人也有自己的一套方法。」

小町一聽，便窸窸窣窣地坐著靠了過來。

「哦，說來讓小町聽聽。」

其實也沒什麼大不了啦……算了，講一下也好。

雖然是基本中的基本、初步中的初步，但正是因為辦不到，有時才需要回頭省視，回歸基本盤面。我就簡短地說明吧。

「搞不懂的東西再怎麼努力還是搞不懂。能猜就用直覺猜，其他題目則是盡力做到最好。換句話說就是挑題寫啦。題目困難表示其他人的答對率也低，所以直接跳過，在會的題目上多花點功夫確保沒有出錯。大概就是這樣。」

一開始就抱著放棄的態度迎戰。這點很重要。

話雖如此，照理來說考卷寫多了，這種方法自然而然就能領會，不過把念頭擺在腦海裡，比起無意識地做，效果應該更好。

我感覺自己好像講了一長串廢話，然而一轉頭，卻看見小町瞇眼嗚噎，兩手擦著根本不存在的淚水。

「哥哥，小町從一開始就是想聽這種建議啦……」

小町一邊假哭一邊點頭稱是，看起來似乎瞭解了什麼。如果能夠解決這傢伙的困擾就好啦。

說了一長串話，我以咖啡潤了潤乾渴的喉嚨。小町也同時把杯子靠近嘴邊。

「哥哥，要是現在也這樣認真作答就好了。」

非常有道理的意見。發表一連串高論的人卻不實踐自己的說法，的確是欠缺說服力。

然而，世上並不是光靠道理，就能說明和解決一切問題。

所以，我只回了這句話。

「我已經……捨棄，數學了……」

「語氣好像是捨棄了夢想，好帥喔！」

小町發出「喔～」的一聲，眼神閃亮充滿著光輝。

「是吧？語氣很像是因為受傷而放棄棒球，卻因無法割捨而再度回到場上的選手吧？」

「對啊，右肩壞掉了就換左肩，左肩也壞了就轉當打者，就是這麼帥！」是喔，有這麼帥喔。看來這已經是大聯盟等級的帥度啦（註36）。

「哈哈哈。」

「啊哈哈哈！」

我和小町大笑了起來……這是什麼有頂天家族。

也許是深夜特有的亢奮情緒所至，我們兩人居然因為這種無聊小事笑到不行。然後，笑聲一停止，又回到了深夜的寧靜。

我與小町安靜地喝著咖啡。

「這麼說來，妳考慮過推薦入學嗎？妳不是有參加過學生會。」

我不清楚小町現在的成績如何，但是就平時段考的名次來看，入學考試要合格應當是有些難度。我思考是否有其他的方法，結果就想到了這個。

小町應該有當過學生會的幹部。之前暑假集訓時，好像聽她在車上說過。

註36　以上皆影射漫畫《棒球大聯盟》主角茂野吾郎。

學生會幹部是個能幫推薦入學大大加分的職位。擔任學生會幹部的國中生裡頭，大概有一半的人是衝著這個而來，剩下的一半則是受到漫畫和動畫的影響而對學生會產生興趣，實際當上後才發現跟想像中完全不同，而感到失望。

「因為你是個笨蛋，所以比起入學考一次定江山，推薦入學不是比較好？」

聽到這句話，小町冷笑了一番。

「哼哼哼，哥哥啊……因為小町是個笨蛋，所以平時成績很差喔？」

這傢伙怎麼可以一臉自豪地講出這種話……

我啞口無言，小町也像是被自己的話所打擊，伸手壓住她的胸口。

「所以推薦這條路是不通的啊……」

然後，「嗚嗚嗚」地倒在地上抽泣。這根本是妳自作自受啊。是說原來小町也有想過要推薦入學……

然而，從不回首過去，乃為比企谷家作風。我也是一路捨棄過往而來的。當然，身為比企谷家最終對人交流兵器的小町，也確實繼承了此一作風。小町抬起頭來，若無其事地繼續說道：

「哥哥還不是只有段考的成績能見人，怎麼不走推薦這條路。」

「哼，愚蠢的傢伙。我的上課態度很差，所以老師對我的印象分數也很糟。我打從一開始就沒有做這打算。」

我的語氣怎麼好像有點自傲，看來深夜的亢奮情緒似乎還沒有消退。小町一聽，一邊喃喃自語著「原來如此～」一邊點著她的頭。嗯～這態度有些不大好喔？妳哥哥可是有些受傷了喔？

然而，小町會認同也是沒有辦法的。我的上課態度和印象分數不在話下，術科則更是糟糕。主要科目的考試分數雖然還能見人，其他如體育、美術、音樂、家政等科目卻是不堪入目。這也是名為「能惹老師疼不愁沒分得」這個惡魔般的機制所致。接著，老師若身為社團顧問，便會特別偏愛自己的社團成員，不然就是對仰慕自己的學生和可愛的女孩子極為寬容。我並不是能夠於此環境下生存的惡魔倖存者（註37），所以上述四個科目我都放掉了。

總武高中身為一所升學學校，若要以推薦方式入學，九個科目的平時成績得高於40分。

每個科目都拿最高分5分，總分也不過45分，可見門檻之高。

也罷，反正小町一開始就沒想過推薦這條路……比起花上兩年半去經營平時成績，最後的半年再來拚命讀書還比較有效率。

我要教教小町……作畫品質不足以評斷動畫優劣，平時成績的數字不足以影響合格與否！

總而言之，結果比過程重要。

「考試考高分一點就好啦。加油吧。」

註37 ATLUS製作的知名掌上電玩遊戲。

因為我跟小町之間有些距離，所以我不是伸手拍拍她的肩膀，而是稍微舉起馬克杯示意。她也舉起馬克杯回應我。

「嗯，我會加油的。」

希望我的一番無聊話能夠稍微激勵一下小町……

那麼，該是回到房間讀書讀到自然睡著的時候了。我將杯內的咖啡一口飲盡，然後把馬克杯放進廚房水槽。

「那麼，我要去睡——」

我話才說道一半，小町突然站了起來。

「好——！我要拚了！哥哥！」

「咦，拚了，是要拚什麼？」

夜戰嗎？你要跟哥哥拚夜戰？哥哥正打算睡覺的說……

小雪也一副真拿這傢伙沒辦法般地打了個呵欠，伸了伸懶腰便離開客廳。

× × ×

書桌上堆滿了參考書以及考古題。時間早已超過了十二點，但是小町似乎打算繼續努力下去。

我一邊盯著她特地搬來我房間的書本和文具，一邊沖泡今天的第二杯咖啡。

小町鼓起幹勁，用力緊捏著自動鉛筆。

「哥哥，小町注意到了一件事喔。就像剛剛聊到寫考卷的訣竅，讀書也是有訣竅的。」

「喔，有進步喲。」

老實說我其實很納悶她怎麼到現在才注意到這點，不過搞不好大家意外地都是如此。

要教人書本上的內容很簡單，但是讀書方法和筆記方法之類的可就不是一件容易的事。就算接受了同樣的教育，不同學生之間也會於不知不覺中出現差異。

小町現在已經進入了摸索期。

「背書其實也是有訣竅的，對吧？」

被小町這樣一問，我開始思索自己的念書方法。嗯～訣竅有是有，但是可能會有人說這太噁心，所以我不是很想講……

「有是有啦，但是那方法只適合我。適不適合妳我就不知道囉。」

「一定適合的啦！」

她不知為何自信滿滿地斷言。

我本來想含糊帶過這個話題，但是對方都這麼說了，好像也不能繼續敷衍下去。看看這雙閃亮動人、充滿著期待的眼睛，我想我是不得不說……

「背書的方法嗎……用聯想的方法去記憶。」

「具體一點！」

小町嚴厲的指責了我。喔，嗯……搞什麼，這傢伙是我的上司嗎？說明或是簡報若沒有事先準備，怎麼有辦法說得順……

我拿起身邊的歷史課本翻了翻。

「具體一點嗎……舉例來說，像是世界史。」

書本正好翻開到近現代史的部分。小町挪動椅子坐到我的身旁，手肘碰到我的身體，臉也貼了上來。妳這樣很礙事，我很難做說明啦……雖然我不介意就是了。

「歷史是要用前因後果去記的。」

「哦～前因後果嗎……」

小町一臉聽不大懂的表情，跟著念了一遍。雖然老師常說歷史就是要用前因後果去記，卻從來沒有進一步解釋具體的做法，所以很難讓人真正理解。

我清了輕喉嚨，調整好狀態後，用沉穩平順的語音開始講解。

「很——久很久以前，有一位小蘇跟一位小美……」

「咦，什麼，哥哥你怎麼了？」

小町一臉不舒服地盯著我瞧，而且還把椅子用力往後拉開距離，發出尖銳的噪音，一副像是在說「這傢伙搞什麼鬼超噁」的樣子。妳這小混蛋……我可是認真地要說明給妳聽的說。

「我要教妳背書的方法，妳閉上嘴巴注意聽。」

「嗯……」

小町挺直她的背，以認真的表情面向我，然而椅子還是保持拉開後的距離。這樣哥哥可是有些難過啊……我強忍悲傷，以哽咽的聲音繼續說明。

「小蘇是沉穩美人系蕩婦，小美則是元氣可愛系蕩婦。」

「蕩婦嗎？」

「蕩婦無誤。」

雖然我如此斷言，但反正只是角色設定，沒什麼差。如果我被CIA或者KGB做掉的話，絕對是因為做出這種發言的關係。

焦點拉回兩個蕩婦之間的愛恨情仇。接下來才是重點。

「兩個蕩婦同處一個班級，互相爭逐班上最受歡迎人物的位置。兩人因為都想當第一名，所以互相敵視。」

「這類事情很常見呢。」

這類事很常見喔……女生果然很恐怖。雖然我打算隱藏心中的恐懼，聲音卻不自覺地顫抖著。

「……是啊。但是，兩人因為周遭人們的眼光，要說是男生們的眼光也行啦，而不能把敵意表現出來。因此，小蘇和小美之間便反覆進行著高度的情報戰，或者是互相暗地裡想盡辦法整對方，甚至是組織各自的派閥互相鬥爭。」

「情報戰和整人……」

小町感慨地喃喃自語。

「沒錯。像是『那女的好像在跟打工認識的大學生交往耶』，或是『那傢伙看見人都不打招呼的』、『奈葉攤全數販售完畢（註38）』等等，都是情報戰的一環。」

「這類事情很常見呢……」

這類事情也很常見喔！夠了，不管小町班上到底有多少牛鬼蛇神了，我集中精神繼續說明。

「這就是共產主義國家和資本主義國家間的鬥爭，也就是冷戰。」

小町看來像是聽過這個名詞，點了點頭。如果到這邊能夠理解的話，應該是可以繼續往下說明了。

「然後，兩者之間持續鬥爭的結果，小蘇和小美互相掌握了只要說出口就足以毀滅對方的天大祕密。雙方互相把持著對方的弱點。妳猜結果會怎樣？」

「雙方都無法貿然出手呢……」

「沒錯，雖然能夠毀滅對方，但是自己也可能會因為對方的報復，而遭受永遠無法恢復的創傷，還有可能連帶造成整個班級的崩壞。在現實世界的歷史中，這個天大祕密就是所謂的核彈了。」

雙方互相握有能夠破壞對方的方法，並且也都確實瞭解這件事。此一思想稱為

註38《魔法少女奈葉》官方參加 Comic Market 同人販售會時，總會有人在網路上放出類似的假消息，企圖誤導排隊人潮。

「相互保證毀滅」。

「大概是這樣。」

「喔喔……好像懂了又好像不懂……」

冷戰的話題到此告一段落，小町的反應卻有些微妙。不過，現在重要的並不是冷戰的意思或內容，而是背書的方法。

「因為我只是非常大概地說明而已。妳要把事物擬人化也沒有關係，總之歷史就是靠前因後果去記。先把骨架打好，再把名為知識的肉給填上去，才容易記憶。單純死背一堆名詞的話，效率不會好。」

若是用這種方法記憶，不僅申論題夠輕鬆做出回答，答案還會像是挖芋頭一般一個接著一個跑出來。這就是我推薦的學習法。說是這樣說，聽眾也只有小町一個。

「重點就是把課本內容小說化，對吧！」

「大致上正確。但是，我的方法並非唯一，妳只要選擇最適合妳自己的方法就行了。」

我說明完畢，打了一大個呵欠，正想著終於可以在自己房間裡悠閒一下的時候，因眼淚而模糊的視線中，映入了已經開始動筆的小町身影。

……算啦，再多陪一下她也好。

一片靜寂的房間內，只有自動鉛筆畫過紙張的聲音。小町不時地將書本翻頁，拿起橡皮擦擦拭，以及拿起螢光筆替重點做記號。

「小町能夠考上嗎……」

小町嘴上說著，卻沒停下她的雙手。

「誰知道呢……不過，能夠考上就太好了。」

這不是對於小町問題的回答，而單純是我個人的願望。

就算能夠一起讀同一所學校，我應該也是像小學和國中時一樣，不會刻意在學校裡跑去找自己的妹妹吧。對於小町而言，我不算是個能夠讓人感到驕傲的哥哥。

也許我會情不自禁地炫耀自己的妹妹，但是身邊也沒有能夠讓我炫耀妹妹的對象。

對於小町而言，和我讀同一所高中並沒有任何益處，也沒有任何必要。然而，如果這是小町的願望，那就沒有任何問題。

小町停下手中的筆，視線離開了筆記本，她的眼神像是正凝視著逐漸迫近的未來。

「……嗯。我還有想做的事情呢。」

「想做的事？社團活動之類的嗎？」

我一問，小町便像是正在思考，停頓了一會。

「唔……大概就是那樣。」

「妳要加入什麼社團？」

「嘻嘻，祕密。」

小町一邊說著，一邊眨了眨眼，將自己的食指放在嘴脣上。一舉一動真是可愛得教人生氣。

只是，小町若希望參加社團，我便需要提醒她一件事。

「什麼都好，就是不要參加侍奉社喔。那個社團搞不好一個晚上就被拆掉了。」

「咦，是這樣嗎？」

小町的表情像是突然被人打了一下，直直盯著我瞧。剛才掛在臉上的笑容和輕浮的氣氛如同過眼雲煙，不知飄往何處。

房間內剩下的，只有深夜獨有的靜默。

我喝了口咖啡，把哽在喉嚨的話語沖入肺腑深處。確認它已經壓抑在自己的心底後，我開口說道。

「我也不知道自己還會待在侍奉社多久，由比濱也是如此。雪之下我是不清楚啦……總之就是這樣，只要有個萬一，這個社團就會馬上消滅。」

侍奉社只有三名社員，而且全都是二年級學生。雖然不像運動類社團有著明確的引退時期，但是這樣的一段時光，也僅限於畢業之前了。若撇開相處時光不談，三人之間的聯繫是非常脆弱的。

小町伸手拿起咖啡喝了一口。然後，做出一副苦澀的表情。

「哥哥……所謂的萬一，是指什麼？」

「……我也不知道呢。」

我笑著敷衍過去。

也許我早就注意到了吧。

雪之下雪乃、比企谷八幡、由比濱結衣。三人的社團活動，總有一天會劃上句點。不論立場、環境或是性格，我們都沒有共同之處。總有一天，我們之間的聯繫將會消失。

其實不僅限於我們三人，人與人之間的聯繫本來就是如此脆弱。而且，程度也許還超出我的想像。

回神過來，我發現自己正直盯著咖啡瞧。黑色液體的表面掀起不安定的漣漪，其中映照著自己一雙昏暗的眼神。

「哥哥？」

被小町一叫，我反射性地回答。

「我有在聽。妳剛剛說了什麼？」

「根本沒在聽嘛……」

小町一臉無奈的表情。但是，她馬上振作起精神，握緊了手上的自動鉛筆。

「看來只能如此了，小町要努力加油，考上總武高中！」

「嗯，怎樣都好，總之加油囉。」

我藏起止不住的微笑，將杯內的咖啡一口飲盡。

**One day...
Mobile talk
Hachiman&
Zaimokuza**

千馬戰的準備好麻煩。

……咦？你突然怎麼了……

人力分配真的很痛苦。難道沒有簡單點的方法？

……嗯噗。你也太不會打簡訊了吧，連我也實在是感到誇張。不先確認對方有沒有空，並且在結尾加上『？』的話別人很難回。

你那是用『女生』『簡訊』『寫法』搜尋到的知識吧。怎樣都好，總之我想先處理服裝的部分。

嗯哼，可是，我對角色扮演不熟喔？

那算了。掰。

放棄得也太快！要削減成本，只能先從服裝的設計下手。

說到這個，你會設計嗎？

咳咳，我希望你不要誤解，以為只要是宅就什麼都會。我不會設計服裝，也不會繪圖，對於鐵路也不怎麼熟，電腦的設定更是一竅不通……但是為什麼家母就是要問我電腦的問題……跟她說不會，換來的就是一雙輕蔑的眼神……

所謂的老媽就是如此吧。去找懂設計的人有比較快嗎？

前提是找得到那樣的人。

我心裡大概有底。雖然不確定對方會不會答應。

哦——居然知曉如此人才。敢問姓名？

印象是川什麼的……應該是川內。

川內……輕巡洋艦？聽起來似乎喜歡夜戰……

大致上正確。總之，這個禮拜前把削減成本的提案交給我。麻煩你了。

了解……唔嗯？是說，你說「這個禮拜前」是認真的嗎？

喂喂？咦咦——不大對喔——？現在已經是禮拜五晚上囉——？

One day... Mobile talk Hachiman and Zaimokuza

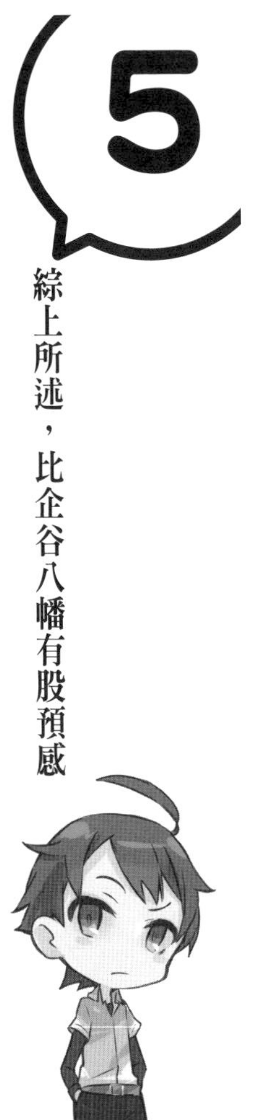

綜上所述，比企谷八幡有股預感

午休時教室裡的人比起平時還多上許多。出去買午餐的傢伙們一個一個接著回來。

我也是其中一人。

我從紙袋拿出麵包，擺在桌上。平時我會在更有開放感的地方吃午餐，但是今天可沒有辦法這麼做。

窗戶上的水滴滑落，雨點打在陽臺的扶手上。

早上開始下起的雨勢不增強也不轉停，只是持續落下等量的雨滴。我看著這場要下不下的雨，不自覺地感到一股涼意。

只是，教室裡的氛圍，比這場雨更為寒冷。

從教室前方傳來的溼冷氛圍，讓人不禁以為風雨是否吹進室內了。

看來悲劇相模劇場今天也正絕讚營業中。從我這略靠前方的座位上可是看得一清二楚。

目前劇場正上映新的節目：『因為在意的人的一句話而突然當上運動會營委可是又突然跳出討厭的人還被對方說三道四根本超可憐啊，人家』的開幕公演。標題有夠長。這是要怎麼略稱啦。

演員為刻意做出陰鬱表情的相模，坐在他對面的班上女生，以及像是顧慮相模而站在她身旁的另一位女生。

「然後，對方就拐彎抹角地叫我不要幹了……」

「什麼啊，太過分了吧？」

一瞬之間，我的肌膚感覺到幾道視線往自己瞧了過來。哎呀哎呀，不要這樣盯著我看啊，會害我以為妳喜歡我啦。

能夠察覺嘲笑和侮蔑眼光的技能，可是獨行俠的標準配備。獨行俠乃與全世界為敵之存在，日常生活本身即為戰場，為了守護自己的生命以及精神，而得以習得此一技能。道理跟武術高手能夠察覺人的氣息與殺氣是一樣的。又好像有些不一樣。完全不一樣嗎？

只要事先得知訊息，就能做好防禦架式。外頭正好下著的雨也是同樣一回事。只要知道會下雨，準備一把傘並非難事。雖然就算撐著傘還是有可能淋溼啦。

「雖然事情沒有處理得很好是人家的錯啦，但是啊——」

「才不是那樣呢～錯得明明就是──」

小相模低氣壓現正發威中，而且勢力持續增強，像是企圖擴張受災區域至其他地方，開始襲擊路過的人們。

「哇──塞──雨超誇張的啊。福利社前面的地板根本超級溼的。」

遭受襲擊的對象是戶部。看來他大概是打賭輸了，所以負責幫大家買午餐，只見他手上捧著滿滿的麵包。

他態度如平時一般輕浮，一路過教室前方，便被低氣壓捲入。

「欸，戶部同學。你有聽說那件事嗎？」

「咦，什麼什麼，怎麼了？」

戶部上前聆聽，手上裝滿麵包的紙袋發出摩擦聲響。那個女生將臉伸向戶部的耳旁……咦？戶部你的臉有點紅喔，難不成對方是在說什麼「其實我喜歡戶部」等根本無所謂的話？這該死的傢伙……

正當我以帶著殺意的直死之魔眼（註39）用力瞪著戶部，他突然大大地往後一仰，拍了一下自己的額頭。

「嗚哇，果然是這樣，比企鵝真的太誇張了──」

「喂、喂！戶部同學，聲音太大了啦……」

我還以為劇場版戶部愛情故事就要突然上演，但看來不用擔心，因為話題的內

註39《月姬》中出現的特殊能力，能看見事物的死亡。

容果然還是我。身為話題的中心人物，我也太受大家歡迎了吧。

「抱歉——不過比企鵝還真的很離譜說，都不會跟人配合一下捏——」

嗚，又在那裡翻之前的舊帳……同樣的東西一直聊一直聊一直聊你們不會煩喔……算了，人只要闖過一次禍，便會被其他人無止盡地鞭屍到永遠，所以這也沒有辦法。但是，一直重複講同一個話題的人，可是會被討厭的喔？

戶部似乎打算加入她們的談話，將紙袋放到桌上。

……這樣好嗎。那不是別人拜託你買的午餐嗎？

正當我這樣想時，果然不出所料。

一陣喀噠喀噠，指甲敲擊桌面的聲音響起。看起來有一波超高氣壓，正朝著低氣壓的中心突進。

我往後一瞧，只見三浦一臉不悅。她瞪大的一雙瞳孔之中，彷彿能夠看見猛烈燃燒的火焰。所以才說妳很可怕啊……

「欸、欸——！戶部，快點快點——」

由比濱察覺到三浦的不耐煩，趕緊向戶部揮了揮手。注意到她的戶部也馬上揮手示意。

「啊，我馬上去——抱歉啦，別人在叫我了，所以我先走囉——」

「啊，喔。」

低氣壓團意外地就這樣釋放了戶部。到底是因為訴苦的對象不是戶部也沒差，還是因為她看見了戶部背後的三浦而迴避了呢？大概兩者皆是吧。只是，這樣的態度反而更容易讓三浦不開心。

「抱歉啦——」

戶部邊說著，邊把麵包一個個放至桌上排列好。葉山一夥人之中有人出聲答謝，有人則是問候「辛苦了」，唯有三浦一人看似不甚愉悅，瞇起她的雙眼。

「太慢了。」

雖然三浦毫不隱藏自己的煩躁，但是當她伸手開始挑選麵包，心情似乎又逐漸平復了。她拿起巧克力螺旋麵包，一臉好強地「哼哼」笑了兩聲。她大概只是肚子餓了吧？

然而，我也不能一直在旁邊偷看。這下由比濱不是也在意起我來，頻頻往這邊瞧了？

還是趕快吃完午餐，早點躲進圖書館吧。

×　×　×

我走出教室，午休時的走廊上喧鬧不已。

大概是我不常從事室外活動的關係吧，總感覺今天比起平時還要來得喧囂。雖然沒有誇張到能夠看見不識相的傢伙在走廊上玩躲貓貓，然而從來往的學生身上，還是能感受到他們散發出的活潑生氣。

當我經過所有二年級的教室門口，都能感受到一道道的眼神黏在自己身上。所有的學生們都在強忍笑意，而那股笑意混合著一股陰溼的氛圍傳來，沒有任何一件事能比這更讓人感到不快。

一個人只要當過一次標靶，大家便可以光明正大的對著他實彈射擊，看來這間學校的學生們全都帶有這種偏差思想。受人矚目即是罪惡，而這種罪惡是必須全力歧視的對象。

若是陷入這種狀況，最重要的是不能開口求饒，不能折腰屈服。只要不承認敗北，就不算是敗北，不把問題視為問題，就不是問題。

承認敗北的瞬間，所有攻擊便會從四面八方卯盡全力而來。當勝者為王成為既定觀念，敗者便必然成為罪惡。打擊罪惡，則是所有人民應盡之義務。

這就是學校社會所定下的遊戲規則。

位於校園階級下層的人，失敗過的人，遭受排擠的人，全都活該被攻擊。所謂的學校，就是永遠缺席審判（註40）的法庭。

全員皆為原告，同時也是被告。檢方、律師、陪審團也由全員來當。然後，做出判決的法官，也是全員擔任。如此一來，大家便被「大家」這個觀念給持續束縛住。

註40 在被告人缺席的情況下進行的審判，告訴人的意見往往能夠全數獲得採納。

能夠從中獲得解脫的日子，恐怕不會來臨。

搞不好，那些現實充們之所以會到處找人出遊，就是為了避免出席所謂的缺席審判。我越來越覺得，這其實是他們預防自己被人背地裡說壞話的對策。

我無視黏在自己身上的視線持續前進，偶爾回頭瞪人做出威嚇行為，來到了一樓的自動販賣機前。去圖書館之前，得先來罐飯後的咖啡。

正當我不加思索地伸手按下按鈕，背後傳來一陣輕快的腳步聲。看來有人和我一樣想買罐飲料。

我從取物口拿出M罐，馬上退至一旁。對於不擋他人路這點，我可是非常有自信。

但是，腳步聲卻停了下來，沒有前進的打算。

怎麼回事，對方連一步都不想靠近我嗎？我轉頭看了看對方。

結果映入眼中的，是葉山隼人看似有些困擾的一臉苦笑。

葉山確認完我沒有吭上半聲的打算，對我輕輕點了頭，然後走向販賣機。他的手指在按鈕之間猶豫徘徊，最後選擇了罐裝的黑咖啡。喲，膽敢在我面前購買MAX以外的咖啡，這傢伙還真帶種。

「啵」的一聲，伴隨著打開罐蓋的聲響，葉山嘴中傳出的話語也是非常帶種。

「……看來似乎不大順利啊。」

「啊？」

落在微妙境界線上的發言，讓人聽不出對方到底是在挑釁，亦或只是一句勸諫。然而，只要知道葉山的為人，就能瞭解他是出自真心在替對方擔心。他的為人準則，就是不做招風惹雨之事。也許他是在講運動會的事情吧。身為營委會與相模之間的牽線人，他就算知道些什麼內情，也毫不讓人意外。

「人只要一多就會發生爭執，這不是理所當然的事嗎？」

對我而言，不，恐怕對葉山而言也是如此。尤其是執委會或營委會這種一夕之間成立的集團，成員之間若能友好相處，反而比較稀奇。我做出一臉瞧不起人的笑容，回答現在才問這種問題的葉山，對方卻是一臉嚴肅的表情。

「我不是指那個，而是在說班上的事。」

我還以為他要提運動會營運委員會的事情，看來並不是如此。班上的事，大概是指相模的事情吧。他也像三浦一樣在意對方嗎？

「那件事的道理也一樣。」

這兩件事情就核心層面而言，問題的本質是不變的。重點還是在於人與人之間能不能保持良好關係。畢竟，人際關係是非常麻煩的一件事。無論從宏觀或是微觀的角度來看，兩者幾乎沒有什麼差別。

所以，無論是指哪一件事，我都能以同樣一句話回答。

「人際關係只要一度惡化，就不可能恢復原狀了。」

葉山似乎無法接受我的回答，拿著一口也沒動過的咖啡，以責備的眼神盯著我瞧。

「……是這樣嗎。」

「當然啊。」

我丟下這句話，轉身打算走回教室，背後卻傳來一句話。

「運動會那件事，真的對不起。」

「啥？」

我一回頭，只見葉山的眼神稍稍向下。

「因為我過於輕率地推薦相模同學……」

「不，我們本來就決定好要讓她擔任主委。就算不靠你，我們也早用其他方法讓她當了。反而該說，你幫了很大的忙，讓我們省下不少力氣。所以這件事與你無關。」

若爭執發生在眼前，自己便會插手介入，這就是葉山隼人的習慣。這次我們只是巧妙地利用了這點而已。葉山實在沒有任何理由對我們道歉。

「但是，我也有表示贊成，所以有什麼需要的話，儘管跟我說。」

「喔，好……」

說是這樣說，現在早就不是「有需要的話」這種等級的騷動了。

我正想這樣回嘴，葉山卻已經理解我要說什麼，爽朗地笑了笑。

「運動社團的事，我也有聽到一點。」

唉，事情果然早就洩漏出去了。

不過，就葉山的話來看，情況比想像中還要嚴重。

足球社多少受到社長的性格影響，已經算是個性較為溫厚的社團了。擁有絕對魅力的葉山所領導的足球社，現在也成了這副模樣。

若是如此，其他社團的情況大概就更慘了。今後成員們大概只會更不願意合作。中傷能夠使人團結向心，同時也能使意見凝結統一。藉由他人的贊同以及全體成員的意志，成員的信念會更為堅牢，甚至到達拘泥以及偏執的地步。

於這時打出名為葉山的王牌，不失為一個選項。

若能靠葉山，甚至是整個足球社來引導意見的風向，運動會的營運就應該得以順利進行。

然而，若是這麼做，也只會提升葉山的名聲，對於相模的評價則不會有任何幫助。這種做法，只會像校慶時雪之下做為實質上的主委，展現自己的精明能幹一樣，結果不會有任何改變……雖然相模應該會很開心自己能夠得到葉山的幫助。

但是，只要葉山一接近相模，勢必又會更加惹腦三浦，相模又因為顧慮三浦而繼續畏縮下去的話，教室內的氛圍就要跌停板了。要是造成兩人的對立也很麻煩……

不，等等喔？就營運委員會內部來看，得到葉山幫助的相模，絕對會變得更為煩人，到時候成員們對於相模的反抗，勢必會變得更為激烈……

無論是葉山或是雪之下，這兩張鬼牌的使用時機都非常難以判斷。這次無論如何，都必須以相模南為中心來操盤。

我像是在解將棋殘局般地模擬著人們的行動，這時耳邊傳來了一句困惑的聲音。

「怎麼了嗎？」

葉山一臉訝異地盯著突然沉默不語的我。

「啊，沒什麼……總之啦。應該不會有問題，所以你別在意。」

「……這樣啊。」

「有什麼需要的話會跟你說啦。先走囉。」

我丟下這句話後轉身離開。葉山像是還想要說些什麼，但是看我沒有聆聽的打算，便默默地舉起手揮了揮。

我快步通過走廊。

葉山分別在面對相模、或是面對委員會現場組時，都是一張非常優秀的王牌，然而這張王牌卻不能同時於兩邊使用。在相模和委員會現場組對立的狀況之下，葉山傾向讓雙方和平收場的特性或許無法完全發揮，甚至有可能撒下新的火種。

首先，必須想辦法解決相模與現場組之間的摩擦。

針對這個問題，我已經想好如何在今天的會議上解決。準備也大致上都做好了。

然而，就算如此。

——人際關係只要一度惡化，就不可能恢復原狀了。

才說過的那句話，持續旋繞在心頭。

× × ×

成員一個接著一個踏入會議室，腳步如以往一樣沉重。

若是回想上次散會前發生的事，就會覺得這理所當然。就算隔上幾天，嫌惡的印象並不會就此消失，反而像是在心中進行釀造作業般，變得越來越濃厚。

因此，出席人數比起上次還少，而且遲到的人也不在少數。

會議的開始時間，也因此往後推遲了約五分鐘。

巡學姐持續注視著門口，不時偷瞄了幾下時鐘。然後，對相模開口說道。

「相模同學，雖然差不多要開始了……在這之前，可以稍微借點時間嗎？」

「……好。」

相模雖然做了回答，卻遲遲不從位子上站起。

「啊，那我也一起……」

由比濱似乎是為了催促相模而站了起來，卻被雪之下默默阻止。被拉住手的由比濱只能不情願地坐回原位。

這樣就對了。

相模接下來要做的，可以說是一種準備儀式。閒雜人等還是不要介入比較好。

接下來的事若是被他人瞧見，對相模而言應當是種難以忍受的恥辱。

相模深深吐了一口氣，像是下定決心，自位子上起身。再繼續耗下去的話，搞不好我們之中的某人就會跟上去了。她大概是要避免這種情況吧。這份自尊心，不，恐怕該稱呼為虛榮心的感情還真是了不起。

相模起身緩慢，步伐卻出乎意料的快。她朝著會議室的後方，現場組的成員們坐著的位置移動。

遙與結也坐在那裡。

成員們無一不將視線放在走過來的相模身上。一道道眼神裡所隱含的不知是侮蔑，還是嘲笑，亦或只是單純的疑問。

相模移動過來的理由，從相模自己口中說出了。

「那個，可以借點時間嗎？」

遙與結面對相模的提問，轉頭互相望了望彼此。兩人瞬間以眼神交流討論完畢，抬頭看向相模。

「是可以啦……現在嗎？」

「不能待會再說嗎？」

面對丟回來的問題，相模一邊觀察著周圍的氣氛，一邊調整自己的呼吸。

「……現在比較好。」

相模一說完，兩人這次不做眼神交流，直接做出回答。

「那麼……請。」

「會議快開始了，就在這邊說吧。」

「……咦？」

聽到順勢附加的條件，相模一時語塞。

然後，從遙與結一夥人之中，傳出了陣陣細聲竊笑。

另一方面，其他的在場成員則是極力保持沉默。他們只是安靜地，全神貫注地聆聽著。

這就是所謂的準備儀式，同時也是，制裁。

於眾人環視之中，相模的羞恥之心一路染上她的雙耳，雙肩微微顫抖著。

就算如此，她還是一字一字地把話說了出來。

「那個，對不起……我只有考慮到，要怎麼做才會比較開心……」

相模說出了謝罪用的話語。

遙與結，以及其他的成員們，靜靜地聽著她緩慢且細微的聲音。

這簡直是公開處刑。

但是，靶子放在那就是要打，眾矢之的被大家攻擊，可說是理所當然。只要發生任何負面的事情，最顯眼的人就活該被攻擊、被嘲笑，這就是社會的規則。正因如此，她們兩個才會要求相模於現場公開道歉。

相模剛剛說出的話語，不知是否滿足了她們的欲望。

兩人的其中一位像是感到有些困擾，一邊玩弄著自己的手指，一邊開口說道。

「……沒關係。只顧慮到社團活動的事情的我們也有錯。」

其餘運動社團的人們似乎也抱持相同的意見，現場傳出「對啊」或是「嗯」等等，細微但確實表現出同意的聲音。

也許是因為聽到了這些話，相模的語調又逐漸順暢起來。

「嗯，那個，我啊……還是想努力讓運動會更加熱鬧，所以，我希望大家能夠協助配合……啊，當然，會盡力不使工作量對大家的社團活動造成負擔。」

相模抬起了她的頭，堅定地說道。另一方面，現場組的某些成員則是別開了臉。

就算如此，相模的想法似乎還是有成功傳達，所以對方的回答傳了過來。

「……嗯，我們也會盡力配合的。」

「謝謝。請多指教了。」

相模的話似乎說完了，低頭行了個禮，轉身回到我們這邊。

一直注視著相模的巡學姐鬆了一口氣。

「事情解決了呢。」

她微笑著朝我看了過來，我只能點點自己的頭。

「……是啊。」

我吐出了這句話，然後硬是把卡在胸口，像是魚刺一般的感覺給吞了下去。

只看表面的話，問題的確是解決了。光就形式來看的話，的確是讓人有種問題迎刃而解的感覺。

只是，若往裡頭一瞧，尚未解決的部分可是多如牛毛。

這是個壞習慣。

相模的話聽起來像是在替自己辯護，同時揮舞大義之旗指責他人，並巧妙地讓遙與結的解釋聽起來像拿社團活動當作逃避的藉口。

這猜想令人不甚愉快。

然而，越是讓人不快的猜想，越是容易中獎，有時我真的有種自己其實擁有未來視的錯覺。

拜託老天偶爾也讓我猜不中吧，我一邊於心裡懇切地祈求著，一邊靜靜地等待會議開始。

× × ×

待遲到的人們全數到齊，會議終於得以開始。

於平塚老師的注視下，最先開口的是巡學姐。看來她還是不放心馬上全部交給相模。

「那麼，會議現在開始。首先針對上一次會議的結論，我在這裡提出改善方案。雪之下同學，可以麻煩妳嗎？」

「好的。」

雪之下從位子上起立，然後稍微看了學生會的幹部們一眼，他們便迅速開始動作。不知道他們什麼時候變得徹底服從雪之下了。

學生會幹部們將影印資料發給每位成員。手上拿著同一份資料的雪之下開始說明。

「關於上次會議所提到，各個社團的工作時間，各位手上拿到的是直至運動會當日為止的班表。這是我們考量到各個社團的比賽行程而做出的安排，請各位成員確認。」

一邊聽著說明，一邊確認手上資料的現場組成員們，發出一陣陣困惑的呼聲，似乎是看到了意想不到的安排，而顯得一片驚慌失措。

也是啦，若換個角度來看，這確實會被認為是決策組在擅自做決定。不過，針對這點，我們也有對應的方法。

「那個，這只是提案而已，有什麼需要的話我們會進行調整。我們也已經向各社團的社長做過說明了，應當不至於造成大家太大的負擔……」

由比濱馬上補充說明。位於校園階級頂端的她，能夠輕而易舉地和各社團的社長達成合作，在場所有的人都清楚明白這點。

託她的福，沒有任何人出聲抱怨……是說雪之下大概不覺得這是提案，而是決定事項吧。

「另外，關於千馬戰的部分，為了減輕大家的負擔，我們會針對部分規則做出修改，並且簡化使用的服裝。如此一來作業量將能獲得減輕，比起上次會議的討論結果，應當能以更少的人工達成目標。」

雪之下平靜地繼續說明。人工是啥啊，是那個嗎，念起來很像戀空的玩意嗎？那好像是忍空。

如此不由分說，態度強硬的說明，也許稱呼為脅迫比較貼切。

雪之下所做的班表非常細心，連先前版本的比較都放上去了，我還真難判斷到底是她辦事快速，還是單純太閒而已。大概以上皆是吧。此外，這也有可能是她為了預防現場組的人找藉口逃避而放上的，所以再追加一個性格惡劣的選項。

不過，也多虧她的努力，現場組的成員們似乎願意遵從決定。

雪之下環視一遍安靜下來的會議室，然後坐回自己的位置。看來她打算將之後的事情交給主任委員。

察覺到她意思的巡學姐出聲催促相模。

「那麼，從上次討論到的地方開始。」

「是、是的。那麼，我們依照此份班表，進行工作分配……」

我一邊以雙手托著臉頰，一邊看著相模主持會議。

到此為止，情況都在我們的掌握之中。我們調整了在會議上起過糾紛的班表，也跟各個運動社團的社長攜手合作，還主動提出了削減千馬戰所需勞力的方案。而且，相模與現場組的遙與結也已經達成和解。

就現狀而言，已經沒有能夠做的事情了，以一個取回信任的方法來看，這足以稱為中上之策。

就算如此，我的雙眼依然企圖找出所有的不安要素，不聽話地四處漂移。

我持續發揮自己的負面想像力，不斷地設想最壞的情況。

然而，這並不是為了避免最壞的事態，而是為了減低事態真的發生時帶來的衝擊而設下的防線。真是替我自己感到難過。

因為你看嘛，知情與不知情，兩種情況下受傷的程度不是不一樣？比起自信滿滿卻跌了個大跤，一開始就知道行不通的話，心情的動盪幅度便能減輕。將傷害減至最小，復原就不會花上太多時間了。這就是生活的智慧。

會議室內正嚴肅且安靜地分配著工作。看起來似乎沒什麼大問題。

相模的主持也非常順利。旁邊也有巡學姐陪著。後面又坐著平塚老師緊盯全場，所以沒有人敢吵鬧。

表面上風平浪靜，沒有任何糾紛爭執。

就算如此，這雙眼睛還是捕捉到了關鍵的一瞬間。

遙與結為了登記名字而走向白板，經過相模身邊時，刻意做出的面無表情。離開相模身邊之後，兩人互相點頭確認的動作。

「欸……」

「嗯……」

她們互相耳語的聲音傳了過來。也許她們還另外說了其他的話，但是我無從得知。

算了，相模道歉才沒過多久。我不認為她們之間的芥蒂，能在這麼短的時間內就消失得一乾二淨。

我停止觀察和臆測，將身體靠上椅背，讓椅背發出嘰的一聲，然後伸展自己的腰。

當身體後仰到快要倒下時，便能看見上下顛倒的世界。

眼內映入的是窗上滑落的雨滴。看來，這場雨未曾停歇。

× × ×

自上次會議已經過了一段日子，營運委員會終於變得稍微能夠運作了。

只是，要問順不順暢的話，也許還差了些。我們雖然排了班表，作業效率卻反而降低了。

只要排定班表和行程，大家就會照著白紙黑字行動，這種事只是一種幻想。

我們不是機器人，也會有身體不舒服，或是想睡覺的日子。有時突然會有急事，有時則是自然而然地偷懶。

所以，排定班表以及行程的時候，最好一併設定緩衝區。雪之下應當就是這麼做的。

然而，也有就算設定了緩衝，也幫不上忙的時候。

班表的功用，就是對每個人的工作量做出規定。換句話說，超出自己分內的工作絕對不做，也沒有必要作，是班表所給予的承諾、誓約，或者可以說是一種制約。

所謂的完全分工制，反過來說，就是定下了工作量的上限。非常諷刺地，為了迫使對方工作而定下的規則，卻反過來成了枷鎖，讓他們擁有了不必工作的理由。

也是啦，我能理解。啥？那又不是我負責的工作……只要活在世上，需要講出這句話的一天總會來臨。幫打混摸魚不做事的傢伙擦屁股，是非常莫名其妙的一件事。很奇怪啊，真的，我是說真的！

……明明該是如此，為何我還在這裡拚死拚活地工作。

我正規劃運動會節目，並且模擬著學生動線的時候，又有一大疊新的書面資料堆到我的身旁。

我翻了翻資料，瞧瞧這次又是什麼，結果是比賽所需物品的借用申請單。

「……」

我搔搔頭，暫時離開自己的位子。

轉換心情也是必要的一件事。為了轉換心情，我有必要外出然後回家然後泡澡然後吃飯然後睡覺一下。轉換心情真的超重要。

正當我一邊想說買個咖啡也好，一邊走出會議室時，剛好被由比濱抓個正著。

「啊，自閉男，你來得剛好。」

由比濱不是應該待在外頭製作進場拱門嗎？怎麼回事，休息嗎？我一邊想著，一邊以歪一歪脖子的動作詢問對方有什麼事。

「那個啦，我們人手有點不足啦。你來幫忙一下嘛。」

「不，我還有別的工作……是說現場組的人怎麼了？」

我一問，由比濱便無力地笑了笑。

「他們說得去社團活動……」

「又來了嗎……」

幾天下來，這樣的模式不斷地發生。

相模的「不會對大家的社團活動造成負擔」成了他們的盾牌，所以許多人做到一半就溜回家，或是偷懶休息。

然後，因為來的人越來越少，現場人員的集中力也跟著下降，作業效率也變得低落。

大家都有各式各樣的理由，而無法以萬全的姿態做事，所以總是有人得幫忙填補別人挖出來的洞。

但是，若大家只顧慮到「自己的排班」，那個洞就永遠不會填滿。為了避免這樣的事態發生，我們雖然設定了充足的緩衝，然而現況卻是緩衝越來越不堪用。

正因如此，我們決策組也全體動員，著手現場組的工作。特別是由比濱，她非常積極地到處視察，並且動手幫忙，或是進行協調，忙碌地大顯身手。

不過，我冷靜想了想，由比濱其實不大適合幫忙今天的製作工作啊……雖然她身為女孩子也是原因之一，但最重要的是，就這傢伙的下廚功夫來評斷的話，她絕對不適合製作東西。若是讓她繼續給人添麻煩也不好，工作進度被她拖慢也是個問題。我也坐著工作一段時間了，正感到有些疲憊，起身活動筋骨似乎也不是件壞事。還有，還有……算了，怎樣都好。

「我可以稍微幫一下忙啦，就當作是轉換心情。」

「嗯！謝謝！」

由比濱開心地從後面推著我的背。

我扭動脖子和肩膀發出聲音，乖乖地跟著由比濱移動。

經過走廊，走下階梯，便看見穿堂被一群人占走一大片，正在製作疑似是進場拱門的物體。我原本以為製作現場只有現場組的人，但定神一瞧，拿著鋸子鋸著東西的人正是學生會的幹部。

其餘現場組的傢伙們也不大動作，只是不時地偷看自己的手錶。

「這情形是怎樣……」

「那個～啊哈哈。」

由比濱笑著打了個馬虎眼，但是老實說我笑不出來。明明距離運動會剩沒多少時間了，現在卻搞成這個樣子。

雖然早已想像過，但是親眼看到現況，還是讓人感到挫折。如果情況如此，多我一個人偷懶也沒什麼差吧？

「根本就是我打工時的樣子嘛。」

「自閉男，真虧你沒有被炒魷魚……」

雖然我也覺得不可思議，但是不知道為何，我打工就算態度再怎麼隨便也不會被開除耶。我都想乾脆主動拜託店家叫我滾蛋算了。此外就算蹺班薪水還是照領。我想店家大概也清楚僱用高中生打工會有什麼樣的風險吧。甚至於對店家而言，替代的人力可是要多少有多少。

但是，營運委員會的成員，可沒有這麼簡單就能找到替代人物。當然，我們可以跟各個社團做交涉，以募集新的成員，但是我們已經沒有時間，也沒有多餘的人手能夠從頭指導新人。

巧妙地跟他們做好協調，才是最快的方法。

說是這樣說，我再次以一雙死魚眼睥睨全場。

無論何處都見不著有幹勁的傢伙。連我這個毫無幹勁的人都覺得所有人毫無幹勁，可見情況有多誇張。

正當我感到束手無策，身旁的由比濱伸手搔了搔自己的臉頰，露出一臉苦笑。

「我是有想要鼓勵一下大家，但是總感覺氣氛不大對……」

「不，這樣就好了。」

一個人在那高談闊論只會引來大家的反感。振奮幹勁能夠產生效果的階段早就已經過了。

這裡就應該不假他人之手，以一貫的獨行俠風格行事吧。反正不做事的人說什麼也不會做。

看來有不少東西需要製作呢，像是看板或是進場拱門。總之先把製作到一半的東西完成吧。

我剛好發現一位認得面孔的學生會幹部，便移身至對方工作的位置。仔細一看，他的身後就待著幾位正在休息的男同學。原來是輪班制嗎？（裝傻）

「我帶幫手來囉──」

由比濱指著我說道，幹部便做出鬆了一口氣的表情。

……嗯，你一個人真是辛苦了。我默默地伸出自己的手。幹部領會了我的意思，將鐵鎚交到我的手上。我對他點了點頭，他也向我點頭行禮，然後起身離開，找了個陰涼的位置坐下。

學生會幹部是珍貴的戰力，可不能這樣勉強他們。你就好好休息吧。

我擺弄著手上的鐵鎚，確認完鐵鎚的狀態後，蹲下準備開始。

「那，我要動手啦。」

「喔──！」

由比濱出聲回應，並移動到對面，蹲下壓住木材。不，那個，妳在我前面蹲著，會讓我看到內褲啦，那個……這種時候不是該穿體育服嗎！真是的！叫我眼睛往哪裡擺！

我揮動鐵鎚，將腦內的雜念攆去。不集中注意力的話可是會敲到手指的。

兩人一起敲敲打打著，一旁偷懶的傢伙們似乎也覺得有點對不住而站了起來，嘴上還說著什麼「我們也上工吧」之類的話。

然後，他們非常刻意地移動到我們的視野範圍內，才開始進行作業。他們大概感覺自己被監視了吧。我們的行動至少也有一點嚇阻效果。

我一邊不時確認他們的工作狀況，一邊敲打著釘子。這就是所謂的釘緊對方嗎……嘿，我似乎打了個不錯的比方……

作業持續了一陣子後，突然有位現場組的人過來搭了句話。當然，對象並不是我。

「啊，由比濱同學。」

「喔！怎麼了怎麼了？」

由比濱轉頭望向對方，讓木板的平衡一下子偏掉，害我差一點搥到自己的手指。好險——要是我真的搥下去，搞不好會喊出「釘宮」之類的聲音。

喂，很危險欸？麻煩妳確實壓好可以嗎？正當我想這麼抱怨而抬起頭來，卻發現由比濱正往完全不同的方向直盯著瞧。向她搭話的人似乎正在請她看某樣東西。

「這邊做這種處理可以嗎？」

「嗯——好像還不錯啊？我不大懂就是……」

不大懂喔……這丫頭還真是隨便……正當我這麼想著，一位學生會的幹部迅速趕了過來，小聲地給了幾句建議後，又馬上離開。

「啊，好像可以喔。」

「謝啦，真是幫了大忙。啊，是說啊——之後可能也會有地方需要問一下，不知道是不是方便給個聯絡方式？」

「對方要聯絡方式。」

由比濱朝著剛剛那位學生會幹部喊道。樹蔭下突然竄出學生會幹部的身影，迅速移動至對方面前，並將手機掏出。雙方的電話號碼在一瞬間交換完畢。

「謝、謝謝……」

現場組的人臉上浮現一股難以形容的苦澀表情，出聲道謝。

……唉，偶爾也是有這種傢伙在呢。企圖藉由參加活動來認識其他女同學的色胚。這種人實在沒有辦法，就當作沒看見吧，不放在心上。現在的我，只是傾心追求優美且迅速釘釘子技法的職人。其餘瑣事我毫不在意。雖然毫不在意，為何他們的聲音我還是聽得一清二楚呢——真是不可思議——名列世界三大七大不可思議之一呢。三七二十一，總共二十一大不可思議！

「是說啊——你週末都在做什麼？」

我當然知道這句話不是對著我說的，但還是偷看了一下那個男的。

結果，對方根本就沒在做事，而是進入了談笑模式。喂喂，就算是上沼惠美子的談話廚房，手也還是有在動的好嗎？給我向惠美子看齊啊。

算了，這段對話一直結束不了也是沒辦法的。畢竟由比濱是只要別人對她搭話，她就一定會回話的人。

「咦？沒什麼特別的啊——不過，最近都在忙跟運動會有關的事。今天也是非做不可的說。」

「妳週末也在學校的話，我社團活動一結束就過來幫忙吧？如果能告訴我電話號碼的話，我就能聯絡妳了。」

是是是，有意幫忙的人剛剛才不會跑去旁邊休息咧。唔喔我突然開始冒手汗了，真不愧是小學二年級的畢業旅行時男生得和女生牽手，結果因為滿手的手汗而被女生討厭的我。流了這麼多手汗，鎚子搞不好一個不小心就從手上滑出去，直擊那位不知哪個運動社團的男同學的後腦勺啊，科科。

我為了確認拋射方向而往上一瞥，只見由比濱開口說道：

「喔，聽起來不錯喔～不過這個禮拜如果好好幹的話，週末就可以不用來了。我也想要休息，想要出去玩呢。」

由比濱一直把話題拉回工作上，但是那個男的早就擺明了不想幹活，繼續和對方聊天。我都能感受到他的執念了……

「出去玩嗎——妳都去哪裡玩啊？」

「咦？大部分都是優美子決定……算是全交給優美子想吧？」

「喔喔，三浦同學啊……三浦同學嗎……」

總覺得那個男的聲音變得越來越小了。

這就是我的注意力非常集中的證據嗎？絕對是這樣沒錯。這和邊聽音樂邊讀書，回過神來發現音樂早就停掉的道理一樣，大概吧。專心，專心。集中精神在木頭上。現在可不是把注意力放在其他東西上的時候。這是那個嘛，喏，因為我喜歡工作……

……總之趕快把東西弄好，然後離開這裡吧。

我持續敲打著釘子，突然有種自己在詛咒別人的感覺。釘子順利地釘入木板，我將手伸進箱子想拿出另一根，卻撈了個空。

「……釘子沒了。」

我指的是五寸釘（註41）。不，普通的釘子就可以了。

「給你。」

我聽到聲音，抬起頭一看，只見由比濱伸手將釘子遞了過來，釘子於掌上發出叮噹聲響。

「……好。」

註41　實行日本傳統咒術時使用的釘子。

我盡量不觸碰到由比濱的手掌，慎重地拿起釘子。就是那個，這種情況的應對方式，跟遭遇「可愛的便利商店店員找零時碰到自己的手，就會不由自主地喜歡上對方」現象時是一樣的。身為一個男人，應盡量避免肢體上的接觸。

「是說，已經結束了嗎？」

「嗯？你指的是什麼？」

我一問，由比濱便露出一臉呆愣。我當然不可能講明自己指的是「與男同學的對話」。

「不……沒事。」

我補上一句話敷衍過去，然後繼續釘釘子。

由比濱在男同學間頗受歡迎。

暑假在千葉村時，我便聽戶部說過。雖然他不是對著我個人當面說的，不過我有聽他說過。

理所當然的一件事。

她的長相可愛，身材也不錯，個性開朗，態度也和藹可親。雖然身處校園階級最頂層，但她卻是無論跟誰都能相處融洽的女孩。

最重要的是，她很溫柔。

名為「笨蛋」的最大缺點，在別人眼中也有可能是優點。

在這種會讓人產生錯覺，認為男女之間的距離縮短的活動期間，由比濱被不認識的男同學搭話，也是極為普通的一件事。雖然她的情況應該不僅限於活動期間就是了。

直到親眼看見，才突然有了實感。她果然是與眾不同的。

……這傢伙果然不是普通人啊。不愧是身處校園階級頂端的人。她的天然呆該不會是刻意裝出來的吧，被這樣緊迫盯人，還有辦法一路成功閃躲到底，這之中絕對有鬼。

正當我思考著，卻發現周圍突然安靜了下來。

「咦？剛剛那傢伙呢？」

我四處張望，眼珠骨碌碌地轉動，然而附近只看得到休息中的學生會幹部們，還有我自己，以及我正前方的由比濱而已。

「嗯，對方說有社團活動所以先走了……大概是因為我提到優美子的關係吧。」

……果然，那傢伙開溜了嗎？

看來由比濱是為了逼退對方，而故意搬出三浦的名字。從外表和平時的言行舉止，完全看不出她是如此強悍的女孩子。對於這種女子政治，或者是班級內政治，她可是非常在行。政治值大概有90這麼高。附帶一提，三浦的統率值大概有95吧。能夠拿來當作擺脫男人騷擾的手段，三浦到底是有多可怕啦？不，我其實可以理解那個男同學的心情。三浦真的很可怕。

不過，就只是個電話號碼，告訴對方應該也沒什麼影響才對。她大概有其他理由吧。況且再這樣繼續深究下去，八成只會落入最糟糕的情況，所以還是作罷。

我打起精神，將鎚子換手拿好。

「……總之，繼續吧。」

「喔——！」

由比濱將手高舉，精神百倍地回答。是說出力氣的人基本上都是我喔。

揮下的鎚子發出鏗咚聲響。

在學校中庭製作東西，回音聽起來比起平時還大上許多。遠處操場上的棒球社，足球社，橄欖球社的聲音，和田徑社的尖銳哨音重疊在一起。

一根，兩根，我持續敲打著釘子，突然感到一股視線目不轉睛地看著自己。

「……怎樣啦。」

被這樣盯著瞧，讓我很難做事耶。我一問，由比濱便趕緊搖了搖她的手。不不不，妳給我把木材壓好啊……

「啊，沒事沒事……是說，自閉男意外地熟練呢。」

「這種程度大家都辦得到吧。」

男生可是在玩四驅車之類玩意的過程中，就能自然而然地學會如何操作這些工具。螺絲起子自不在話下，斜口鉗啊針手鉗啊砂紙之類的都是小菜一碟。

不光是四驅車，男生只要手上拿著工具，就會想要製作東西，像是用碎木片做出不知所云的物品，或是瓦楞紙箱的簡單勞作，這些絕對是大家都幹過的事。

先不論技巧是否高明，簡單的敲敲打打絕對是能夠學會的。對於除此之外無事可幹的男生而言，更是如此。

是說女孩子不太做這種事呢。今後如果還需要巡視作業現場，可能由我出面會比較好。

如果狀況可以改善到不需要這麼做就好了……

我一邊想著，一邊揮動鐵鎚，這時由比濱突然小聲說了一句話。

「總覺得啊……這樣……也不錯呢。」

「哪裡不錯……」

根本就是被工作進度追殺的狀態好嗎……必須工作到這麼晚就已經很奇怪了，由我們來做這點更是莫名其妙……我本來該去忙其他事情的……

這傢伙到底在說什麼鬼話……我對她投以抗議的視線，對方卻像是感到有趣，露出一臉微笑。

「這就是青春吧。」

「……傻子喔。這稱作社畜都不為過了好嗎？」

如果像這樣放學後留下來勞動就叫青春的話，不是自己分內的工作也被逼著做就叫青春的話，那麼所有的上班族不就全都處在青春的最高峰了？至少我的老爸每天從公司回來都累得像條狗，對於公司和社會的怨言從來沒有少過，我絲毫不認為那是青春。

「首先，妳所謂的青春是那種閃亮得很沒意義地腦袋有洞又虛無飄渺的東西吧。」

「那是什麼莫名其妙的印象？才不是那麼一回事呢！」

對方像是大感困擾地做出抗議。不是這樣嗎？我還以為妳一定喜歡這種的。

由比濱大大地嘆了一口氣。

「我校慶的時候啊，都只有跟班上同學們在一起，從來沒有像這樣一起做過什麼呢。」

嗯。確實如此。不如說班上的活動能夠順利，幾乎全歸功於由比濱的活躍。這傢伙對於金錢管理意外地挺囉嗦的……

只是，能夠這樣在班上活躍，對她而言不正是所謂的「青春」嗎。

「妳在班上不是青春過了？而且妳還跟雪之下組過樂團，該知足啦。那個也夠格稱作青春囉。」

「不只是那個嘛……」

由比濱鼓起臉頰，哼地一聲撇開她的臉。她的臉頰染上了一抹朱色。夕陽自特別大樓的上方斜射過來，一回過神，中庭已經是一片火紅。

若假設由比濱對於青春的定義和雪之下一樣，都是想要達成某件事情的話，那就非常那個啦，該怎麼說呢……愛真是沉重（註42）。

我應該要在這裡給她忠告。

註42　漫畫《絕望先生》中的著名臺詞。

「妳老是這樣到處黏著別人，不會覺得累嗎？最重要的是，當你自覺自己很累時，才是最累的時候。」

「嗚哇……你說的話真讓人討厭。」

由比濱以極為誇張的姿勢表現了她的嫌惡。請不要這麼明顯地將上半身往後移好嗎？原本對齊的木板都歪掉了。只要別弄歪，妳愛往後多少都隨妳的便。

我重新將木板對齊，並且在角落釘上釘子。

嗯。總之，釘釘子的部分差不多完成了。接下來只要用鋸子鋸掉多出來的部分就好。千葉縣民和鋸子可是有著深厚的因緣，因為千葉縣有座山名為鋸山。除此之外就沒有什麼特別的關聯了。甚至可說是毫無瓜葛。

我起身找了一把還算順手的鋸子，回到原處時，只見留在原地的由比濱仍然鼓著臉頰。

「我想說的才不是那種事……」

「哪種事都沒差啦。」

我換手持鋸，用力踩著以固定住看板。為了不讓方向偏掉，我視線緊緊盯著鋸子不放。

「只要這個莫名其妙的社團活動持續下去，這類型的鳥事總有一天又會落到我們身上吧。若要一起做些什麼，以後有的是機會。」

鋸子的噪音到底能夠把話語聲蓋掉多少？我將手裡握著的鋸子前後高速移動。

「……嗯，也是呢。」

看來鋸子的噪音再怎麼大也沒用。由比濱的聲音清楚地傳進了我的耳裡。

以後有的是機會，雖然我是這麼說的。

最不相信這句話的人，正是我自己。

不要認為總是還有下次，不能認為總是還有機會。人與人之間的關係可是比想像還要脆弱。我們之間的關係也是如此。

逐漸被削去的木材不時噴出些許木屑。我感到手上的鋸子逐漸變輕，最後於耳邊傳來一聲悶響。

× × ×

工作告一個段落，我將剩下的部分交給由比濱和學生會幹部去處理，回到自己的工作崗位。

一踏進會議室，雪之下便抬起頭來看我。

「哎呀，我還在想你到底跑去哪了……剛剛拜託你模擬的動線已經弄完了嗎？」

「弄完的話早就丟給妳啦。」

稍微花點腦袋想想就知道，工作這種東西誰都想要趕快擺脫，若已經做完當然是馬上就丟出去。

我瞇起眼直直盯著她瞧，雪之下則是一臉無所謂地撥了撥頭髮。

「我不是在確認，而是在施加壓力。」

「是這樣嗎……」

也是啦，聽到老闆開口問「做好了嗎？」員工也只能回答「正在做！」根本就是絕對不能說ＮＯ職場篇。

沒辦法，只好上工啦。既然被施加壓力就只能任命。不愧是擅長給人施加壓力的雪之下。大概也給自己的胸部施加壓力了吧。如果能夠因此使其反彈獲得成長就太好了呢。

我一邊於心中咒罵著雪之下，一邊無精打采地坐上位於雪之下旁邊的自己的位置，繼續還沒做完的工作。

為了將被壓住的資料抽出來，我確認了一下堆疊在桌上的所有文件。

一張。兩張。三張……四張，喂──

工作又──增加了……

我像是在表演番町皿屋敷的段子（註43），以怨恨的眼神看著雪之下。注意到視線的雪之下只是靜靜地望向巡學姐。

……啊，是嗎，是巡學姐嗎？不過，巡學姐也是忙著處理營委會的工作呢。明明是考生，讓她在這裡幫忙真的好嗎？之後還有學生會長選舉……直到選出下一任

註43　日本著名怪談，常被當成歌舞伎等表演的題材，特徵為數盤子的橋段。

會長之前，她都沒有辦法卸下這份職務呢。還是稍微幫個忙，減輕巡學姐的負擔比較好。

我搔了搔頭，轉換自己的心情，然後轉身面對桌上的文件。

學生座位的位置、引導路線、節目之間的待機場所、進退場拱門的位置，我分別將它們一一寫下，並靠著自己的記憶模擬學生移動的樣子，然後將適合的配置記錄下來。

「有夠單調的工作……」

「這份也拜託你了。」

堆積成山的文件上頭，又多了一份以透明資料夾裝好的書面資料。是說啊，我的書桌可不是dropbox，什麼東西都上傳到我這，我也很困擾……

我往旁邊一看，雪之下正對電腦敲打鍵盤。

唔，這傢伙果然有在做事……看到別人認真工作，自己也會感覺不得不努力一下。同儕壓力實在是要不得呢。

不，如果這股壓力能夠對現場組造成影響，那就沒有問題，然而令人遺憾，現在的現場組之間瀰漫的是一股「隨便做做就好」的氣氛。這逼得我們不得不去擦他們的屁股。

雖然我對於現況再清楚不過，但若不開口抱怨個一兩句，我可沒有辦法釋懷。我一邊動手，一邊開口說道。

「感覺最近一直都在工作啊……」

「令人意外呢。」

身旁傳來一聲冷靜的回答。當然，對方的手也沒有停下，持續發出敲打鍵盤的聲音。

的確如雪之下所言，這挺讓人感到意外。沒想到我居然會開始工作……

「對啊。我爸要是聽到我在工作，絕對會暈倒的。」

「我不是指這個……不，這也的確令人意外。不如說你的父親有點離譜。」

只聽見一聲無奈的嘆息。但是，我只要用一句話，就能解決隔壁傢伙的疑惑。

「因為他是我老爸啊。」

「微妙地有說服力呢……不說這個，令我感到意外的，其實是相模同學的事。」

我因為聽見某人的名字而嚇了一跳，轉頭一看，雪之下正注視著位於斜前方位子上工作的相模。

「她出乎意料地有在認真做事呢。」

「妳這說法也太狠……」

居然用出乎意料來形容……推薦她當主委的可是妳耶……但是一聽雪之下這樣形容，我也開始感到有些意外了。

原本以為相模早就失去幹勁，但想不到她居然振作起來，開始認真工作。

現在這個節骨眼，對於相模而言也是非常關鍵的時刻，這次如果她的評價再度往下掉的話，就永遠沒有恢復的可能了吧。若是再次失敗，她以後就只能靠著嘲弄比自己還要下層的人，來保住自尊心。

然而，並不是只要認真做事，問題就能獲得解決。

雪之下似乎也充分理解這件事，像是釘釘子般地補上了一句話：

「可惜的是，她絕對算不上優秀，能力不足以將我的工作託付給她。」

「以妳做為比較對象的話當然如此。」

如果以雪之下當作基準，那麼恐怕所有的人都要歸類到無能那一側了。

雪之下惡狠狠地瞪了我一眼。

「並不只有我吧。稱得上優秀的人到處都有。」

「有是有啦……」

能力能與這傢伙匹敵的人，大概只有陽乃或是葉山吧。

「而且……」

雪之下以細微的聲音繼續說道。

不知不覺間，她的手已經停了下來。靠在鍵盤上的拳頭僅是輕輕握著，似乎沒有使力。

「……我大概也算不上優秀呢。行程都亂七八糟成這個樣子了。」

她「喀噠」一聲按下鍵盤。看來她正依照現在的工作進度在調整行程表。

只是，這並不是負責製作班表的雪之下的錯。不如說，若少了那張班表，我們大概就叫不動任何人了。

「這又不是妳的錯。」

「是這樣嗎……」

「當然啊。全都是這個社會的錯啦。」

「推卸責任的大絕招呢……」

雪之下像是瞧不起人地笑了一聲，然後挺直腰桿，再次面向電腦。她像是要把因閒聊所浪費的時間追回來一樣，輕快地敲打著鍵盤。

雪之下雖然認為自己需要負責，但我不覺得她有做錯什麼。

工作進度之所以延宕，比起班表或者行程表，還有更為明確的理由存在。問題在於成員們的幹勁。

會議本身雖然沒有到被杯葛的地步，然而卻常常因為臺下的反對意見而停滯，分配工作時臺下便搬出「不影響到社團活動」這句話做為擋箭牌。

成員們處在這樣的氛圍下，怎麼可能提得起勁做事。

他們雖然會按班表操課，但也以班表做為藉口，使得我們無法有彈性地運用人力。這部分只得靠決策組的人力來彌補。

結果就是，我得一直留下來加班處理雜務。

此外，許多事情仍然沒有定案，依然存在許多不安要素。

若現況毫無改變，我已經能夠預見不久的將來，一切都會崩盤。

× × ×

連續做了好幾天的勞動，每天早上傳進耳裡的繁忙喧囂，總是讓人感到鬱悶。明明是一天的開始，這股「早就結束」的感覺實在是讓人受不了。

尤其是有著別班同學出入的大樓門口附近，跟教室內比起來，更是充滿一股輕浮且作假的的氣氛。

他們與我之間並沒有交惡，單純只是有些距離。朋友的朋友。至去年為止還是同班同學，卻在不知不覺間疏遠的友人。社團夥伴。當我遇上各式各樣有著距離的人們時，對方都會戴上與場合相應的面具。他們臉上的人格面具，隱藏住自己截然不同的另一面。

任何人都會於日常生活中活用謊言。就這點而言，獨行俠實在是很厲害呢。獨行俠徹頭徹尾都忠於自己。若是在民間故事裡，總對自己以及世界老實的我絕對能夠賺大錢。

我將自己浸淫在愚蠢的思考中，藉以遮斷周圍的雜音。然後，為了不撞到人而微妙地前後左右擺動自己的身體。就像輪擺式位移一樣。

我來到自己的鞋櫃前，一邊喃喃自語著「幕之內！幕之內！」然後迅速伸出自己的手。當然，我並不是要出拳，只是要拿拖鞋而已。這種超級無所謂的妄想，實在是令人愉悅。

我把手伸進鞋櫃，卻不知道碰到了什麼，手上傳來一股沙沙的觸感。

什麼鬼？我探頭看了看。

……喔呼。

鞋櫃裡被人丟了垃圾……

拖鞋裡塞滿了糖果的包裝和一團團的紙屑。

咦——這什麼——霸凌——？

總之，先確認一下鞋櫃內還有沒有垃圾以外的東西，順便偷看一下其他人的鞋櫃裡是否也被塞了什麼。但看來只有我的鞋櫃被塞了垃圾。

……也罷，我早就料到會變成這樣了。

理解現況後，我莫名感覺到一股寒意滲入心裡，肩膀和背上襲來一股強烈的疲勞感。比起憤怒或是悲傷，也許「徒勞感」這個詞更能形容我現在的心情

如果只是視而不見，那情況就和以往沒有什麼不同，不會讓我在意。中傷他人用的言詞我自己也會講，所以也能理解。

只是，這種如同小學生一般幼稚的行為，實在是讓人無法理解。這樣的行為，到底有什麼意義？到底能對誰有好處？到底可以產生什麼樣的利益呢？

我原本以為升學學校裡不會有蠢材，不過看來凡事都有例外。也許自己沒有受到暴力相向就算不錯了。鞋櫃裡的垃圾不是廚餘一類也該感到慶幸。世界上的蠢材數量可謂多到滿出來，自己所遇到的卻則只有如此程度，我想這已經可以算是一種

幸福了吧。

多虧這件事，我又學到了一個教訓。

人只要被推下懸崖，就會無止盡地一路跌至谷底。

因為大家都認為，遭受欺負的人，無論是誰都有欺負的權力。

我僵住了一會。

雖然我早已下定決心，無論遇上什麼樣的狀況都能理解並做好覺悟，但還是無法止住內心的動搖。看來我還不夠成熟呢。就算只有一瞬間，這種愚蠢的事情都能讓自己動搖，這使我感到一陣羞恥。

不過，若只有這種程度的話，我還有對抗的方法。

我重新振作精神，把丟在鞋櫃裡的垃圾一把抓出來。

然後，集中精神，感受身邊的氣息……好，看來我的隱身能力還沒有消失，似乎還有辦法於人來人往的環境下使用。

我確認完沒有任何人盯著自己，然後重新省視鞋櫃的排列順序。

由於學號是照著日文的五十音排序，我的前面一號是葉山，再前面則是戶部。戶部的前面是戶塚。

鞋櫃則是照著學號排列順序，所以我們四人的鞋櫃順序也和學號相同。

此乃神之巧妙安排！

我抓緊手上的垃圾，往位置較近的戶部鞋櫃裡一塞。

……原諒我，戶部。

如同我為了他人灰暗的興趣，而做出值得尊敬的犧牲一般，也必須有人為我做出犧牲。

做為自我防衛的手段，這樣算是及格了。雖然不是個隨時隨地，對象為誰都能使用的方法，這次還算得上是有效打擊。

我「啪啪」兩聲拍掉手上的灰塵，悠然離開現場。

這時，身後傳來一陣吵雜的喧鬧聲。聽起來像是做完晨間練習的戶部回到了大樓門口。

我稍微回頭，看見戶部和擦身而過的朋友們打著戶部式招呼，然後將手伸進鞋櫃。

「瞭解啦……欸，咦？」

大概是感到不對勁，戶部整個人僵住不動了。然後，他小心翼翼地將自己的拖鞋拿出來。

「咦……真~的假的！咦，等等，咦——？」

戶部誇張地大喊，使在場所有人直盯著他瞧。

正當大家都站得遠遠地看著戶部時，幾個看似朋友的傢伙靠近戶部身邊，然後放聲大笑。

「戶部，這是怎樣，太搞笑了吧！」

「噗，這根本霸凌吧？」

幾個人你一言我一語的，戶部便對他們回以極為誇張的反應。

「等一下啊！我的鞋櫃裡怎麼會有垃圾，這是怎麼回事，難道是霸凌？等等，我被霸凌了嗎？」

戶部吵鬧的大呼小叫中帶著一股悲壯感。我則是有股罪惡感湧上心頭。嗚呼，對不起啊，戶部。

我於心裡向對方道歉，此時葉山從戶部身邊的圍觀人潮之中探出頭來。看來他和戶部一樣剛剛結束晨間練習。

「戶部，你有點吵……」

大概是對於戶部的吵鬧聲感到厭煩，葉山的心情似乎有些不愉快。戶部則像是企圖補足對方的愉快，整個人嗨到了最高點。碰上葉山就嗨到最高點，這傢伙難不成喜歡葉山……

「欸，隼——人——拜託你聽我說，我的鞋櫃居然被人塞垃圾啊！像是波奇棒還有脆梅，啊，還有男梅！」

「……」

葉山一聽，表情突然變得僵硬。他沉默不語，將手伸向自己的鞋櫃。然後，一隻手停在空中，只是盯著自己的鞋櫃瞧。

但是，他的動作也只有停下一瞬間而已。

他拿出自己的拖鞋穿上，然後回頭對戶部做了個微笑，臉上已經見不到剛剛的僵直以及冷冽。

「你都不整理自己的鞋櫃，大概是被人當成垃圾捅了吧？偶爾也該把拖鞋帶回家洗一洗啦。」

「啥，隼人！太壞了吧——」

「開玩笑的。如果這情況繼續發生，到時再來想辦法就好了。總之，先把東西拿回社辦吧。」

戶部仰天拍了一下自己的額頭，葉山則是輕拍他的肩膀，催促他前往社辦。

「我真的打擊很大啊——說什麼這所學校不存在霸凌，文部省也太會說謊了吧——所以我才討厭政客啊——」

戶部一邊走著一邊大吵大鬧。

不愧是戶部。遭受打擊還能繼續吵吵鬧鬧的人，世界上大概沒有幾個吧。而且，他還把握住事情發生的當下，成功吸引在場所有人的目光，讓情報得以擴散出去。

其實我並不討厭戶部。比起喜歡或是討厭，我更覺得對方怎樣都無所謂。我之所以將垃圾塞進他的鞋櫃，並不是因為怨恨，而是單純的自衛行為。

利用戶部這個顯眼的存在，讓問題浮上檯面，那些暗中活動的人便沒辦法直接做出攻擊。不需要讓對方親眼看見這個場面。戶部自然會把事情說出去，最後傳到那些人的耳裡。

老實說，戶部會不會大鬧一場算是一場賭局，但是我相信對方會這麼做。他雖然看起來是那種調調，卻是個內心頗為脆弱的人。雖然戶部也有可能是真的受到了打擊，但不管如何，他應該會為了自我防衛，而採取大吵大鬧的對策。

他不把這件事視作「霸凌」，而是定位成「玩笑」或是「有趣的話題」，然後將其昇華成笑話，藉以處理尷尬的場面。

我之所以這樣判斷，理由有兩個。

第一個是戶部愚蠢的性格。我猜測他有可能會真的把這件事當成好笑的笑話。

第二個則是戶部於學校中的地位。因為他位於校園階級的上層，想必這件事不會對他造成什麼傷害，若是真有萬一，也有別人替他撐腰，所以他有能力把這件事當作笑話處理。另外，也許他心底有著不想被人看見沮喪模樣的矜持。

不管如何，這可能是我第一次感謝戶部。因為消息擴散出去的關係，對方應該也難以做出下一步行動。沒有特意查出犯人的必要，那不會有任何好處。

如果對方的攻擊就此停下，那就再好不過。若攻擊持續，則只須獻上另一個祭品。

呼哈哈哈！真是太可惜了！也許到目前為止，你卑劣的手段總是能夠達到效果，然而我的卑劣程度可是你的三倍！自卑程度也是……呼。

只是，沒想到我已經被人討厭到做出這種事的程度了。這倒是讓我有些驚訝。

因為我與其他人沒什麼交集，所以對方只能採取這種攻擊方法吧。我想情況應該是不至於繼續惡化了……

我一邊思考今後的事，一邊走向教室。

登上樓梯，經過轉角，踏上通往2—F的走廊，我開始感覺周遭似乎過於安靜。平常走廊上明明吵得要命，現在卻只有像是細微波浪般的小聲喧鬧。

我眼光掃過走廊一遍，發現所有人都遠遠圍觀著某樣東西，並且低聲竊笑，或與身旁的人小聲交談。

我也朝著漩渦的中心看了過去。

站在那裡的是相模南。

還有，遙與結。

三人身邊圍繞著幾位同學。有人站在遙與結一側，有人則是站在正中央，也有人立於相模的身邊。之中也看能看見由比濱的身影。

不用細看，就知道她們絕對是起爭執了。

我一邊看著，一邊心想她們到底在搞什麼鬼的時候，由比濱注意到我，跑了過來。

「這是怎麼回事？」

我一問，由比濱便將嘴靠近我的耳邊。就跟妳說太近了……

「好像是相模跟人打招呼，對方卻當作沒看見，結果有點變得像是起口角……」

由比濱疲憊地嘆了口氣。氣息吐在我的耳朵上，讓我的脖子起了一陣雞皮疙瘩，不過現在可不是說這個的時候。

遙與結和相模，三人目前正互相大眼瞪著小眼。從雙方的位置判斷，應該是正要進入或離開教室的相模，碰巧遇上了遙與結，然後被對方視而不見。

教室後門因為她們的關係而堵塞住，F班的同學只好從前門出入。

事情又變麻煩了啊……也許該上前阻止她們，或是想辦法讓她們解散。我感到難以決定而看向由比濱，她也是一臉不知所措的樣子。

這裡勸解兩方的方法，將影響到營委會之後的運作。無論是站在相模，或是遙與結一側，似乎都沒有利益。

若是如此，也許讓雙方繼續保持膠著狀態，直到時間結束，才是上上之策……

正當我打算放手不管，這時出現了一位能夠改變現場狀況的人。

「欸。我要過去，麻煩讓開一下。」

三浦優美子自遠遠圍觀的人群中開出一條路，大剌剌地走向相模一夥人，然後開口說道。她一臉老大不高興地盯著對方，稍卷的一頭金髮搖啊搖的。

相模、遙與結三人略顯畏怯地看了看對方，轉身離開現場，就此解散。

女王的進軍輕而易舉地打垮了雜兵們。

不是調解，也不是斡旋，而是直接讓雙方閉上嘴巴。

三浦也太強了吧……

託她的福，今早這場奇異的鬧劇得以閉幕。

只是，已經撒下的火種，不會就這樣熄滅吧。

它會如同通紅的炭火般，持續地燃燒著。當風向產生變化的那一瞬間，這把火必定會猛烈地燒向我們。

6 儘管如此，城迴巡仍願意注視

第一堂課開始，我為了伸展僵硬的肩膀而轉動脖子，東張西望。

視野內出現相模的蹤影，於是我偷偷瞧了對方一眼。相模屈著身子低著頭，視線一動也不動。

早晨於走廊上發生的爭執，到底會對相模南造成什麼樣的影響。我想要確認這點。

至今為止所發生的衝突，範圍皆僅限於營運委員會內，現在卻開始滲透至日常生活中了。若要說的話，這已經逐漸侵蝕到相模所認知的現實。她原本只要運動會一結束，馬上將一切全部忘記，或是裝作忘記，擺出什麼事也沒發生的表情，就能繼續過自己的學生生活，現在卻確實地留下了傷疤。

這件事實已經逐漸對相模造成影響。總是刻意散發出令人煩躁的「人家好可憐」

感的她，現在也收斂起來，任誰都能看出她的消沉。

只是，我完全不覺得她可憐，或是可笑。

到頭說來，我從來沒對相模有過任何看法。雖然她總是讓我感到煩躁，但也僅限於此。

我與她之間的關聯原本就沒多少，今後的人生路途上也不會跟她有任何接點吧。

然而，若要我觀察對方的話，我還是能說出非常直率，或者說是單純的感想。

一言以蔽之，她是凡夫俗子一類的人。

又或者，她才是我所認識的傢伙之中，最像個人類的人。

若將天真無邪視為可愛動物的特徵，那麼相模的狡猾正是她身為人類的象徵。欺瞞、哄騙、大放厥詞以及虛張聲勢，皆是人類才有的行為。

然而，相模拉攏夥伴的方法，以及參與社群的方法卻與野獸十分相似，也許能將她視為高度進化後的動物吧。

若要舉例的話，她大概就像黑猩猩或是巴諾布猿一類的類人猿。被地位和階級束縛，卻能夠以自己的智慧克服困難，威嚇時則是激烈地吱吱大叫。

相模南正是被社群內的階級所束縛，或者，該說是在意著階級而過生活的人。

另一方面，有人拉攏夥伴的方式，則和相模南完全不同。

三浦優美子便是一個例子。

若要比喻她拉攏夥伴的方法，那就是老虎。

她們成群結黨的目的，是為了保護自己的地盤，以及守護、養育自己的下一代。這也許會給人一種慈母或是聖母的形象，但是對於其他動物而言，她的爪牙只是令人畏懼的對象。真的很恐怖……

所以，雙方雖然都會呼朋引伴，但是形成社群的方式卻完全不一樣。沒有誰對誰錯的問題。

沒錯，雙方都是正確的。如同世界上有著一百種人就存在一百種正義，依據立場不同，正義的定義也會不時改變。硬要說的話，「孤獨等於罪惡」也許是她們之間唯一的共識。

二年F班內的氣氛已經能以殺氣騰騰來形容，足以讓我抱持這種感想。

也許能以「非洲莽原上的灌木叢」來形容現在的二年F班吧。突然出現於高度發達文明中的精神野生世界，草食系男子若身處其中，也只能保持沉默。簡直是超野生的。野生到讓人誤會自己在看國家地理頻道，讓人感覺到生命危險，就算是野生動物園都沒這麼野生。我都快要可以嗅到血的味道了。

早上的那件事，讓班上充滿著一股奇異的緊張感。

身為當事人的三浦以及相模。雖然她們兩人依然不甚愉快，然而，這件事的結果已經清楚表現出雙方之間的權力關係。

上課中原本能聽見的吵鬧聲也不再出現，只能偶爾聽見三浦指甲敲著桌面的聲音。

如此令人想咳嗽都會猶豫不決的難過時間，使自己的胃持續翻攪。

不論是誰，都將視線從三浦，還有身為三浦憤怒矛頭的相模身上移開。雖然他們很有可能只是不想與對方產生糾葛，不過我認為，這應該是他們給予兩人空間的一種溫柔。

特別是葉山和由比濱、海老名為首的三浦朋友們，他們似乎非常瞭解這種情況的應對方式，所以避免主動向對方搭話。

也是啦，如果自己在生氣的時候，突然有人對著自己大喊「妳是在生什麼氣啦」，那絕對只是火上加油。就算自己知道對方的那句話是出自溫柔，或是掛慮。大家都知道，君子不立危牆之下，越是聰明的人，越不會去接近他人。因為人與人的交流與接觸，形同種下糾紛的種子。所以，獨行俠即為賢者，一年到頭皆為賢者模式。

就算如此，一到下課，也許是因為自早上的事件已經過了一段時間，教室內又恢復了平時的喧囂。大概，大家只是刻意表現出與平時一樣的舉止，藉由表現出毫無改變的生活方式，好說服自己：一切皆如往常。

這種自我欺瞞，做為一種潤滑劑，其實是非常重要的必需品。只是，我從來不需要這種東西，所以它只會讓我感到焦急，不甚愉快。

也許這會因友誼的定義而有所不同，然而真正的好朋友，是不必顧慮彼此的吧。正因對方和自己不夠友好，才會刻意去顧慮對方。獨行俠從不會顧慮對方而跟對方搭話，甚至連靠近也不會。獨行俠有一半是用溫柔所構成的，不，根本全都是溫柔吧。

如同太陽總會升起，教室內也隨著時間的經過而恢復到往常的熱鬧。三浦已經回復原樣，散發著一股懶洋洋的感覺，與海老名、由比濱聊著天。

我確認完這件事後，轉頭望向整間教室。

另一方面，相模則是悄悄地溜出門口。雖然現在是下課時間，她今天似乎沒有和平時道人長短的夥伴們在一起。

對於虛榮心甚強的相模而言，早上被遙與結無視，甚至還讓眾人瞧見一事，似乎對她造成了極大的創傷。

人們有時會自行尋求孤獨。平時明明厭惡、鄙視且顧忌孤獨，自己需要的時候卻開口要求「讓我一個人靜一靜」，這是不是太過自私自利了……

不過，若是真心想要尋求孤獨，則至少需要遵守一定程度的規矩。最少，它不該是為了博取他人同情，或是關心而做的行為。那只是在貶低自己的價值，只是在宣傳自己是個弱者，缺少他人的認同，就無法定義自身的存在。

一位相模的友人，主動和從未如此安靜的相模搭話。

然而，相模只是回了個無力的微笑。

「對不起，我……」

相模草草留下一句話，離開自己的座位。

她的行為模式與之前截然不同。

遠離他人，刻意與別人保持距離。這與至今為止，沒有他人的認同與顧慮，便找不到安身之處的相模明顯不同。

我對她的變化感到訝異，視線跟隨著她。

恕我再說一次，一個人是不會這麼簡單就改變的。這是我的一貫主張。

如果某人僅因什麼原因讓自己輕易改變了，那就代表他根本沒有自我。

擁有自我意識的人，一定會有拒絕改變自己的時候。保持自我認同，是人類應該擁有的姿態。

就算如此，若她依然希望改變自己的話，原因只有一個。

因為失敗而摔得遍體鱗傷，第一次感受到痛苦的滋味，進而出自本能地逃避。這樣的行為，只是讓自己看起來像是有所成長而已。

不過，若行為已經成為習慣，它總有一天會變成自身的定義。

人只會因自己的所作所為而受到他人評價。

所謂的客觀評價，即是對於一個人的做為所做出的評價。

因此，即使那是出自迴避危機的本能，也可能成為客觀變化的徵兆。就算那實質上並非真正有所改變。

這是 Mother Teresa（德蕾莎修女）所說過的話吧。

思考會化為言語，而言語會化為行動。然後，行動化為習慣，習慣化為性格，性格終將成為自己的命運——之類的話。

不愧是Mother，還滿厲害的嘛。Mother是偉大的。Mother牧場（註44）也是很厲害呢。他們的霜淇淋很好吃。

人會因顯露在外的部分而受到他人評斷。言語、行動、習慣。它們會被周遭的人當成自己的性格與人格，進而做出評價。

相模行為的變化，是否會成為某些事物的徵兆呢？

× × ×

放學後的會議室比起平時還要喧鬧許多。

也許是身為顧問的平塚老師今天因故缺席的關係吧。說是這樣說，決策組可是沒有半個人開口說話過，只有現場組的傢伙們不停地聊著天。

如果這是會議開始前的光景，那就一點也不奇怪。人與人碰面了，總是會聊上一兩句話。

然而，遺憾的是，這是會議正開到一半的情況。

會議早就已經沒有會議的樣子了。當然，就算大家再怎麼不想幹活，畢竟已經是高中生了，至少還會乖乖待在自己的位置上。只是，如同波濤聲般的細語卻不曾

註44 位於日本千葉縣的牧場。

停歇過。

位於這場喧鬧的中心的人，正是遙與結兩人。她們如同往常一般，散發出強烈的路人感，讓人分不清到底誰才是誰。甚至，因為她們身邊也坐著幾位同學，對比之下更加深了兩人的路人感。完全就是路人。

相較於前方緊鄰彼此，圍成ㄇ字形的決策組，現場組的傢伙雖然看似零散，卻是紮實地聚集成一個大團體。兩大團體形成了不同種族互相牽制著對方的構圖。

「那個……請各部門報告至今為止的進度……」

相模於一片喧鬧聲中開口提問。

然而，臺下卻沒有人做出回答。

「……先從道具開始問好了。那麼，進場拱門的情況怎麼樣了？」

看不下去的巡學姐插嘴說道。

如果是有幹勁的人，那麼就算是相模的下令方法，他也會願意聽話。有幹勁的傢伙，就算沒人下令也會認真做事。只是，現在這種士氣極為低落的狀況之下，若不針對要點做出正確的指示以及點名的話，就不會得到任何人的理睬。

巡學姐雖然對著現場組的人提問，然而，從位子上站起來的卻是由比濱。

「啊，是的。進場拱門大致上已經完成，接下來只要上色以及裝飾……大概是這樣。」

「嗯，我瞭解了。謝謝妳。」

巡學姐雖然回以微笑，表情卻顯得有些嚴厲。這也無可奈何。製作道具的工作，大部分都交給現場組處理，也選出了負責人。那個負責人才是該在這時回報進度的人。

只是，由於我們決策組也出手幫忙，他們便擅自把責任轉移到我們身上。我也不是無法瞭解他們的心情啦。那感覺就像是工作做到一半被人搶走。也許可以將現在的情況稱為負的迴圈吧。大家不僅逐漸喪失了幹勁，同時也失去了責任感。

如果自己不做也沒關係的話，就全交給對方吧。這種氛圍已經於整個營委會之中形成。

現場組的人，心中一定是抱著「被逼著做苦工」或是「幫你忙是看你可憐」的想法吧。

畢竟我們是站在拜託對方幫忙的立場，請求對方於社團活動正繁忙之時分給我們一些時間。

哪一邊立場上比較占優勢，可謂一目了然。如果，這件事跟酬勞扯上關係，情況也許還會有些不同，但也不保證只要付了錢，對方就一定會辦事。

在無法給與回報的情況下，要提升大家的士氣，並不是件簡單的事。

雖然已經能夠感受到現場凝重的氣氛，會議依然持續進行。

「接下來是壓軸比賽項目……可以嗎？」

巡學姐看向雪之下說道。

壓軸比賽一事大致上全由決策組負責處理。只是，因為成員們被迫兼當雜工的關係，這件事遲遲無法處理完畢。

「男子比賽的話，動線的確認已經完成了。至於遲遲未解決的大將人選，我們之後會進行紅組大將的選拔，還有跟葉山同學確認意願。」

雪之下毫不遲疑地做出回答。也是啦，倒竿比賽說起來也沒什麼好準備的。規則也很單純，接下來只要選好兩邊的大將就算大功告成。

問題在於女子側的壓軸比賽，千馬戰。

「關於女子壓軸比賽……」

雪之下才剛開口，臺下便響起一陣明顯的吵鬧聲。我看向吵鬧聲的中心點，只見幾個女生像是在講悄悄話，圍成一圈交頭接耳著。

然後，其中一人微微舉起了她的手。雪之下見狀，輕輕點頭做出許可。

「有什麼問題的話，請說。」

仔細一看，舉手的人正是遙。

「那個……是叫騎馬打仗嗎？關於這點，我們……」

遙並不是看向雪之下，而是一邊不時偷看同夥們的反應，一邊慢慢說道，看起來像是在跟他們確認自己該說什麼。

我們努力忍耐著，等待對方把話說完。

坐在隔壁的由比濱突然出聲嘆了口氣。真是巧啊，我現在的心情也正好是如此呢。這句話無論再怎麼聽，都只能感覺到否定的語感。

對方之所以支吾其詞，是因為想說的事難以開口。難以開口，就代表不是件好事。基本上跟我搭話的人，語氣差不多都是這種感覺，所以我再清楚不過。我根本就是超能力者啊。搞不好我會被父親當作裸體畫的模特兒（註45）。

對方接下來會說什麼呢？我雖然大概猜得到答案，雪之下卻催促對方繼續往下說。

「關於這點，有什麼問題嗎？」

雪之下平時眼神就十分銳利，配上她冷靜的口吻，更顯現出一種如冰刃般的寒冷感覺。被注視著的遙雖然一陣畏縮，然而她像是想起身後同夥們的存在，結結巴巴地開口。

「那個，我們覺得，騎馬打仗會不會有點危險……因為，有些社團最近要參加比賽，所以我們不大希望參加會受傷……的活動……」

遙一口氣說完，吞了一口口水。

在一片靜寂之中，我們都呆住了，遲遲無法開口。

出乎意料地，最先回過神來的人居然是相模。她猛然站起，椅腳發出一陣聲響。

「你、你們怎麼突然講這種話……！」

註45　影射藤子・F・不二雄的漫畫《超能力魔美》。

只見她一張嘴開開合合，最後的部分已經含糊到無法聽懂。然後，她顫抖著肩膀，一雙眼睛瞪向遙與結。

「其實我們之前就在想了……」

「……我們還有社團活動要顧啊。」

遙與結兩人的眼神毫不畏縮，因為她們有著極為正當的理由。在與相模那場短暫的和解大戲中，她們已經暗中讓對方認同了社團活動優先於營委會。從她們說過的那句「我們會盡力配合」中，她們的企圖也早已顯露無遺。然後，因為相模，或者退一步說，我們決策組全體，通通都忽略了這點，所以她們的主張便產生了正當性。我們其實在當下就必須針對這點進行反駁。只要退讓一步，對方便能以此為由，繼續脅迫我們做出更多讓步。

此時就該嚴正拒絕對方吧。這樣的應對並沒有錯。企圖不循正當程序脅迫對方同意要求的行為，是不能允許的。

我想確認決策組打算如何應對，而向巡學姐打了個眼神。巡學姐注意到我，便微笑著搖了搖頭，然後看向相模。

巡學姐似乎決定交給相模處理。

當事人相模則是緊咬著她的下唇。

「但，這已經是決定好的事……」

過了許久，相模終於以快要聽不見的聲音做出回答，堅持住她的立場。遙與結看了相模一眼，然後轉頭環視四周。

她們兩人互相打了個眼神，然後重新面向相模。

「但是啊，就算是已經決定好的事，如果那其實是不對的，就應該趕快修正啊。」

「果然還是需要重新仔細檢討吧。」

兩人的語氣，好像在念早就準備好的小抄。

不，不是好像，她們絕對早就預謀好了。

所以她們的座位才會坐在一起。意見相同的人們，理所當然地會想聚集在一起。若要施加壓力，最快的方法就是依靠群眾暴力。

只要在會議前或是會議進行中，於閒聊時吐露不滿，或是暗中造謠，就能簡單地挑起大家的反抗心。

她們對於相模以及決策組，應該有著抱怨不完的牢騷。在他人的底下做事，不可能沒有任何不滿。

造謠的效果就像是在做乘法計算，會以等比級數增幅上去。也可以稱之為加乘作用。儘管每個人心中的不滿只有一丁點，然而當它們聚在一起時，威力便不容小覷。總有一天，他們會產生自己是勸善懲惡的正義使者或革命鬥士的錯覺。

當得知有人和自己想法相似時，自己心中的愧疚便能獲得正當化的理由。如果大家的想法都與自己一樣，便能盲目地堅信自己的意見是正確的。

現在這個場面也是如此。

藉由明確表示出反對的主張，來喚起其他人的反響，動搖默默地抱持著不滿的人的態度。與自己抱有相同意見的傢伙們看在眼裡，便會群起響應。

為了防止這種情況，決策組需要展現出強烈的領導能力，完全推翻遙一夥人的意見。如同野生世界的規矩，決策組必須證明自己才是較強的一方。

如果是雪之下的話，她大概會這樣做。就算不講道理，也要馬上推翻對方的主張。由比濱的話大概是笑著敷衍過去，一邊打馬虎眼，一邊摸索交涉手段吧。總之，她們兩人應該會思考能夠打破現狀的方法。

然而，在我們做出對策前，相模卻先開了口。

「就算你們現在講這種事……」

相模以微弱的聲音喃喃自語。也許是因為心中的焦躁所至，臉色看起來也不是很好。她以看起來像是昏倒般的姿勢，虛弱地跌坐回身後的椅子。

大勢已定。

身為決策組首領的相模表現出屈服的態度，會議事內響起一陣喧鬧，如同水面擴散開來的波紋。

「騎馬打仗果然很危險呢。」

耳邊傳來一聲不知是誰的小聲低語。大概不是遙或結，而是現場組的成員說的吧。又有其他人的話傳了出來。

「比賽也快到了……」

「我們也沒空幫忙準備服裝啊。」

「如果受傷了，那誰要負責？」

如同星火燎原，意見一個接著一個冒了出來。所有成員都開始自顧自地開口抱怨，或是趁著這個機會聊天，事態已經一發不可收拾。此時，在這陷入埋怨與疑問漩渦的會議室中，響起了幾下清脆的掌聲。

「好，大家注意這邊！」

仔細一瞧，原來是巡學姐站了起來。

「大家的疑慮，我們都瞭解了。我們會認真思考解決辦法。」

她做出宣言，希望能夠早點結束這個話題。

不愧是巡學姐，對於這種情況的處理方法已經駕輕就熟，反應也很快速。還是早點解散會議，趁火勢蔓延之前趕緊撲滅火苗比較好。

雖然這場會議應該要早點解散的，但是因為巡學姐想要測試相模而默不作聲，結果演變成現在的局面。是說我們也對相模做過類似的事情，所以沒辦法對巡學姐抱怨就是……

「總之，請大家先進行其他的工作吧。」

巡學姐做出宣言，阻止話題繼續發展。

然而，現場組的人只是繼續小聲地接頭交耳。看來他們並不打算讓話題就此結束。

一道道疑惑的視線，直盯著巡學姐瞧。

雖說遙與結的發言只不過是賣弄小聰明的找碴行為，但這並不能保證我的疑慮只是杞人憂天。

確保學生安全，的確是決策組該做的事情。尤其是對於比賽將近的社團而言，我能理解他們對於安全層面多少有些敏感。

只是，若要這樣說的話，不就連普通的體育課都不能上了嗎……

走路就有可能撞牆，奔跑便有可能跌倒，人無論如何都無法避免受傷。人生就是不斷地受傷，以及傷害他人。

說是這樣說，在這種時候搬出精神主義或原則主義也無濟於事。現在若不提出足以讓對方讓步的意見，就沒有辦法散會。

現場組的人以眼神對我們施加壓力。一雙雙帶著不滿、嘲笑和侮蔑的視線朝我們刺了過來。

在至今為止只是聽命行事的他們眼中，決策組就是一群無法對重要議題做出明確指示的無能集團吧。明明對於雞毛蒜皮的小事囉嗦的要命，重要時刻卻無法發揮領導能力，根本是無能上司的完美範本。

但是，若一直這樣被瞧不起，我們也是很困擾的。

對方如果一直抱持挑釁的態度，這邊可是會跳出一位天生不服輸的傢伙喔。而且還是個優秀到不行的傢伙。

一直將雙手交於胸前，沉默不語的雪之下雪乃，靜靜地舉起了她的手。

「雪之下同學，請說。」

被巡學姐點名，雪之下不作聲地移開椅子，靜靜地起身。然後，移動至白板之前，將白板筆拿至手上。

「關於解決辦法，我在這裡提出幾個有效的方案。」

在場所有人都將注意力集中到雪之下身上，想看她葫蘆裡究竟賣什麼藥。雪之下無視身後的視線，開始於白板上寫字。

「第一點是成立救護組，接下來是尋求地方消防局的協助，以及對比賽規則的嚴格實行，嚴罰化，並設置監督人員。當然，這可能會需要一些人力……」

雪之下一邊說著，一邊繼續於白板上書寫。由於她看起來實在太過冷靜，所有的人都驚訝到無法闔上自己的嘴。

雪之下書寫了一陣子後，轉頭看了過來。

「是否能夠麻煩學姐跟保健室老師商量設立救護組的事，以及以學校的名義正式向地方消防局申請協助？」

她看向巡學姐，對方便點了點頭。

「沒有問題。我會透過學生會向學校提出要求。」

雪之下立刻獲得巡學姐的同意，便不給人任何提問的機會，繼續往下說明。

「規則部分則是會做出明文規定，並事先通知參加人員，以及請老師們協助擔任監督。如此一來，應該可以有效抑制危險行為的發生。」

說明條理井然，的確很有雪之下的風格。

現場組的成員們也開始一一仔細檢討雪之下提出的意見，三三兩兩交頭接耳，小聲地討論著。

「怎麼辦？」

「嗯，如果是這樣的話……」

「可是啊……」

「對啊。」

他們的行為，與其說是意見的交換，應該更接近互相確認彼此的情緒吧。互相判讀對方的語氣，並且讓自身融入現場氛圍之中。

高情境的對話此起彼落，聲音最後集中到了最先開口的遙與結身上。

然後，兩人以眼神互相確認，這次換成結提心吊膽地舉起她的手。

「但是，這又不能保證絕對不會受傷……」

對方似乎是膽怯了，一雙眼睛盯著自己的腳趾頭，並不時偷看雪之下幾眼。

雪之下就算與對方的視線對上，也絕對不會移開自己的視線，只是用她一雙冷徹的眼神盯著對方。於是，結的聲音變得越來越小。就算如此，她並不打算住口，而是繼續小聲地呻吟著。

事情似乎變得無法單純講道理了。這就像是糾纏成一團的毛線，就算把它解開，過一陣子後又會捲回原本的狀態。

對方本來就只是一群由決策組硬湊出來的團體。只要其中一個齒輪歪了，就會輕易瓦解。

沉默持續了許久。不，其實只有幾秒鐘吧。然而，現場的氛圍已經足以讓人產生這樣的感覺。

雖然遙沒有確認過時間，她卻緩緩開口說道。

「時間差不多到了……」

因為她的一句話，其他成員也紛紛看了看時間。

「總、總之，解決方法已經有了，今天就到這邊為止吧……」

由比濱拉了拉持續站著的雪之下的袖子。

「……也是呢。我們就以降低不確定性為目標繼續努力吧。」

「那麼，今天就暫時解散吧。各位辛苦了。啊，工作還沒做完的人請留下來喔。」

巡學姐接著雪之下的話說道。她柔和的聲音使現場的緊張感一瞬間和緩下來，只剩下一股輕鬆的氣氛。

留下來繼續工作的人們，身邊也瀰漫著一股慢吞吞的氛圍。不過，遙與結則是快步離開現場。一些人也跟在她們的後面離開了會議室。由於他們手上捏著名為「不會對社團活動造成困擾」的把柄，我們也沒有辦法責備他們。

留下來的同學們目送他們離開。決策組的成員們也嘆了口氣。

然而，那並不是因為放心而嘆的氣。不如說那更接近因為無奈而做的嘆息。問題比想像中更為根深柢固。

在因時間而結束的會議和工作之後，我們重新體認了「沒有任何問題獲得解決」的現況。

結果，決策組們今天似乎也只能卯盡全力加班了。

從剩餘時間，願意留下的人員，以及新增加的安全對策問題來看，我覺得根本不可能來得及。

由於人數減少了，我感受到從敞開窗戶吹進來的涼爽秋風。

通風良好的職場（註46），應該是指人少的意思吧，我一邊回頭省視自己所待的血汗工作環境，心裡一邊想著。

×　×　×

我一邊進行進場拱門和立牌的製作，一邊收集旗竿和繩子等器材，並拿出清單確認，在完成的工作項目上打勾。

雖然沉悶，但這是個看得見終點的工作，對我而言已經是種救贖。尤其是現在

註46 原文「風通しが良い」亦指組織內部公開透明，高層與低層溝通無礙、不隱瞞造假的企業文化。

這種人力短缺的情況，更是如此。

問題在於撞上看不見終點的工作的時候。

工作清單的最下方，有著一行以手寫加上的「千馬戰的安全管理」項目。

只要看著這行文字，我的眉頭便會不自覺地皺在一起。

並不只有我，會議室內的決策組全體成員都是如此。

「那麼，該怎麼辦呢……」

巡學姐一邊呻吟著一邊說道。似乎也正思考著相同的事情，雙腕交於胸前扭動著脖子的由比濱嘆了口氣，放棄了思考。

「但是，我覺得已經沒有比雪之下提出的意見更好的方法了……」

「的確是呢。老實說，如果他們連那樣也沒辦法接受的話，我們大概就只能舉手投降了。」

我同意由比濱的意見。雪之下能夠在那麼短的時間內想出合理的解決辦法，已經夠讓人敬佩了，如果還不能獲得現場組那群傢伙們的贊同的話，就已經不是是非曲直的問題了。

一連串問題的開端，是感情的糾葛。對於相模，以及決策組們的反感。

或許這理由會讓人感覺幼稚，然而人的本質正是如此。人總是無可救藥地無法掌控自己的感情，以至於時常發生感情失和，進而造成悲劇。

相模突然停下手上的工作，喃喃自語。

「我是不是別當主任委員比較好……」

這句話其實稍微讓我有點訝異。比起她至今為止所說過的話語，這句話甚至讓我能夠感受到她的真摯。理由是，她的口吻聽起來並不像是對著其他人說，而像是說給自己聽的。這句話並不帶著期望他人認同自己的意圖。

沒人能夠回應相模不經意吐出的這句話。

變得一片安靜的會議室中，只能聽見由比濱更換姿勢時衣服摩擦的聲音。

「……是啊。妳辭掉也沒關係，我們會想辦法的。」

這句話以前也曾經聽過，但不是由比濱所說，而是出自雪之下之口。

只是，這次的話並不像當時帶有測試對方的語感。由比濱柔和的聲音，讓人感覺得到他在顧慮相模。

相模似乎也感受到了對方的關心，露出一臉無奈的微笑。她已經認識到自己的無力了。

「……的確呢。」

「雖然現在情況很麻煩，但不代表之後就沒機會了。我想他們總有一天會理解的……」

「嗯……」

聽了由比濱的話之後，相模無力地點了點頭，然後頭又低了下去。她肯定是不相信由比濱那些安慰的話。

相模已經放棄了。無論是繼續擔任主委，或是跟遙以及結和解的事。

如果這是本人的意願，那我們也沒有辦法。

原本相模就不擁有能夠立於人上的資質。這是自校慶以來便明白的事。

這次我們所受的委託，是讓運動會能夠成功，以及針對相模想辦法，使F班氛圍恢復正常的兩件事。

傷心的相模恐怕會安分上一陣子了。當然，也許過了一段時間，她又有可能為了將自己過去的行為正當化，而繼續中傷他人。老實說，從她的性格來看，我認為她極有可能這麼做。

即便如此，這還是能讓相模安靜上一段時間。

接下來，我們只要在相模辭去主委職務之後全力支援運動營委會，讓運動會能夠成功，就能夠形式上地達成委託。雖然說不上是最好的做法，但能算是妥當了吧。這已經是我們能夠辦到的極限了。

正當我盤算著，突然響起了一聲椅子的聲響。

我轉頭一看，原來是雪之下正在調整她的座椅位置。原本雙手交於胸前閉著眼睛的她，伸展了她的背，然後眼睛筆直地盯著相模。

「但是，這樣真的好嗎？」

「……咦？」

相模抬起頭來，做出一臉疑惑的表情。她似乎抓不到對方話裡的意思。然而，雪之下毫不在意地繼續接著說道。

「搞不好『之後』跟『總有一天』永遠也不會到來。」

雪之下的話語雖然冷冽帶刺，但語氣卻是溫柔的。正因如此，相模無法回話，只能默不作聲。

「……」

如果對方語帶挑釁，那麼她也許還能回嘴。

然而，在難過的時候被人溫柔對待，才是最讓人感到痛苦的事。因為那便是將自己慘不忍睹的模樣攤在眾人目光下，證明自己是個令人憐憫的卑微存在，讓大家發現，自己除了仰賴他人溫柔以獲得救贖之外，什麼事也辦不到。

對方若刻薄對待自己，便能將責任轉嫁給對方，責怪對方的的不體諒，自己也會比較舒坦。

相模緊咬她的下脣。看她沒有在第一時間表明辭任的決心，便知道她還割捨不下。但是，她也沒有於第一時間表明自己要繼續當，這表示她也非常清楚現況為何。

實際上，事情都到這步田地了，相模的去留對我們而言根本沒有多大影響。若她真的走了，也只是單純少了一人份的勞動力而已。事情已經惡化到無法依靠領導統御解決了。說明白點，這個委員會不需要身為主委的相模。

然而，就算她真的辭去主委，也無法解決問題。適合這樣做的時機早就已經過了。

也許成員情緒的問題多少能夠獲得改善。如果對方的要求只是更為單純的「我不爽相模」的話。

但是，因為他們搬出了莫名其妙的歪理，導致事態已經不再單純，變得難以收拾。

若他們認真覺得這些是問題，老早就該提出來了。他們只是以道理包裝自己的安全管理和社團活動。

沒有任何事物比起以源自情緒而成立的邏輯來得更棘手。例如這次的情況，他們是先做出不滿相模以及決策組的結論，然後再架構能夠推導出這個結論的邏輯。仇恨，結果建構出一套不明所以的理論。

就算能夠完美駁倒對方的邏輯，只要對方尚未放下自己的情緒，那便於事無補。

而且，由於已經用理論將自己武裝起來的緣故，他們更是無法輕易做出退讓。情況若演變至如此，等在前方的只有永遠無法結束的批鬥大會。

「我……」

相模低著頭，使勁從喉嚨擠出聲音，話說到一半卻突然打住。

大家都靜靜地等待相模做出結論。

雪之下又將眼睛閉上，豎耳傾聽，由比濱以認真的眼神注視著相模，我則是用手撐著臉頰，一邊想著「指甲又該剪了啊——」等無關緊要的事，一邊側耳聆聽。

只有一個人，做出了意外的舉動。

巡學姐刻意地清了清自己的喉嚨，然後緩緩開口。

「我覺得相模做得很不錯喔。」

「咦？」

相模嚇了一跳，抬起頭來。

由比濱和雪之下似乎也受到驚嚇，做出一模一樣的反應。雖然這兩個傢伙的反應實在太過明顯，不過也沒有辦法。一般而言，一個人在見過相模至今為止的所作所為後，根本不可能做出「做得很不錯」的評價。

面對兩人率直的反應，巡學姐似乎也慌了，急忙地一邊搖著兩隻手，一邊補充說明。

「啊，那個，嗯……雖然她的辦事方法的確稱不上是高明啦……但是，因為我也不是個能幹的人，所以我很清楚相模有在努力喔。」

其實這也不意外啦。確實，巡學姐的實務能力只能算是中上，對於學生會之外的統率能力，也沒有高到給人特別深的印象。

她自己似乎也很在意這件事，別開視線，並搔了搔自己的臉，試圖掩飾自己的害羞。

「那個啦……我前面一屆的學長姐們都太優秀了……像是陽乃學姐。」

雪之下聽到她最後小聲補上的人名，瞇起了自己的雙眼。

的確，雪之下陽乃的能力可謂超出規格之外，她不僅擁有異於常人的實務能力，看透他人裡表，掌握人心的統率能力也是高到可怕。她不是能夠拿來當作比較對象的人。

「大家老說我總是少根筋，我也覺得大家沒有說錯……啊哈哈，如果沒有學生會的大家，我連一件事也辦不好呢。」

話一說完，只見所有學生會的幹部眼角閃爍著淚光，甚至還有人感動到發出哎呀哎呀的聲音。你們到底是有多愛戴巡學姐啦。

只是，如同幹部們的反應一般，巡學姐的意思是，自己只是靠著偶然持有的個人魅力，而勉強坐上了會長的位置。換句話說，就是相模沒有那種魅力的意思……算了，這點先放一邊不談。

「所以啊，我覺得相模做得很好喔。都已經努力到現在了，要不要再努力一下？」

巡學姐像是有些害臊地笑了笑。這樣的舉動完全符合她的可愛性格，讓人感到充滿魅力。

明明沒有任何人積極地慰留相模，卻只有巡學姐承認並讚許了相模的改變，並且希望相模能夠繼續擔任主委。這正是她受到學生會幹部的愛戴，並且擔任學生會長至今的原因。

相模的表情變得極為怪異。這一瞬間，恐怕是她自校慶和運動會以來，第一次得到他人的認同吧。

巡學姐最後像是打預防針般，微笑著補上一句「妳覺得呢」，相模便微微地點了頭。

由比濱和學生會幹部們看著這一幕，無不鬆了一口氣。雪之下雖然沒有到笑容滿面的地步，但是表情也稍微變得和緩了。

只是，我不覺得這是一幕美麗的光景。

相模會因為她的抉擇，而陷入更加痛苦難耐的處境吧。她的身上將會留下原本不必承受的傷痕。

溫柔是一種毒藥。原本治癒她的東西，現在將會反過來把她逼上窘境。為了避免繼續承受傷害，逃跑明明也是個正確的選項，她卻沒有這麼做。這和自願擔任人肉靶子的行為沒有兩樣。就算一切順利進行，以往的仇恨也不會消失。

我們早就知道，互毆不可能萌生友情。就算能夠以好感掩飾惡意，也不代表惡意就會消失不見。好感將於不經意的一瞬間應聲剝落，露出一臉的憎恨以及嫌惡。

所以，相模的決心和努力，沒有任何意義。

但是，如果相模理解這點，並且依然做出覺悟，向前邁出一步。

那麼，它就有意義了。

對於不理解而揭竿的反叛，面對大多數露出抵抗的尖牙。

我不會否定走上光榮孤立（註47）之路的人。所以，我不會否定那幕以溫柔打造

註47 原意為十九世紀晚期英國追求的外交政策，指不干預歐洲大陸事務。

出的恐怖光景，不會否定相模的決定。

「那麼，接下來該怎麼做？」

所以我決定保留自己心中的判斷，並將話題繼續下去。

原本我就沒有可以阻撓相模決心的權力。也沒有向對方提出忠告的義務。相模也沒有尋求我的意見。

相模已經做出決定了。主任委員不會換人。那麼，我們必須決定之後的方針，並且將具體措施記錄下來。

對於我提出的問題，雪之下馬上做出反應。

「我們沒有讓步的理由，所以只能請對方讓步了。」

這傢伙還是一樣帥氣啊。這是尊重相模回答的行事方針。在對立已經造成，並且我方的讓步不被對方接受的情況下，剩下的路只有打垮對方一途。我也同意雪之下的方針。

「但是……」

相模聽了雪之下的話，稍稍皺起了眉頭。由於剛剛才表明過決心，現在的相模也不好開口說些什麼。巡學姐接著雪之下的話繼續說道。

「要怎麼使對方讓步呢？」

這才是重點。我和雪之下都還沒確立具體的做法。我沉思了一會，這時由比濱畏縮地舉起了手，我便輕輕點頭，催促她說說看。

「說、說服對方……之類的？」

由比濱像是沒有自信的說道。要說的話，這的確是最基本的方法。然而，就現狀而言，我不覺得這手段能夠產生效果。

「我們都講得夠多了，對方還不是這個樣子……」

至目前為止，我們已經不知道囉嗦過幾次了，也排了班表，甚至還為了配合現場組的人而對班表做出調整。

讓步和妥協都做了，結果卻是這種慘樣。一路見證過來的巡學姐也贊同我的意見，大大地點了頭。

「是啊。而且還有大家幹勁的問題……如果一直囉嗦的話，搞不好大家會更加失去幹勁，這樣我們可更困擾了。」

巡學姐一這樣說，由比濱似乎也理解了，又「嗯——」的一聲雙手抱胸，擺出一臉困擾的樣子。

幹勁這個字眼實在讓我不能釋懷。他們到底哪裡有幹勁了。

我沒有要偏袒相模，也不想把遙與結視作同伴。

因為兩邊都不是正確的，所以，一切有必要重新開始。

「……乾脆解散整個現場組好了。然後重新招集一批新的成員。」

我半開玩笑的說了這句話。也就是說，我有一半是認真的。

只要事情一變複雜，那麼接下來怎麼做都沒用了。如果我們沒有罷手的打算，那麼對方罷手就好了。簡單至極的理論。而且，比起遺留禍根，倒不如從零開始，我覺得這不失為一個辦法。

「……唔。時間上也許會來不急呢。」

巡學姐的額頭冒出皺紋，眉頭也皺了起來。雖然就剩餘天數而言，我們還有些許時間，但是星期六日又不上工，另外也如巡學姐所說，若從頭開始募集成員，時間可能會不夠。我很清楚這樣的做法並不現實。只是，光靠現在的成員，一樣沒有辦法趕在運動會前完成所有工作。

雪之下突然開口。

「看來有必要補充新的戰力呢。雖說如此，也不能所有工作項目都增加人手，如果不把將範圍縮小至幾個特定項目，以純粹協助的形式進行的話，便不夠實際。」

「也就是說，針對我們自己的戰力補充嗎？」

我一說，雪之下便點了點頭，然後像是開始整理自己的思緒，將手靠在下巴上。

「是的。可以想成這是為了追回我們因支援現場組所延遲的工作進度。」

若是如此，那麼就算能夠徵招到新的的戰力，既存戰力的運用仍然是個問題。

一旁聽著的由比濱像是想到什麼，突然伸出她的手指。

「無論如何，我們必須思考運用現有人力的方法呢。」

「但是，我覺得他們一定不會配合的……」

相模像是感到抱歉地說道。

「我們也被對方掌握了『人手不足』這個最大的弱點呢。」

雪之下嘆了一口氣，像是感到為難地按著自己的太陽穴。

……弱點，嗎。

的確是這樣。若不能將戰力整批換掉，那麼現場組的配合就成了絕對必要的條件。如果條件無法達成，我們就什麼力也使不上。

換句話說，運動會成功與否的關鍵掌握在他們手中。

正因如此，對方的態度才能這麼強硬。

他們清楚只要自己不幹，整件事就沒有辦法進行，便用「不然我不幹囉，這樣好嗎」這種話來威脅我們。而且，這並不是只有一個或兩個人的做為。那兩個傢伙統一了與她們較親近的夥伴們的想法，並且把這種氣氛擴散至整個現場組。

如果他們大肆張揚自己絕對強者的立場，擺弄數量優勢的話。

那麼他們就是我的敵人。

我們不做讓步，她們便不配合。態度就是如此傲慢。當自己是老幾啊。我還不是辛苦地做牛做馬，為什麼你們可以在那口無遮攔為所欲為呢？瞧不起人嗎？不要小看中階主管啊。

我討厭正義不得伸張，痛恨不講道理的人。我也討厭替這些行為找藉口，做出妥協的自己。

對方若不講道理，我們就更不講道理。若不合理的事能被大家接受，那麼還有誰要講道理。

他們已經把運動會本身當成人質。他們不只是嘴上說說，而是以行動表達，如果不聽他們的話，就要令運動會的準備工作停擺。先不論他們是否清楚自己在做什麼，但是局面已經如此。

那麼，必須採取的手段只有一個。

「我們也使用相同的手法吧。」

「什麼意思？」

由比濱微微歪著頭望向我。

「簡單來說，這是我們與現場組間爭奪主導權的戰爭啦。對方以罷工，或者說是曠工(sabotage)的手段來威脅我們同意要求，把運動會本身當成人質了。」

「……濃湯(potage)。」

不知為何，由比濱只複誦了整個詞的後半部分。雖然她擺出一臉艱澀的表情，讓自己看起來像是有在思考，不過這傢伙絕對有聽沒有懂啦……sabotage可跟玉米或馬鈴薯無關，附帶一提，跟鄉愁(saudade)也沒有關係。雖然發音很像，但是意思完全不同喔。

由比濱整個人愣在原地，另一方面，雪之下則是皺著眉頭看向我。怎麼啦，討厭別人拐彎抹角？

「具體而言？」

我以腦中突然浮現的名詞回答了她的問題。

「就是叫做相互保證毀滅的東西啦。」

雪之下似乎只靠這句話就看穿我的意圖，瞪大眼睛直盯著我瞧，然後嘆了一口長長的氣。

「無可救藥……真虧你想得出這個辦法呢。到底該說你是正大光明的卑鄙小人，還是心術不良到讓人佩服的地步……」

「這是在誇獎我嗎？」

我不加思索地問道，雪之下聽了更是瞠目結舌，一雙眼睛眨啊眨的。

「咦，聽起來不像嗎？」

「完全不像……」

我一回嘴，雪之下便一改態度，擺出一臉愉悅的表情。

「我想也是。因為我的確沒在誇你。」

果然。我還以為她只是如往常一樣不會誇人而已。習慣果然是件可怕的事呢。不過，表面上裝作誇獎別人，卻暗地裡將上對方一軍，這孩子損人的技巧倒是成長許多。如果這份成長能夠用在其他部分就好了……我絕對不會把這句話說出口，但還是在心中咒罵了對方一頓，雪之下便輕聲笑了起來。

「不過……是個不錯的伎倆呢。」

雪之下的臉上浮現好勝的笑容。果然，比起防守，攻擊比較符合雪之下的性格。

「若決定如此的話，就有一些事前準備得做了呢……」

喃喃自語著的雪之下又將手放在下巴，集中注意力開始思考。我差點因為她的笑容而心動了啊，這傢伙果然很恐怖……

她一臉高興地盤算著計謀固然可怕，但是光靠一個名詞就能推論出我的想法更是可怕。事實上，其他人似乎都還搞不清楚狀況，對於我和雪之下的互動感到困惑的樣子。

「比企谷同學，能夠請你說明嗎？」

被巡學姐一問，我轉身面向她。

「我的意思是，我們也把他們的運動會當成人質。」

「啊？」

相模感覺像是有些瞧不起人，以一臉訝異的表情望向我。這傢伙真是令人不爽……妳的語氣超煩的啦。

然而就算如此，我也不能跑去巡學姐耳邊偷偷說完後，再對著相模說「才不告訴逆咧～」，這是小學生才會做的行為。那可是非常惹人生厭，而且非常令人受傷的……不想讓我聽見，就不要故意在我的面前講悄悄話啊，小學生做的事實在是鬼畜到令人不敢領教。

我也已經不是小學生了。現在可是個堂堂正正的高中生。所以，我擺出一副賣弄小聰明的樣子，故意以複雜的方式做出說明。我才不爽老老實實地向她全盤托出呢。

「向她們明確表示『我們會把妳們期待已久的運動會全部奪走然後糟蹋掉，如果妳們不在乎的話就放馬過來』的意思啦。」

只不過，我的話好像太過迂迴，似乎沒有完全傳達給對方，不僅相模，連巡學姐也是一臉呆愣。附帶一提，由比濱果然也是在一旁呆愣著。

巡學姐和相模互相望了望，以表情詢問對方「妳知道他在講什麼嗎」。巡學姐擺出一臉困擾的表情，相模則大概是因為自尊的關係而不願開口提問。

然後，只有一個人往前踏出一步。

「……所、所以到底是什麼意思？」

由比濱拉了拉我的袖子。不，妳這樣抓我袖子的行為會莫名地讓我害羞，可以拜託妳別再這麼做了嗎……我感到一陣害臊，便擺動自己的身體，一邊溫柔甩開對方的手，一邊做出說明。

「他們若暗中要求我們換掉相模，那我們也要求對方退出。如果對方仗著人多勢眾，那我們拿出比她們還硬的後臺就行了。」

她們若要擺弄名為龐大勢力的寶劍，我們也揮舞同一把劍吧。對方若架著數字上的優勢攻擊而來，我們也拿起同一把刀砍回去吧。

若說得更明白點。

「人若犯我，我必犯人。再簡單不過了。」

我補上最後一句，由比濱便敲了一下自己的手掌。

「原、原來如此……我懂了！好像……」

由比濱的話越說到後面，聲音便越來越無力。

也罷，這種事不實際幹過一次，大概也不好理解。我叫了已經整理好思緒的雪之下，向她確認實際的作戰計畫。

我平淡地確認完該做的事，向大家說明會議上的基本方針，並和大家一起討論所需要的對策。雖然這算不上什麼浩大的工程，但是準備小道具之類的工作也是不可欠缺的。

我全部說明完畢後，巡學姐便「哇──」的一聲表達她的佩服。然後張大雙眼注視著我。

「……咦，怎麼了嗎？」

因為對方直盯著自己瞧，我開口詢問巡學姐，但她只是搖了搖頭。

「不，沒事……比企谷同學，你果然很差勁呢。」

然後，她露出一臉惡作劇般的微笑。

× × ×

我們一邊針對下次的會議進行準備，另一方面也得兼顧其他工作。先不論委員會內部的分裂，決策組若不同時進行現場組的作業，運動會便沒有辦法順利舉行。

隔天，我們進行了懸案已久的，壓軸比賽的討論。

主要的課題有兩項。

第一個是千馬戰的服裝。我們必須想出削減成本的方法，以及縮減作業量的點子。

關於這點，我前幾天和材木座通過簡訊後，已經大概有了想法。

放學後，我於會議開始之前迅速展開行動。

若不這樣做的話，目標就會回家去了。我為了搭話而往目標的所在位置移動，正好，她才剛剛收拾完書包，並把其背至肩上。

她懶散地踏出一步，一頭略帶藍色的黑長直髮便開始搖曳。令人意外地，綁在她頭上的東西，是手工製作的髮束。

川崎沙希如同往常一般，散發出一股懶散的氣息。一雙看來像是老大不高興而瞇起的眼睛，已經望向教室的出入口。

我悄悄地靠到川崎的身邊，卻一下不知道該怎麼開口。

「……」

要怎麼打招呼呢，「嗨」嗎？感覺爽朗到有點噁心……我也沒和她熟到能夠用「喲」打招呼。「那個」或是「欸」等等好像比較沒問題。可是，這樣好像會給人一種已經忘記對方名字的感覺。直呼「川崎」風險又有點高。我其實不大確定她是不是真的姓川崎。而且，川崎的崎有時念作saki，有時又念作zaki。那個實在很容易搞混呢。拜託文部省把讀音統一一下吧。

我於腦內深思熟慮，一不小心發出了「嗯——」的呢喃聲，害得川崎察覺到我。

「……呀！」

川崎和我一對上眼，像是受到驚嚇般地發出慘叫，往後退了好幾步，瞠目結舌的樣子宛如碰上忍者的人，幾乎要大聲喊出「忍者？怎麼是忍者？」不，妳也太誇張了吧……

似乎是對於自己的反應感到害羞，川崎紅著一張臉，惡狠狠地瞪著我。

「……幹麼。」

「啊，那個。」

被這樣盯著瞧，我也一下子搭不上話了。這孩子怎麼這麼恐怖……不過，從剛剛她的反應就知道，她其實是個心地善良的好孩子喔，嗯。我一邊如此說服自己，一邊尋找派得上用場的話題。

「妳要回家了？」

我開口一問，川崎便愣住了。然後，她撇開自己的臉，小聲地回答。

「……對、對啦。」

「是嗎？」

「……嗯。」

川崎回答完畢，默默地玩起自己的袖子，不願往我看來。雖然如此，她似乎也沒有結束對話的打算，安靜地留在原地。

哎呀，這是該怎麼把話接下去呢。老實說，我覺得這段對話根本沒辦法繼續！原來平時都是身邊的人在幫忙找話題呢……我於心中深深表達感激之意。因為彼此都默不作聲，這讓我感到有些扭捏。這股氛圍到底是怎麼回事。

不過，一直這樣沉默下去也不好，我只好小聲咕噥著「是嗎，妳要回家啦，是喔……」這種讓自己不舒服到極點的自言自語。川崎似乎是在顧慮我，稍微看了我一眼，然後開口說道：

「你、你不是有事要找我？」

「啊——沒錯沒錯。妳接下來有空嗎？」

多虧了川崎主動開口提問，我也比較方便說下去，終於把話題拉回正軌。

川崎被我一問，先停下來想了一會，然後又將臉別開。接著，她用幾乎聽不見的細微聲音回答。

「…………是，有啦。」

是嗎，太好了。因為她還有打工和補習和家裡的事情，也算是個大忙人，所以我本來很擔心她不會答應。

不過，這樣我就比較方便拜託她事情了。只是，因為不是件輕鬆的差事，所以拜託對方時態度可不能隨便。我擺出比起平時更為真摯的態度，清了清嗓子後開口說道。

「……能幫忙做衣服嗎？」

然後，我們之間陷入一片沉默，彷彿時間停止。

川崎呆愣地張大嘴巴，不停眨著眼睛，過了幾秒後才終於理解我在說什麼。

「……咦？我、我嗎？你、你的衣服？那、那是，什麼意思……」

她似乎是慌了，兩隻手不停的動來動去。

看來我似乎沒把話講完整。本來還想得到對方的允諾後再做詳細說明的。我急忙做出補充。

「不、不是我的啦。要用在運動會比賽項目上的啦。沒有要全交給妳做，妳只要教會大家做法就可以了。」

「——啊，運動會的。我還以為是什麼呢……」

川崎深深的吐了口氣，似乎是放下心來了。

「說起來，你好像是委員會的人嘛。」

與剛剛的表情截然不同，川崎又回到平時懶洋洋的樣子，開口說道。不過，運動會營運委員會並不是個醒目的組織，照理來說，除了相關人員以外應該不會知道才對。

「原來妳知道喔。」

我問道，川崎便一臉平靜地回答。

「我從大志那聽到的。」

看來之前和小町聊天的內容已經傳開來了。妹妹的情報擴散能力還真可怕。能把這種事情拿來當聊天話題的川崎姐弟也很可怕。你們是為什麼要聊這種東西啦。

「真不愧是弟控……」

我顫抖著說道，正望著完全不同方向的川崎突然回頭看向我。

「揍你喔。」

「對、對不起。」

和著超有威壓感的嗓音，對方以一雙銳利的眼神瞪向我，我便不自覺地老實道歉。這傢伙只要扯上弟弟的事便經不起人家開玩笑，有夠可怕。主要是那戀弟情結的程度，真的很可怕。

川崎一臉無奈地聳了聳肩，伸手撥開落在肩上的長髮。

「委員會嗎……我之前也做過類似的事情，真虧你能夠接下這麼麻煩的工作。」

「那算是我們社團活動的一部分。」

「哼——……」

我邊嘆氣邊做出回答，川崎也沒勁地答腔後，兩人之間的對話就這樣斷掉了。

川崎似乎是受不了這股沉默，開始玩弄起自己的髮尾。然後，眼睛持續盯著自己的手，以一如往常的無精打采腔調說道。

「……理由只有那個？」

「啊？哪會有什麼其他理由。」

我不加思索地回答，川崎便輕輕閉上她的雙眼。

「是嗎……」

明明是她自己先開口問的，回話語氣聽起來卻像是一點興趣也沒有。不過，我對於她提問的理由感到好奇，所以這次換成我開口問道。

「怎麼了嗎？」

「不，沒什麼。只是覺得我無法理解而已。」

這是理所當然的一件事。人是沒有辦法真正互相理解的。川崎居然懂得這個道理，我認為值得評價。

最重要的是，川崎要是真的理解了什麼，我可是很困擾的。

明明原因和理由只有我自己知道，別人卻裝出一臉能夠理解的樣子，這可讓我受不了。我可沒有尋求別人的理解或是答案。

我突然注意到話題因為川崎的提問而有些離題，於是強行把話題拉了回來。

「啊，那麼關於服裝……」

「是沒差啦。好吧。反正我最近也沒打工，很閒。」

這次川崎馬上做出回答。

「這樣嗎，謝啦……那麼，麻煩妳一個小時後過來會議室。」

川崎一聽，像是嚇了一跳，突然睜開眼睛。

「等一下，今天嗎？」

「咦，對啊。妳不是說有時間嗎？」

「是沒錯啦……唉，沒差，我知道了。」

川崎放棄爭論，深深吐了一口氣，勉勉強強地回答。也是啦，突然就叫人當天立刻上工，的確是有點狠。不過，我們也沒有時間了。雖然很對不住，但是也只能麻煩她了。

「不好意思啦。下次會答謝妳的。」

「……不用啦。」

我可是難得這麼認真地想答謝一個人，然而川崎只是撇開她的臉。

× × ×

川崎決定先去消磨一下時間，我與她道別後，動身前往會議室。

主要成員已經差不多到齊了。

主任委員的相模、巡學姐、雪之下和由比濱，還有學生會的幹部們。這次會議的主要議題是選出『倒竿比賽』的大將。

關於這件事，葉山已經是白組大將最有力的人選了。雖然還得看交涉的結果，不過葉山的性格便是不會棄人於不顧，所以他不會拒絕這份請求。之前鬧劇似的柔道大賽、校慶，還有這次說服相模擔任主委時，他的出手幫忙都證明了這點。若是如此，剩下的事就只有決定紅組的大將。

接下來，若是倒竿比賽的事，便不能少了這位大師的幫忙。

專任顧問，海老名姬菜堂堂登場。

「哈囉哈囉～」

伴隨著莫名其妙的招呼語，海老名悠然走進會議室。

「姬菜，嗨囉——！」

海老名對著打招呼的由比濱揮了揮手，然後找了個附近的位子坐了下來。巡學姐馬上開口向她表示答謝。

「不好意思這麼麻煩妳。」

「不會不會。今天是要決定『倒竿比賽』的大將嗎？」

海老名對著巡學姐回了一個微笑，然後看向雪之下，馬上進入正題。

「是的。白組的人選，確定是葉山同學了嗎？如果是這樣的話，我們會以委員會的身分正式向對方拜託。」

雪之下向對方確認，海老名便點了點頭。

「嗯，沒什麼問題啊？不過隼人同學不知道會不會答應就是了。」

「葉、葉山同學不答應嗎？」

相模大感意外地問道，海老名便擺了個曖昧的笑容。

「嗯——我是覺得他會答應啦。只是沒親口問之前不敢確定而已。」

「葉山會答應吧。」

我一開口，海老名的鏡片便突然發光，她往前探出身體，嘴角的口水也閃爍著光芒。

「哎喲，這該不會是所謂的信賴感……」

「才不是咧……」

我一半感到不舒服，另一半則是感到無奈，以合起來100%的拒絕態度回答對方。沒錯，我心中可沒有半點那一類的感情，甚至還可以說是完全反過來了。

我認為葉山隼人的個性，是傾向於希望所有事情都能和平解決。所以他才會擁有「聖人領域」那種謎樣的能力。

換句話說，他是避事主義者。所以大部分的要求他都會接受。

不過，這種事情並沒有特別向海老名解釋的需要。而且她的眼睛還在持續閃爍著光芒，超恐怖的。

我搬出之前葉山說過的話，打算結束這話題。

「他之前都問過我有沒有需要幫忙的地方了，所以會答應吧。」

雪之下聽了便點點頭。

「已經抓到他的話柄了呢。」

等等，這用詞有點不大好……怎麼聽起來像是我擺了葉山一道？

但是，雪之下不給我任何訂正的時間，繼續往下說。

「那麼事情就好辦了。由比濱同學，妳今天能夠幫忙聯絡一下對方嗎？」

「ＯＫ——」

由比濱馬上拿出手機開始打簡訊。總之，只要這條熱線還存在，葉山可以說是確定成為白組的大將了。

事情到目前為止都還在掌握之中。問題是接下來的部分。

雪之下將交叉於胸前的手換邊，低頭看向桌面。桌上擺著的，是學生會幹部們製作的紅白組別學生名單。

「接下來是紅組的人選呢……」

雪之下一邊細心確認著學生名單，一邊喃喃自語，我則是於一旁隨便看個兩眼，一邊開口說道。

「畢竟要跟白組大將打對臺，最好選擇能夠跟葉山相稱的人呢。」

這是全校男同學都要參加的壓軸項目。大將由擁有人望以及知名度的傢伙擔任比較好。就這點而言，葉山毫無疑問是適合這個位置的人。要找出能和他批敵的人物，可不是一件簡單的事。

正當我思考著，某人突然精神百倍地舉手答有。原來是海老名。她自顧自地開始說話，激烈的鼻息讓眼鏡都結上一層霧。

「比企谷同學的平衡度很好喔！攻與受的平衡度！」

哈哈哈，才怪。

我在心中乾笑了幾聲。總之，海老名先放著不管吧。

「學校裡還有跟葉山相似的傢伙嗎？」

我對於校園的事情不大熟悉，或者該說是不感興趣，所以只好望向比較清楚這類事情的人。眼前的由比濱一邊思考著，一邊開口說道。

「跟葉山一樣顯眼的人……戶部？」

「那個與其說是顯眼，不如說是礙眼吧。」

雪之下不加思索地回答。你也太過分囉……

戶部確實是如垃圾一般無可救藥的傢伙，但他並不壞啊？你看，他不是願意當我的代罪羔羊（強制）。

只是，若要將戶部與葉山相比的話，水平便稍顯低落。而且看一看學生名單，這傢伙居然是白組。搞什麼鬼，戶部根本派不上用場嘛。

其他紅組的人的話……

我眼睛掃過學生名單，發現一個有點印象的名字。材木座義輝……若是論顯眼的話，就壞的意思而言，是沒人比他還要顯眼了。能跟他抗衡的，大概只有天皇巨星超人（註48）。

不過，若將材木座與葉山相比，便能發現材木座缺少的東西太多了，主要是常

註48 漫畫《行運超人》裡的角色。

識等東西。所以我刪除了材木座這個選項。可以的話，實在也想將他從我的記憶裡刪除。

我實在是找不到什麼適合的人，只能一直默默地望著學生名單。這時，同樣一直盯著學生名單瞧的相模開口了。

「學姐，請問三年級呢？」

巡學姐聽到後微微歪頭。

「嗯——三年級的學生們都很沉穩呢……葉山同學類型的人，我想不大到耶。」

若從葉山的傑出表現來看，這也是沒辦法的事。長相、才智，以及性格都不錯，運動又頗在行，人望又高，要是還能找出第二個這樣的人，那誰有辦法受得了。和明明號稱十年才有一瓶的逸品，卻每年狂出的薄〇萊新酒不一樣，他可是貨真價實的逸才。

就算不管葉山這個人如何，我們也得承認他的能力很強。

若三年級裡找不到類似葉山的人，我們就要考慮找一年級的同學，不過考量到一年級學生一般而言知名度並不高，這個選項大概也得排除在外。

我感到無計可施，正抱頭呻吟著的時候，由比濱像是想到了什麼，敲了一下手掌。

「啊，隼人同學也有擔任社團的社長，那我們選另一個社長出來擔任紅組大將，讓兩個社長進行對決的話的話，不就能夠炒熱氣氛了嗎？」

「社長對決嗎……」

原來如此。若是依照共同的主題來決定大將人選的話，就算某一方再不適合擔任大將，整體看來也會比較自然。社長的頭銜，應該能讓兩人看起來較為相稱。

不愧是由比濱。蕩婦可不是當假的，擅長炒熱氣氛的企劃力實在優秀。

雪之下也佩服地點了點頭，拿起學生名單。

「這主意不錯呢。紅組裡擔任社長的同學……」

「田徑社、桌球社、網球社……」

巡學姐一邊點著頭，一邊逐項檢查名單中備註欄上記載的情報。

「在這之中，與葉山相稱的同學……」

相模也一面喃喃自語，眼睛一面逐項掃過名單內容，將名單上的所有名字全部檢查一遍。這時，由比濱突然高聲說道。

「啊，小彩是紅組嘛。」

「戶、戶塚嗎！」

我因為聽見意想不到的名字，內心動搖不已。

海老名無視我的反應，表示了她的贊同。

「喔——原來如此。戶塚同學在校慶時也跟隼人同學演過對手戲，他們兩個人配對感覺還不錯呢。」

可以拜託妳不要用配對這種說法嗎？搞得我很想全力反對了喔。

「不，戶塚不適合吧……」

我故作鎮定地說道，然而由比濱卻歪了歪她的頭。

「為什麼？」

沒有為什麼。一想像戶塚被一群男生圍攻的樣子，我就寒毛直豎。咕，到底是誰把戶塚分到紅組的，分類帽嗎？要是戶塚遭遇危險的話該怎麼辦？你去旁邊負責大叫「葛來分多———！」就夠了！

不過，這個想法要是真的說出口，老實說還滿噁心的。不如說，會在腦內想像這種事，就已經夠噁心了。

所以，我捏造了另一個還算像樣的藉口。

「啊——那個啦，戶塚要是受傷的話該怎麼辦，網球社的實力已經夠弱了。」

如果戶塚因為倒竿比賽而受傷，導致無法參加社團活動的話，我就只能負起責任加入網球社，填補網球社因戶塚缺席而造成的損失了……等等？這好像不賴耶。如果我能跟戶塚一起打球的話，別說是fifteen–love（註49）了，搞不好還會就這樣fall in love。不，不可能吧。不可能嗎？

正當我一邊呻吟一邊思考著，這時巡學姐露出一臉苦笑，直盯著我的臉看。

「比企谷同學，你的理由可是和現場組的同學們一模一樣喔？」

「嗚……的、的確是呢。」

註49 網球比賽中，分數的0念作「love」。

原來如此，這就是所謂的感情用事吧。就算是冷靜如我，都會變成跟遙以及結同樣等級的思考模式，可見戶塚實在是個可怕的孩子。

不過，感情至上論本來就不是一種有邏輯的理論啦，所以我的感情當然連三分之一也沒傳達出去。神劍闖江湖的片尾曲不就是這麼說的嗎？也就是說，只要我灌注三倍的愛情，就有辦法傳達出去囉？討厭啦超合邏輯的！我果然是天才！

……白痴嗎。我在心裡做出反省，同時由比濱也一臉無奈的開口說道：

「話說你也擔心過頭了吧，小彩好歹是個男生喔。」

「而且，我們也已經為了這點而把規則改嚴，並採取安全措施了。」

雪之下的話雖然有道理，但這也表示，不把規則改嚴，就有可能會有人企圖違反規則。果然還是令人擔憂……我心裡感到一陣不安，不自覺地開口：

「比、比企谷同學？你喔——」

「但不是絕對吧？」

巡學姐鼓起臉頰輕聲責備。我感覺自己的心情似乎柔和下來了。正當我因為巡學姐的巡巡效果（主要效果為治療以及幫助放鬆，另外附加大姐姐屬性）而平靜下來，這時從海老名口中吐出了關鍵性的一句話。

「而且，所有的組員都會守護好自己組的大將，所以應該不用太過擔心吧？」

……守護？我守護戶塚？我是戶塚的騎士？原來如此。讚，非常讚。就是這樣。就決定是這樣吧。快給我一個按讚鈕。

「這麼說的話也是啦……」

我勉為其難地表示同意，於是雪之下拿起學生名單敲了幾下桌面，做出結論。

「那麼，就決定拜託戶塚囉。」

「贊成！」

由比濱爽朗地說道。其他成員似乎也都表示贊同，現場響起一陣熱烈的拍手聲。

這時，有人「咚咚」地敲了幾下門。

看來如同之前的約定，應該是川崎來了。

之後，只要我們依照川崎的指導決定服裝設計，一直無法順利進行的壓軸比賽議題，便能宣告解決。

如此一來，所有的準備都完成了。

來吧，反抗的時間到了。

One day...
Mobile talk
Hachiman&
Yui

嗨囉——(=ﾟωﾟ)ﾉ！你跟中二
聯絡了嗎（・_・；??

聯了

Σ(ﾟДﾟ|||）兩個字？
有夠短！

夠傳達意思了吧。

有更好的傳達法吧（(((；ﾟДﾟ)))))))
還有，至少也用個表情符號吧〉_〈
這樣看起來很像在生氣……（._.）

我聯絡了（^V^）
這樣嗎？

好嗯

喂，妳別給我只打兩個字。

7 於是，最後的會議華麗起舞

幾天之後，我們再一次召開了營運委員會的會議。

這恐怕是運動會之前最後的一次大型會議了。若要修正決策方向的話，這是最後的機會。

做為爭論焦點的壓軸比賽議題，若沒有辦法在這場會議上得到大家的認可，要在僅剩的時間中實現就有困難了。另一方面，若是決策組在這場會議上讓步，現場組的成員以後就不會願意聽從指示了。當下正是緊要關頭，或者，該說是勝負的關鍵。

我們決策組正在進行會議的事前準備。此時，平塚老師走了進來。

「準備得怎麼樣啦？」

「我也不知道呢……」

「嗯？你的回答還真曖昧。」

平塚老師對我的回答感到疑惑。但是，我真的無法馬上回答。

「呃，我沒有什麼要做的事，所以真的不清楚。」

如我所說，今天的會議上我的確沒什麼需要做的事。甚至可以說，不做事就是我的工作。夢想中的工作！

聽了我不得要領的一番話，平塚老師似乎察覺了一些事。她的視線掃過整間會議室，看著室內的其他成員。

「這樣嗎。我是不是去問雪之下或由比濱比較好？」

「不，我想她們也一樣不知道情況吧？」

「唔。怎麼說？」

沒錯，這場會議上，我和雪之下以及由比濱都沒有什麼要做的事。我們該做的事早就已經做完了。接下來要站上火線的人，可不是我們三個。不，說起來那傢伙一開始就該站在火線上，根本不該拖到現在。我轉頭看向位於不遠處、檢查著影印資料的那傢伙。

「這次我們全交給主任委員大人啦。」

「喲……」

平塚老師瞇起眼睛，直盯著這次的主角——相模南猛瞧，一臉感興趣的樣子。

只要相模無法在這場會議上表現出主任委員應有的樣子，一切恐怕無法好轉。

若只是要壓制現場組的成員，那對我們而言（主要是對於雪之下而言），是再簡單也不過。

然而，就算壓制住對方了，她們對於相模的反感也不會消失。相模已經做出繼續擔任主委的決定，我們也以此為前提做好一切安排了，那麼現在就算再怎麼不安，我們也只能請相模硬著頭皮上場。

只有靠著相模本人親自做出成果，才能夠改寫別人對她，以及她本人對於自身的評價。

老實說，這場賭局幾乎沒有勝算，賠率一定很高。對方可是傲慢又不夠纖細，自己的事以外完全不管，站上大舞臺又會怯場的傢伙，一點也不適合擔任主任委員。

就算如此，我們若想要同時達成侍奉社接下的兩件委託，就只有這條路能走。只要是能夠提升成功機率的準備，我們全都做了……但還是令人擔心。

「你們到底在打什麼主意呢……呵，就讓我看看你們葫蘆裡到底賣什麼藥吧。」

平塚老師充滿期待地笑了笑，坐上自己的指定席——離桌子不遠的鐵製摺疊椅。會議馬上就要開始了。

我也坐上了自己的位子。

坐在前方的是決策組的成員們。由比濱坐在我身旁，雪之下則是坐在ㄇ字形會議桌前方靠中央的位置。相模坐在正中央，隔壁則是巡學姐，再過去則是剩下的學生會幹部們。

會議開始前，我把頭轉向雪之下搭話。

「差不多了嗎？」

「差不多了呢。」

看著資料的雪之下抬起頭來確認時間。我也跟著瞧了一眼時鐘，開口說道：

「會議中也許有些場合會變成由妳發言，妳一定要保持冷靜啊。」

「當然。」

雪之下應了一聲。其實這種事根本不需要我提醒。不論是校慶，或是這次運動會的會議，雪之下很少發生失去冷靜的狀況。今天的她應該也是如此。然而，我還是執意繼續往下說：

「無論如何，都要維持住我方在會議上的優勢。要是對方問了什麼，妳也不必老實回答。重點是，不能讓對方看見我們焦急，或是動搖的樣子。」

我一一細數注意事項，雪之下聽了，一臉不愉快地看向我。

「這些話是在對誰說的呢？」

「也是啦。」

雪之下的回答實在太符合她的個性，讓我不禁苦笑。

不過，這些話的確不是對她，而是為了讓隔壁那位全身僵硬的主任委員大人聽見而說的。相模必須在會議上表現出強硬姿態，才能止住營委會裡反相模的潮流。

所以，我才會用這種拐彎抹角的方式，向她提出忠告。要是當著她的面講，她絕對不會願意聽……

只是，我的話應該沒有傳到對方耳朵裡。對方打從一開始就對我視而不見、聽而不聞了。幾場會議辦下來，她從來沒有在會議上搭理我過，只是頑固地無視我的存在。要是她現在突然能夠聽見我說的話，我還覺得不舒服咧。

目前大概只有相模的部分令人擔心。其他事都已經安排妥當。學生會幹部們面前的桌上擺著超過一千張的影印資料。這就是安排妥當的其中一件事。幹部們可是不辭辛勞，幫忙我們影印和搬運這些資料呢。無論是校慶還是這次，學生會幹部們真的幫了很大的忙。

另外，川崎也在第一時間內趕出了服裝的設計草稿。

這是她在前幾天的會議中，聽了海老名的一堆無用建議後，以材木座的原案為底設計出來的東西。

不知能不能稱為令人意外的才藝，不過川崎的確對這方面很有一套。也許是因為她還要照顧小她兩歲的大志，以及其他年幼的弟弟妹妹，而在過程中練就一身繪畫的技能吧。我腦內浮現川崎被妹妹糾纏而一臉不耐煩地畫著圖的樣子，心底油然生出一股暖意。

我逐項確認擺在桌上的物品後，就安靜地等待會議開始。現場組的成員一個接著一個走進了會議室。大家似乎是不滿上次會議的討論還沒告一段落就被中斷，出席率意外地不錯。

雖然還有人沒到，但巡學姐確認完時間後，轉頭對相模點了點頭。

「……那麼，因為時間到了，現在全體會議正式開始。」

相模以略帶沙啞的聲音宣布。最後的一場會議，正式揭開序幕。

× × ×

第一件事是確認所有工作事項的進度。說是這樣說，因為距離前一次會議才不到幾天，基本上沒什麼特別需要報告的地方。

但是，現場組成員們的開會態度也未免太差了。

無論音量是大還是小，聊天私語只能算基本款，還有人趴在桌上把玩手機，甚至呼呼大睡。大家打混摸魚的樣子，都快讓我覺得眼前的景象只是一幅畫。

只是，這也正好顯現出他們對於決策組的評價。他們毫不掩飾自己的誇張行徑，反而像是故意要做給我們看的。

這樣的行徑正好體現出他們的反抗心，並且增強了彼此間的團結感。

雖然是一種幼稚且陰險的抗議手段，效果卻出奇地好。由於以遙和結為首的一夥人公然舉旗造反，讓現場組裡瀰漫著一股反決策組的風潮。畢竟人是隨波逐流的生物，哪邊人多自然就會往哪邊站。

校慶執行委員會時，也曾經發生過同樣的狀況。不一樣的地方，就是這次的相模跟遙與結，身處不同的立場。

由於決策組和現場組之間的派系鬥爭，讓雙方沒有辦法做出共同的假想敵。這點也與校慶時截然不同。

如今，敵人就在眼前，大家都把鬥爭當成了第一要務。

所以，這次只能採取其他手段。

和上次的會議一樣，我們的立場仍然處於劣勢。

相模的聲音能夠傳進多少人的耳朵裡，這點也讓我感到懷疑。她大概是覺得臺下沒人在聽而稍微感到寬心，自顧自地主持著會議。然後，就在要進入下一個議題的時候，她突然停了一下，吞了一口口水，靜靜地把緊張感給嚥回肚裡。

「那麼，接下來是上次討論到一半的壓軸比賽。」

現場組的傢伙們一聽，馬上安靜下來，豎起自己的耳朵。他們也知道這件事是今天會議的重點。

對他們而言，這裡絕對是最適合出手攻擊的部分。

當然，對我們而言也是如此。

巡學姐一臉擔憂地看著相模。由比濱放在桌上的一雙手冷靜不下來地動來動去，看起來非常不安。

相模在大家溫暖的目光之下緩緩開口：

「關於遲遲無法解決的『千馬戰』安全問題，如同我們上次的說明，我們會將規則改嚴，與地方消防人員合作，並且確實設立救護組。」

當相模說明的同時，雪之下也閉著眼睛，挺直背脊，安靜地聆聽相模的話。平塚老師則似乎是感到訝異，雙手抱胸，以銳利的眼神望向相模。

在一片冷冽的氣氛之中，相模繼續往下說明：

「另外，為了節省勞力成本，我們針對服裝做了一些研究。請各位確認手邊的資料。我們認為，若照著資料上記載的材料以及設計稿製作服裝，比賽便比較不會有安全上的疑慮，製作過程也能更為簡略。」

相模說完，手上拿起一張影印資料。那正是『千馬戰』服裝的設計草稿。

川崎提出的服裝設計採用了較為安全的素材，並且能夠將服裝分解成幾個小部分，以生產線的方式進行製作。

若是如此，製作服裝就不需用上高度技術，並且能藉由分工的方式，使效率獲得提升。兼顧生產過程和實際使用的機能性設計，我還滿中意的。

雖然我對服裝設計一竅不通，但我還是認為這份草案非常優秀。不過，我沒辦法保證大家都這麼想就是了。

正因如此，我們當然沒有忘記在影印資料的下方加註一行「※本圖為設計樣稿，可能與實際成品有所出入」。只要加上這一行文字，之後就算設計做出大幅度的改變，也不需要背負任何責任。乾脆以後每說一句話，後面就補上「※以上言論不代表本臺立場」好啦。並不是只要加上一句但書，言論就可以肆無忌憚啊。

當相模的說明告一段落，遙與結兩人望向彼此，微微點頭，跟對方確認完意見之後，雙雙舉起了自己的手。

「這樣的話，跟上次其實沒差多少……」

「結果還是沒辦法保證不會受傷啊……」

我們早就知道對方會如此回答。應該說，我們的目的就是要引誘對方說出這句話。

所以，我們也早就料到，現場組的其他成員同樣會一個個接著開口抱怨——

「比賽快要到了說——」

「是說，主委的發言跟不是跟上次完全一樣嗎？也太離譜了吧。」

「沒錯，根本就在偷懶嘛——」

成員們刻意大聲地表達自己的不平與不滿，絲毫沒有停下的跡象。

相模果然還是感到有些不安，稍微看了巡學姐和雪之下一眼。就算已經做過事前說明，面對眾人排山倒海而來的怨言，我想只要是人，多少還是會感到害怕。

不過，巡學姐和雪之下都對她點了點頭，要她放下心來。

相模決定相信兩人，靜靜地等待著。

她的嘴巴緊閉，視線固定，姿勢維持不動。只有桌上握著影印資料的手微微顫抖著。

終於，現場組的人們像是用完了能夠想到的所有怨言，漸漸安靜下來，然後疑惑地看著一言不發的相模。

令人感到不可思議的是，就算再怎麼樣大吵大鬧，只要察覺到身邊安靜下來，大家就會自動乖乖閉上嘴巴。大家都不自覺地注意到，現場的氣氛已經改變。

不用多久，會議室內一片鴉雀無聲。

等待著這個時機的相模開口說道：

「我們已經盡力提出最好的解決辦法了。如果，各位依然對此感到不滿，認為有安全上的疑慮的話……」

相模照著事前演練，停下說到一半的話。

然後，開口宣布：

「運動會的參加與否，改由同學自行判斷以及負責。」

現場組的傢伙們一下子搞不懂相模的意思，只是歪著頭，像是瞧不起人地「啊？」了一聲。

另一方面，坐在一旁的平塚老師則是目瞪口呆。

「……意思是，對於你們提出的方案不滿意的人，就不必參加運動會了？」

平塚老師開口確認這句話的意思。

相模大概沒有料到老師會提問，一時做不出回答。雪之下見狀，馬上幫忙接話：

「並不是只有『千馬戰』才會發生危險，任何一項比賽項目都有可能。而且，若參加人數減少，發生意外的風險也會降低，我認為這樣的判斷並無不妥。」

「唔，妳說的是沒錯……」

相模無視於一旁沉思的平塚老師，繼續往下說明。這個方案最重要的部分還沒提到呢。

「另外，包含加油或是參觀，我們禁止校外人士參與本次運動會的所有活動。」

這次倒是產生效果了。現場組的傢伙們馬上理解了這句話的意思，開始騷動起來。

「什麼鬼……為什麼會變成那樣。」

「根本搞不懂她在說什麼……」

抱怨的話語於會議室內此起彼落。

其實，我們根本沒有任何正當理由下這種決定，事到如今，只能硬掰一個藉口出來。只不過，相模應該掰不出東西來吧。這種事可是我的拿手好戲。

「這所學校的運動會，是所謂的校內活動……家長和外校的朋友們是無法隨便進入校園的。也就是說，就大原則而言，運動會是不允許校外人士參加的。」

我居然能夠掰出這種詭辯，還真是佩服我自己。對方只要一冷靜下來，馬上就會察覺這句話一點道理也沒有，然後緊咬這點不放吧。

然而，因為現場組陷入了一片混亂，沒有任何人注意到這點。

不是決策組的成員，又能保持冷靜的人，看來只有平塚老師一個。她大概還在思考剛剛那件自行決定參加與否的事，一隻手扶著額頭，舉起另一隻手做出「且慢」的手勢。

「等一下。不願參加運動會的人該怎麼處理？總不能把他們晾在一旁吧。」

「比照畢業旅行時的處理方式就行了吧。沒有參加畢業旅行的人，好像還是得到學校，待在教室裡面自習。」

我再次胡謅了一堆沒道理的話。這就是所謂的牽強附會。畢業旅行和運動會根本八竿子打不著關係。只不過，學校確實是有這樣的規定，我們可不是無憑無據，還有討論的空間。

「可行……不，不可行？這種情況，到底要由誰來判斷？學年主任、體育老師……不，教務主任？也許是校長……可是，這應該算是體育的範疇……」

平塚老師因為校園行政的上下關係而抱頭苦惱著。我們決定放她不管，繼續進行會議。

「既然我們無法百分之百保證每位同學的安全，就只好做出這樣的判斷。」

這正是，顧慮的結果。

一開始討論壓軸比賽的點子時，有許多提案也是因為各式各樣的顧慮而遭到否決。從這點來推論，便能得知，利用顧慮來誘導成員意見的手段是可行的，而且不會有人反對。

無論是決策組還是現場組，都沒有辦法違逆更上一層的學校。那麼，我們就反過來利用這點，以「學校的顧慮」做為藉口，對運動會施加限制。如果運用得當，會議應該就能朝著我們想要的方向前進。

「咦，意思是反對的話，就無法參加運動會了？」

「不，自願參加就好啦？」

「我的意思是，如果反對舉辦騎馬打仗的話，就不能參加任何一項比賽了。」

現場組的傢伙們又開始討論起來。

「這根本是胡說八道吧。」

「沒有必要聽他們的！」

「沒錯！能不能參加，才不是他們說了算！」

現場組的成員們都動搖了，開始激動起來。這記拳頭的效果似乎比想像中還要來得好。

那麼，接下來就是決定性的致命一擊了。

我站了起來，抱起擺在學生會幹部面前的一大疊紙張，交給位於前方的雪之下。

雪之下拾起其中一張，放到相模的面前。

相模將紙張拿起，深深吸了一口氣。

「我們已經盡其所能，提出所有能夠保證各位安全的方案了。這已經是我們的能力極限。如果各位依然反對的話，我們將會徵詢全校同學的意見。」

相模指了指桌上用超過一千張的紙疊滿的小山。

「我們已經將預備發給全校同學的問卷準備好了。」

平塚老師從位子上起身，拿起其中一張問卷看了幾眼。然後，露出一臉苦笑。

「是否願意參加運動會？是，否……還真打算一個個詢問所有同學的參加意願嗎？這可是史無前例啊。」

平塚老師一邊搖晃著手上的問卷，一邊向相模問道。

「你們要怎麼跟其他同學解釋這件事？」

「從頭到尾說明一遍……」

「啥？」

平塚老師似乎對於相模的回答感到意外，一雙眼睛眨個不停。雪之下馬上補充說明：

「我們會一五一十，將整件事的來龍去脈，毫無隱瞞地解釋給所有同學聽。一部分的社團反應本次活動可能有安全上的疑慮，我們針對這點提出解決方案，然而對方無法接受，所以我們希望徵詢全校同學的意見。我們會這樣說明。」

不，這句話雖然聽起來像是在補充說明，實際上卻是對於現場組成員們的牽制行為。

因為，那幾乎等同於公開處刑。

由於我們用了「一部分的社團」這種隱晦的字眼，不管是正義感使然，或是好奇心驅使，一定會有同學產生猜疑，進而著手調查，企圖把反對的同學給找出來。

運動會也許不像校慶或是畢業旅行一般，受到所有同學熱烈期待。

然而，對於渴求青春的人們而言，運動會依然是高中生活裡一項非常重要的活動。要是有人敢出手剝奪這項權利，他們必定會採取某些行動。

而且，「他們」的數量絕對不少。

對於一年級而言，這是他們上高中之後的第一次運動會；對於三年級而言，這是他們高中生涯的最後一次運動會。至於二年級，把運動會視為一種特別回憶的同學，應該也不在少數。

雖然這只是我不切實際的猜想，但是我認為，希望運動會能夠順利舉辦的同學，絕對超過半數。然而，就現在的情況而言，一個搞不好，運動會還有可能被迫停辦。到時候，運動類社團的同學們絕對會成為眾矢之的。

若現場組的成員們能夠領會這件事，他們就再也不能輕易地反抗決策組了。

我們不需要實際執行問卷調查。只要讓他們看見我們準備周全、箭在弦上的樣子就好。

就算真正實行的可能性不高，只要讓他們理解「我們有可能出手」就行了。

讓我教教你們這些自以為是多數派的傢伙吧。我要讓你們瞭解自己所信仰的價值觀是多麼地虛無飄渺，讓你們體會面臨真正的多數派時，心裡到底會有多麼害怕。

想當然耳，臺下依然傳出反對的聲浪。

「不、不用做到那種地步吧，不要舉辦騎馬打仗不就好了？」

「我們又不是反對整個運動會……」

只不過，遙與結以及他們身邊的同學們，語氣已經不如剛剛高亢且尖銳了。害怕自己的名字被人挖出來公布的恐懼感，已經逐漸於他們心中形成。

那麼，只要再一步棋，就能將死對方了。只要再補上一句話，對方就會完全閉上嘴巴。

「關於騎馬打仗的部分，我們也會如實做出說明：雖然已經開過會也通過表決，但是依然有人反對，所以只好取消。」

「委員會的決定遭到推翻……醜聞若是外揚的話，整個委員會可能會被上頭追究責任呢……唉……」

雪之下接著相模的話，一臉煩惱地說道。老實說，我根本不知道這傢伙到底是在演戲，還是真的在煩惱什麼。這種耍伎倆的手段自然不是件光彩的事，所以她不喜歡也是正常的。

不過，該說是正因如此嗎？雪之下躊躇猶豫的模樣更增添了幾分真實性。校內屈指可數的才女，還是實際上的主任委員的她，臉上居然出現如此困惑的表情，這更突顯了事情的嚴重性。

會議室內又掀起了一股騷動。

我們已經展現出覺悟了。這樣的決定明明有風險，我們仍毅然決定實行。

如果那些傢伙要把運動會的成功與否當作人質，那麼我們也這麼做。

我們就把你們所期望的運動會，把你們的幻想當成人質吧。雙方互相握有能夠毀滅運動會的核彈發射鈕。

這就是，我們的「相互保證毀滅」。

遙與結兩人微微顫抖著。

「這是怎樣……」

「手段也太過分了吧！」

「就算妳是主任委員，也不代表我們一定得聽妳的吧？」

憎恨與批評的砲火全往相模身上集中過去。打從委員會成立以來，她一直是眾人攻擊的對象，這時大家找她開刀，可說是再自然也不過。相模無計可施，只能默默承受。

沒有一個領導者的寶座是舒適愉快的。身為領軍之首，立於眾人之前，受的傷自然比別人重，敵人濺回的血也沾得比別人多。

如果事情無法和平解決的話，身為立於人上的領導者，只能選擇多砍敵人一刀，或是多承受敵人一刀。

這份職責是辛苦的。如果眾人只針對主任委員的頭銜批評，那也許還能忍受。

但是，大多數的情況，人們會連對方的人格也一起批評下去。職稱和人格雖然是不同的兩件事，但是客觀上來說，它們是密不可分的。

換句話說，針對主任委員的攻擊，最後會變成對於相模個人的攻擊。

「妳從來沒有認真做過事，還有臉在這時候擺出主任委員的架子？」

「真是不敢相信……明明一天到晚遲到的人，居然……」

大家開始批判起相模個人的品格了。帶頭批評的，自然是與相模熟識的遙與結兩人。正因三人曾經親密相處過一段時間，遙與結更是精準地挑出相模的各種缺點，並且窮追猛打。

「夠了，停下來吧。」

「對、對啊。大家冷靜一下，好嗎？」

平塚老師和由比濱雖然出聲制止，但是那兩人已經完全進入歇斯底里的狀態，聽不進任何一句話。不僅如此，說話的音量還越來越大聲。

「妳校慶的時候明明就只會打混摸魚，為什麼現在突然認真起來啦？」

「那、那是……」

自己的舊事突然被挖出來重提，相模一時語塞，說不出半句話。我想她對於校慶本身應該沒有什麼美好的回憶吧。

但是，弱點若被對方看見，接下來的攻擊只會更加猛烈。遙與結妳一言我一語，接二連三地交互開火。

「妳當初不是一天到晚說那個人的壞話嗎？怎麼，現在居然當對方是夥伴了？」

「我們倒是從來不被妳當作夥伴嘛。他的忙妳就幫，那我們呢？」

遙與結平時雖然看起來穩靜溫順，發起飆來卻比鬼神還要可怕。大家感受到兩人的威勢，全都嚇得閉上嘴巴、不敢作聲。當然，我也不例外。

「等、等一下。這件事跟他沒有關係啦。」

由比濱急著想要幫我滅掉延燒過來的火苗。不過，明明是我遭受波及，交給他人處理並不妥當。

我從位子上站起，謹慎地思考如何和對方解釋，然後朝著兩人開口：

「不，雖然相模的確是那個樣子，不過這次……」

「……吵死了。」

一聲低語響起，打斷了我說到一半的話。

我朝聲音的方向看了過去，只見相模南低著頭。剛剛那句話是她說的？我為了確認這點，朝相模邁出一步，此時她將頭抬了起來，對著我明白清楚地說道：

「你給我閉嘴。吵死了，每次都這樣，你以為自己是老幾啊？」

對方的話語中，明顯夾帶著對於我的敵意。她上一次像這樣對著我大喊，似乎已經是校慶時的事了。我心一橫，正想開口回嗆對方的時候，某人的身影突然橫過我的面前，遮住了我的視野。

雪之下撥了撥落在肩上的長髮，惡狠狠地瞪了相模一眼。

「相模同學，妳的發言……」

「閉嘴！」

然而，相模根本沒有聽人說話的打算，這次則是朝著雪之下大吼，宛若方才的遙與結一般，接二連三地破口大罵。

「什麼事情都是妳在做決定，根本就沒有人要聽我說話，妳總是那副自以為什麼都懂的表情，以為自己是誰啊！」

相模像是痙攣發作般大口喘著氣，最後從喉嚨擠出一句氣若游絲的話語。

「我明明也有認真在做啊……」

這句話到底是對著誰說的呢。相模的哭喊，不只是對我們，同時也是對遙與結兩人的攻擊。

「我下定決心要好好做了！我也已經做了！為什麼沒有人懂？我明明道過歉了，也反省過了……」

相模低著她的頭，使我無法窺見她臉上的表情，只有自她臉龐落下的兩行雨滴，清楚映入我的眼中。她的聲音越顯哽咽，最後則是泣不成聲。沒人有辦法開口說些什麼，一片寂靜的會議室內，只能聽見相模像是自我懺悔，以沙啞的聲音喃喃自語：

「我明明下定決心了……我明明……」

相模的話說到一半就中斷了。接下來能夠聽見的，只剩下她的嗚咽。

「相模同學。」

巡學姐撫摸著相模的背，溫柔地叫了對方的名字。然而，相模依然沒有辦法平靜下來，不停地抽泣。

「城迴。可以麻煩妳帶她去能夠平靜下來的地方嗎?」

巡學姐聽見老師的話,便點了點頭,牽起相模的手,讓對方從位子上起身,然後帶出會議室。

我們默默目送她們離開。

包括沒多久前還在破口大罵的遙與結,所有人都不知道該說什麼,會議室內又陷入了一片寂靜。原本還能聽見窸窸窣窣的細語交談,現在卻是鴉雀無聲。

我根本無法料到事情會變成這樣。這已經完全偏離我寫好的劇本了。

根本沒有道理。完全不合邏輯。

相模所吶喊的,只是純粹的感情至上論。或者,可以稱作精神至上論。

這與我所架構,不給對方任何退路的理論,有著決定性的不同。明白說了,我的算計簡直是大錯特錯。根本就沒有討論相互保證毀滅的餘地。

她只是放聲哭喊,希望大家能夠認同她的努力、認同她這個人。

我認輸。

不,我確實輸了。

如此無聊至極,愚蠢至極,低俗至極,卑微至極,也正因如此而簡單至極的道理,我為什麼沒有察覺到呢?

打從一開始,問題就來自於感情至上論。那麼,能夠推翻感情至上論的,也只有感情至上論了。

以憤怒對付憤怒，以攻擊對付攻擊。以歇斯底里，對付歇斯底里。

這場泥沼中的混戰，先冷靜下來的人就輸了。相模早已離開戰場，另一方面，遙與結因為周遭同學們的目光，也馬上回過神來，羞愧地默默坐回自己的位子。

在連挪動身體也令人猶豫的靜默之中，平塚老師輕聲咳了幾下。只有身為老師的她，能夠收拾這番令人束手無策的局面。

平塚老師看了在場所有同學一眼，然後開口說道：

「我再問一次吧。有人反對主任委員的提案嗎？」

在這種時候舉手答有的傢伙，絕對會成為大家眼中的惡人。世界上應該沒有幾個傢伙，能對一個於眾目睽睽之下放聲痛哭的人，做出鞭屍一般的行為。

沒有任何一個人舉起手來。平塚老師似乎非常滿意這樣的結果，點了點頭。

「嗯。就這麼決定了。」

「那麼，在這邊跟大家具體說明今後的行事方針。」

雪之下代替不在現場的相模繼續進行會議。依然動搖不安的會議室中，只能聽見她沉穩的嗓音。

我整個人靠上椅背，深深地嘆了口氣。

×　×　×

自前幾天的會議之後，營委會終於再度恢復運作。只不過，問題並沒有完全解決，而是不了了之。就算如此，因為提案順利通過的關係，儘管他們看似千百個不願意，乖乖留下來工作的人數還是變多了。

雖然不是所有人都充滿幹勁，至少大家願意盡最低限度的力量做事。然而，這樣仍然無法追上延宕許久的工作進度，以至於決策組的成員還是得全體出動，幫忙支援現場組的工作。

『千馬戰』的服裝製作，以川崎、海老名、雪之下為中心進行。她們與其他的女生，靈活操作著縫紉機以及其他工具。重要的部分，當然是交給最有能力的人去做。

另外，材木座和學生會幹部們，則是以紙箱和發泡綿為材料製作鎧甲。幹部們大概是在學生會裡待久了，培養出一身博愛精神，居然願意跟材木座一起做事。

相模則主要是和巡學姐待在一起，負責和現場組沒有關聯的工作。她已經在大家面前暴露自己的醜態了，對她而言，繼續跟現場組的人一起幹活，難度大概比登天還高。

至於我的話，則是與往常一樣，因為沒有負責的工作，只能充當雜工，到處被人指使來指使去。

我今天的工作，是整理新成立的救護組相關資料。列出所需醫療用品的清單，思考救護站帳篷的設置場所，整理緊急聯絡通訊錄……啊，等等，救護組要交給誰負責啊，決策組的所有成員都有負責單位了……真是糟糕，又讓我抓出一件麻煩事……

這不就是名為工作量守恆的法則嗎？只要一開始做事，其他工作就會像芋頭出土般一個接著一個出現，可以說是惡魔的機制。更可怕的是，因為我已經把救護組的資料整理完的關係，新出土的工作有極高的機率落到我身上。

我開始思考，有沒有多餘的人力能處理這份工作，然而，所有學生會幹部，還有其他能讓我信任的人，當天都得帶領自己負責的單位，所以想不到適合的人手。

就算把事情丟給現場組的人做，也需要一個決策組的成員擔任負責人。相模和巡學姐當天得待在總部的帳篷裡……這樣的話，難不成……

該死，為什麼我要注意到這件事。我自身的優秀，居然反過來將我逼上絕路……

我感到絕望，正發著愣的時候，會議室的門突然打開。

「嗨囉——！」

一聽到招呼聲，我就知道是誰來了。說起來，這傢伙剛剛不知道跑哪去了呢。

我瞇起眼睛盯著走了過來的由比濱。

「妳跑去哪裡啦。」

「咦？」

由比濱一雙眼睛眨啊眨的，臉還不知道為什麼紅了起來。

「我待在班上啊……你該不會注意到我不在，所以跑去找我了？真讓人意外呢……這種意外也不錯就是了。」

「白痴喔，我是在問妳丟著工作不做，跑去哪裡鬼混了的意思。」

這傢伙到底在說什麼……那種不經大腦的發言會讓我胡思亂想，然後感到害羞啦，可以不要這樣嗎？

「啊，是那個意思嗎……欸，你很沒禮貌耶！我明明有認真工作！」

我還以為她會因為誤解別人的意思而感到羞愧，沒想到居然生起氣來了。這傢伙依然是個忙碌的傢伙呢，她這番靜不下來的樣子，看再久也不會膩。

看她氣鼓鼓地漲起腮幫子，我決定問她到底做了什麼工作。

「那，妳在做什麼工作？」

我轉換話題，由比濱馬上變成另一副表情，一臉開懷地打開話匣子：

「那個，之前我們的工作不是分配完了嗎？我重新看過一遍，發現負責廣播的人只有一個啦。然後，我就覺得很奇怪啊——」

「一點也不奇怪。廣播只是負責放音樂還有報告消息而已，不需要太多人手。」

我一說完，由比濱便僵在原地。

「……咦，是這樣嗎？」

「是啊。」

「是嗎……」

她垂下雙肩，顯得非常失望。

我擔心對方大概是出紕漏了，趕緊開口詢問，由比濱便「啊哈哈」地打了個馬虎眼，不停搔著頭上的那顆丸子。

「怎麼了嗎？」

「哎呀——我還以為需要實況和解說的人手呢……」

「這是高中生的運動會喔，不需要實況和解說吧？」

「是、是這樣嗎？」

「是啊。」

我如此斷言。由比濱看起來像是有事不好說出口，整個人扭扭捏捏的。我靜靜等待她主動開口，於是她開始小聲咕噥起來：

「…………但是，我已經把對方帶來了說。」

「給我把對方放回原處。」

「咦——？」

「少耍賴。為何要刻意增加工作量？」

「等、等一下啦！」

由比濱迅速地從上衣夾克裡掏出手機。

「喂？是我是我……」

由比濱一邊講著電話，一邊稍微移開距離。那傢伙到底在跟誰講話啊？我在一旁看著，她意外地沒講多久時間，便馬上掛掉電話，走了回來。

「小雪乃說可以！所以沒問題吧？」

……現在是在演小孩子把狗撿回家的短劇？不過，既然雪之下都說行了，她應該是有她的打算。搞不好她只是比較寵由比濱而已。反正，雪之下若是點頭贊成，我再怎麼反對都沒有意義吧。只好做出讓步了。

「好吧，如果其他人也說可以的話，就可以囉……」

「我馬上去問！」

由比濱話一說完，馬上往相模跟巡學姐的所在地跑了過去。我想她們大概都會同意吧。真是的，大家都太寵這孩子了……

如我所料，一往巡學姐的方向望去，便看見由比濱舉起雙手擺了個大圈圈。她立刻跑向門口，把找來幫忙的人帶進會議室內。

對方一臉不高興地拉著她燙捲的金色髮尾，眼光掃過整間會議室。

「……可是，為什麼是三浦啊？」

我為了不讓三浦聽見，刻意小聲地向由比濱問道。她也壓低聲音回答我：

「因為，優美子對於聚光燈下的工作很在行啊，而且如果她願意幫忙的話，戶部等人也會一起來幫我們吧。」

嗯，這倒是挺有道理。而且，由三浦來擔任廣播，感覺的確能夠炒熱運動會的氣氛。看來由比濱還是有在動腦嘛。我正對她感到佩服，她又補了個惡作劇般的笑容。

「……而且，之前我在跟姬菜討論委員會的事時，三浦因為插不上話，一直鬧彆扭呢。」

沒想到三浦居然如此可愛，我的想像力要全開啦。

不過，現在站在我面前的三浦卻一點也不可愛，還很可怕。

三浦似乎想要說些什麼，一雙眼睛直盯著我瞧。怎麼回事，對方難道是要跟我索取報酬？遺憾，這份工作基本上是義工性質。除了發自內心的感謝，我可沒有其他東西能夠給妳。

「……那個，不好意思，麻煩妳了。」

我極為難得地心懷感激之意，向對方表示感謝。這全多虧對禮儀囉嗦至極的雪之下教育有方。也許「調教」這個字眼比較符合實情？

但是，三浦似乎一點也不感到滿足，只是冷淡地回了一句話：

「我是因為結衣叫我來才來的，又還沒有答應。」

「咦？怎麼跟剛剛講的不一樣！」

三浦擺起架子，轉頭將目光從驚訝不已的由比濱身上移開。沒辦法囉，女王大人可是很任性的。

不過，三浦看起來並不像是在鬧彆扭。

她的視線正望向相模。

相模也注意到三浦，主動走了過來。她大概是覺得，既然是班上同學，至少還是打聲招呼吧。已經遭遇過那麼慘痛的經驗了，她還是無法擺脫這種只做表面工夫的相處方式。

「三浦同學。」

相模向對方開口打招呼，然而三浦只是點了點頭。

「原來幫忙的人是三浦同學啊……」

相模對三浦大概有著極為複雜的情感吧，從語調可以聽出她的不知所措。三浦似乎不大滿意這樣的態度，冷冷地回了一句話：

「所──以──說，我還沒有答應，好嗎。」

「是、是這樣嗎……」

被三浦銳利的視線直直瞪著，相模稍微縮起身軀。然而，這樣的態度似乎又更加惹惱了對方。三浦嘆了口氣，雙手環抱在胸前。

這幅光景似乎曾在教室裡見過。

只是，接下來的發生的事，就跟當時不一樣了。

相模臉上依舊掛著僵硬的笑容，但是從她口中傳出了令人意外的話語。

「我們的人手不足，而且由三浦來做的話，絕對能夠炒熱氣氛。可以讓妳……可以拜託妳嗎？」

然後，她低下自己的頭，拜託對方。

這也許是有些卑躬屈膝了。不過，就三浦和相模之間的關係而言，這是絕對不可能發生的事。三浦似乎也感受到對方的意思，撇開她的臉，伸手玩弄自己的一頭金髮，似乎是在想著如何回答對方。

「……哼──是嗎。」

她冷淡地做出回答。由比濱聽了馬上笑了出來，充當三浦的翻譯。

「她說她答應喔。」

「等等！我才沒有這樣說──」

相模看著互相嬉鬧的兩人，臉上露出微笑。

看來，雖然相模與三浦之間依舊有些距離，但是已經出現改善的跡象了。人與人往往藉由衝突來把握彼此之間的距離，確認自己的立場。相模透過和遙與結兩人之間的衝突，成功抓到了不讓自己以及他人受傷的距離感。

雖然這看起來像是為了逃避痛苦而做出的行為，但是，這仍然是相模做出改變的證明。

學會如何與三浦保持距離的相模，接下來要如何和遙與結保持距離，我無從得知。

將內心的一切吐露出來，攤在陽光底下的相模，似乎是對於當時的醜態感到羞愧，臉上掛著略顯自卑的笑容。這樣的相模，搞不好意外地挺會抓距離呢。

8 所以，他們的慶典不會結束

站在校園裡，一陣風吹過，揚起陣陣沙塵。

我綁好紅色頭帶，配戴上救護組的臂章，走向營運委員會的專用帳篷。

環視場上所有人，大家清一色穿著跟我同樣的運動衫，把紅色或白色頭帶拿在手上、綁在頭上，或披在脖子上，一副迫不及待的模樣。

有人現在便幹勁十足，做好萬全準備，也有人嘴巴上抱怨「真懶得參加運動會～」卻又把頭帶綁得超認真。戶部同學，可以請你解釋一下嗎？

今天陽光普照，迎面吹來舒暢的涼風，想活動身體的話，正是再適合不過。像這樣信步晃去帳篷，便有一種散步般的愉悅心情。

真是舉辦運動會的最好日子。

要不是有營委會的工作在身，這麼美妙的天氣，我一定會在外頭打盹，順便欣賞穿著體操服的少女和戶塚，在運動場上全速衝刺的樣子。只可惜，天不從人願。

今天我不僅是營運委員會的一員，還得在救護組的帳篷處待命，所以無緣見到在運動場上全速奔跑的戶塚、蹲踞在地等待起跑的戶塚，以及在障礙賽跑中被網子束縛、不停掙扎的戶塚。唉，果然工作就輸了。

『參加比賽本身，便是有意義的事。』

這是現代奧運之父，皮耶德·古柏坦於演說中提到，日後廣為流傳的名言。現在世人卻常常曲解，用這句話強迫大家參加活動。這個世界上，明明充斥著參加只是浪費時間的無聊事。

如果參加本身便有意義，參加「不參加」的集團想必也能帶來意義；如果任何經驗都有價值，「不經驗」的經驗肯定也有其價值。真要說的話，不經驗大家都經驗過的事情，反而是更寶貴的經驗。

「又──來了。」

我轉過頭，發現由比濱同樣出現在帳篷下，還擺出一臉無奈的表情。剛才心裡想的內容，大概全都不小心說出口了。

「邏輯完全不通，卻很有說服力，這種話最要不得。」

同時來到帳篷的雪之下也嘆了一口氣。我突然發現，這是我第一次看到穿著運動衫的雪之下。老實說，還真不搭。她跟運動衫的嚴重不協調，加上與平時打扮的巨大落差，竟然反過來令我覺得「多看一下，其實也滿搭的」，未免太不可思議。

不談這些了。針對她們的否定，我有一套自己的理由。

「不，等等。錯的不是我，是這個社會。我行的可是必要之惡。」

正因為社會上存在惡人，善人才得以被襯托出來。若沒有我這個青春下的敗者，難道有誰能感受到青春的光輝？人最喜歡的莫過於比較。只要跟某個對象比較，發現自己更加幸福，便能產生幸福的心情。

雪之下聽了我的話，不動聲色地回答：

「自稱行必要之惡的人，十之八九不過是純粹的惡人。」

「對啊。我也懷疑是不是真的有必要。」

由比濱的這句話聽起來，怎麼好像不是指惡，而是我本身……

「兩位小姐，麻煩別再說得好像我的存在一點也沒有必要好嗎？」

我出聲抗議，帳篷內便傳來某人開懷大笑的聲音。原來是正在裡面忙碌的巡學姐。

到了運動會當天，巡學姐的興致特別高昂。她踩著輕快的腳步走過來，摟住雪之下和由比濱。

「妳們的默契真好！」

聽到她這麼說，我們三人通通露出「哪裡好了」的表情。不過，巡學姐絲毫沒有在意。

「好！今天要好好加油——吼嘿吼嘿吼——」

「喔、喔……」

奇怪，為什麼她那麼有幹勁……我們有點尷尬地跟著應聲，巡學姐滿意地點了點頭。接著，她又把雪之下和由比濱摟得更近。

由比濱驚訝了一下，害羞地紅起臉頰，雪之下也扭動身體，想掙脫巡學姐的懷抱。

巡學姐把臉貼近兩人，閉上眼睛，感受著這個當下，一字一句地慢慢吐露：

「謝謝你們。好在有跟你們諮詢，今天一定會玩得很快樂。」

不同於先前的亢奮，她現在的話音平靜下來。

這是來自巡學姐的委託。對她而言，這是高中生涯的最後一場運動會，說不定也是以學生會長身分參與的最後一個大型活動。因此，她希望這個活動能成為最後的高潮，成功地畫下句點。

運動會尚未正式開始，巡學姐已是感慨萬千。雪之下輕輕移開她的手，沉著地告訴她：

「不，城迴學姐。還沒有結束。」

「咦？」

巡學姐露出訝異的表情。

「我們接下的委託，目前只完成一半。」

她的委託的確還沒完成。印象中，她還在最結尾加了一句話。

由比濱也抓起她的手，用力握緊。

「沒錯！今年的運動會，我們要拿下勝利！」

想要獲勝——她在信中是這麼說的。

唯有這項委託，達成的困難度特別高。畢竟比賽的機運很重要，不到結束的那一刻，根本無從得知誰贏誰輸。話雖如此，我們仍然能透過努力，提升獲勝的可能性。

巡學姐逐一凝視我們。接著，她的眼角好像閃過一陣光芒。

「……嗯。一起加油吧！」

她抹一下眼角，溫和地笑了起來。

× × ×

儘管大家都想贏得比賽，實際情況卻不是很樂觀。

開幕典禮的善後工作剛結束，好不容易喘一口氣，緊接著便要開始比賽。運動會即將正式展開。

我只參加了賽跑類的項目，所以其餘時間都待在救護組，好整以暇地欣賞表演。從比賽開始到現在，紅組幾乎是一路輸過來。

本來覺得中午之前難免出現這種樣態，想不到過了中午，卻越來越陷入劣勢。

所謂兵敗如山倒，紅組開始陷入低氣壓，大家也漸漸地無心應戰。有人開始放水，像是在暗示其他人「我沒有拿出全力啦！哎呀～我根本沒有拿出全力啦！」還有人當起小丑，搞出一些引人發噓的舉動。

如果這些人平常便是專門搞笑的角色，即使沒有成功製造出笑料，至少也能得到大家的理解。

可是，如果換成平時表現得很正常、較不醒目的人受現場氣氛影響，製造只有幾個比較親近的友人才懂的笑料，可是會釀成悲劇。我只是待在角落，看到一群人圍起來對中間的人抱怨「你在搞什麼鬼」，便覺得快要受不了。雖然這裡是救護組，我們也沒辦法治療心靈受到的創傷……

在這種全校規模的活動上，最好還是先掂掂自己有多少斤兩，別出現超出形象定位的舉動。

若要打安全牌，便是認真參與比賽。

真正「有個性」的人，就算跟所有人採取相同舉動，照樣顯得特別突出。「特立獨行」跟「個性」並不能畫上等號。

現場正好有個很理想的例子——白組的中心人物，葉山隼人。

葉山完全沒有刻意表現得不同於其他人，僅是很普通地跑接力賽，或者輕鬆突破障礙賽跑。不過，他就是顯得特別耀眼。

不僅如此，他的參賽項目也居所有學生之冠。活躍到這個程度，女生們哪有不為他放聲尖叫的道理？

為白組貢獻最多分數的葉山，即使是比賽之間的空檔也不得閒，在周圍女生的層層包圍下尷尬地笑著，顯得有些不知所措。我看著這樣的情景，卻不覺得吃味，大概是戶部等傢伙也混在其中，跟著大家一起笑鬧的關係吧。

可是，能夠看著眼前這幅光景，產生會心一笑的人，只有像我這樣的局外者，或是跟葉山同隊的夥伴。

紅組的男生們紛紛流露怨恨的眼神，其中又屬材木座的恨意格外強烈。看到他的眼神，我都覺得自己的死魚眼似乎也沒有死得特別嚴重。

葉山接連為白組貢獻分數，不斷打擊紅組的士氣，使得比賽開始到現在，都讓白組占盡優勢。

快到終盤的時候，我看了看架設在遠處校舍窗上的計分板，兩邊的得分落差已經相當大。

白組一百五十分，紅組則只有一百分……看樣子，恐怕是很難挽回頹勢。

我忍不住嘆了口氣。同一時間，旁邊也傳來一聲嘆息。我轉頭看過去，由比濱傷腦筋似的站在那裡。

嗯，我不是不能理解她的心情。開賽前才發下豪語要贏得勝利，現在卻……想到這裡，我又發現另外一個人，帶著比我們更嚴肅的眼神，緊盯那塊計分板。

雪之下雙手交於胸前，輕聲詢問：

「……還剩下哪些項目？」

她的語氣充滿不由分說的氣魄，我來不及多想什麼，便乖乖回答：

「咦？喔，剩下千馬戰跟倒竿比賽這兩大壓軸。」

「嗯……」

雪之下不再開口，僅是低聲沉吟。

我跟由比濱都有所察覺，彼此對望一眼，互相點頭。

開始了，又要開始了……

跟猛烈燃燒、轟轟作響的赤紅色火焰相比，靜靜燃燒的蒼藍色火焰更加灼熱。此刻的雪之下，就好比後者的蒼藍色火焰。

即使比賽進入尾聲，看似沒有扭轉的機會，她仍然不肯放棄，努力思索獲勝的方法。這正是不屈不撓的極致。

×　×　×

經過短暫的休息時間，我們開始為壓軸比賽做準備，利用擔任大將者換裝時，將其他學生整隊完畢。

雖然我隸屬於救護組，碰到如此大規模的比賽，也不得不機動支援。

順帶一提，身為千馬戰提案人的材木座，也自動自發地過來幫忙。

他別著自製的「製作總指揮」臂章，不知道是想展現責任感，或是單純因為今天我沒空理他，閒到發慌才變成這樣。答案十之八九是後者，所以我很貼心地隻字不談他的臂章。

材木座、學生會與部分現場組的人整隊和帶隊時，我聽到陣陣興奮的尖叫聲。回頭一看，以海老名為首的大將正步入會場。雪之下將頭上的頭帶繫牢，同時向我開口：

「整好隊了沒？」

「嗯。」

我簡短應聲，伸手比向隊伍，要她自己驗收。這裡的工作已經結束，接下來便是等待選手入場。現在只剩下一件事讓我好奇，我決定把這個疑惑搞清楚。

「……那麼，這是什麼打扮？」

「……我自己也想知道。」

雪之下嘆了一口很重很重的氣。出現在她身上的，是裝飾華麗得過頭、又有點遊走在尺度邊緣的盔甲裝。雖然受製作材料影響，整體看起來頗為廉價，但分離式手甲間隱約露出肉色肌膚，肩膀到背後也完全挖空，著實賞心悅目。胸甲跟手甲保留了該有的厚重感，下半身的裙子則輕盈地隨風飄揚，所以柔和的成分還是比較重。

這身盔甲是緊急趕工做出來的，完成度已經很不錯。不過，還是有地方明顯很奇怪。

很有問題喔……根據之前看的設計圖，應該要更偏和風才對，什麼時候又被改成這副德行……看樣子，製作過程充滿許多我不知道的黑箱……雪之下也滿臉不解，愣愣地盯著自己的四肢和領窩。

不曉得其他人又是怎麼想……我來看看由比濱好了。比濱小姐、比濱小姐——喔，找到了。

由比濱摸摸胸甲，摸摸手甲，再拉拉裙襬確認。接著，她的臉頰漲得通紅。

「天啊～～超難為情的……」

在全校學生的面前做角色扮演，會感到難為情也是理所當然啦……另一方面，海老名滿意地看著她害羞的模樣，身旁還站著同樣換裝過的川崎。啊，川崎也穿成那個樣子，而且心情很明顯差得要命。能不穿的話，她絕對不會想穿那種玩意兒……這時，川崎注意到我的視線，紅著臉頰瞪過來。

「……怎樣啦？」

她的聲音散發怒意，好恐怖。要是我現在回答「沒什麼」，大概只會使她的心情更差……不管怎麼樣，先敷衍過去再說。

「啊，沒什麼。只是覺得，滿適合的。」

「……你是要找我吵架嗎？」

結果，川崎的敵意比之前更為強烈。奇怪了，我明明是在誇獎……好好好，知道了。是我不好，我不會看妳了，所以別再那樣瞪過來好嗎……

我偷偷挪開視線，躲避川崎的凶狠眼神。別開眼睛後，海老名回到視線範圍。她跟其他人一樣穿著盔甲，但態度就大方很多。

「……真的要穿這樣比賽？」

由比濱訝異地拍打著全身上下的裝扮，仍然半信半疑的樣子。這時，她的腰帶垂了下來。川崎見了，便不耐煩地嘆一口氣，走到她的背後，幫忙綁好。

「因為是合戰嘛，大將當然得戴上盔甲。」

海老名輕拍由比濱的肩膀說道，化解她的不安。

「可是——」

由比濱扭了一下身體。

「不要動。」

「嗚！」

川崎嚴厲地命令，她馬上乖乖閉緊嘴巴。

「不過，突然要我們穿成這樣，實在有點……」

雪之下的臉上蒙著黑影。

海老名倒是沒有放在心上。

「不覺得這樣很棒嗎？這可是由我設計，沙沙製作的特別版服裝喔！」

「不要叫我沙沙。」

妳們的感情還真好……校慶過後，海老名跟川崎的距離感，好像一口氣縮短了許多。

川崎完成每個人的最終確認後，鄭重地點一下頭。

雪之下旋轉一圈，確認盔甲的鬆緊。從力求活動性這點看來，她是真的打定主意要拿下勝利……至於由比濱，她還沒完全適應那身裝扮，仍是一副大開眼界的模樣。

雪之下確認完活動性，「呼」地吐一口氣。

「話說回來……為什麼要設計成西洋風？」

「對耶……我們不是武士嗎？」

雪之下如此提問，由比濱也好奇起來。這是個好問題，是誰想到把裝扮設計成西洋款式？我望向活動提案人材木座，還有疑似對川崎提出一大堆要求的海老名，向他們尋求答案。

材木座與海老名不約而同地推推眼鏡，鏡片受到陽光照射，閃過一陣光芒。

「這還消說，當然是我的興趣。」

「這還用說，當然是我的興趣。」

喔喔，是嗎……既然是興趣，那也沒辦法囉……

事實上，這是製作活動道具時經常發生的現象。除了由一個人擔任指揮，將他的想法付諸實現，另一種方法是讓大家盡情揮灑自己的興趣，產生意想不到的化學變化。

用這種方式思考，便不覺得是什麼悲觀的事。不過，被迫穿上那種裝扮的人，恐怕不會這樣想。雪之下跟由比濱聽了兩人的話，只是翻了翻白眼。

同樣穿著盔甲的巡學姐看到這裡，朝她們走過去。從她的滿臉笑容看來，巡學姐似乎很樂在其中。

她摟住雪之下和由比濱，露出燦爛的笑容。

「別這樣嘛。能提升大家的鬥志不是很好嗎？我們要反敗為勝囉！」

巡學姐這麼說，並且帶著她們上場準備。入場時間差不多要到了，海老名跟川崎也回去自己的隊伍。

我揮揮手，目送巡學姐等人離開。

彼此錯身而過時——

「贏得這場比賽，是三十分……」

「嗯。之後男生組的比賽也贏的話，就能逆轉……」

雪之下和由比濱回頭看我一眼。我很清楚她們的話中之話。兩大壓軸比賽各占三十分，若能通通拿下勝利，紅組即可漂亮地逆轉勝。

「說是這樣說沒錯……」

可是，下一場比賽未必保證能獲勝。在此之前，紅組幾乎一路被白組壓著打，不管我怎麼想，都是機會渺茫。

更何況，白組的大將可是葉山，他本身已經相當厲害，再搭配群眾魅力的加持，連帶提升整體隊伍的士氣。反觀紅組這裡，大家早已無心應戰……所以，要我們拿下勝利，實在強人所難。

雪之下想必也明白這一點，但她並沒有別開視線。

「……說好的約定，便要做到。」

她最後留下這句話，由比濱跟著「喔──」地高舉拳頭，對我咧嘴一笑。

「單方面的宣言不叫約定吧……」

儘管她們早已聽不見，我還是忍不住低喃。

× × ×

紅組與白組在校園內各自一字排開，著實是壯觀的景象。其中又以兩隊的大將特別引人注目。

我們紅組由雪之下、由比濱和巡學姐擔任大將；白組的大將則是三浦、川崎與海老名。

坦白說，我們幾乎連挑選大將的時間都沒有了，所以直接決定由決策組和參與人員參賽。

好在三浦和雪之下那群人的名氣全校皆知，巡學姐更是不在話下，所以沒有什麼問題。川崎的話，雖然知名度比不上其他人，她的外表也絲毫不會遜色。

看來即使川崎不情不願，最後還是被海老名的三寸不爛之舌說服了。

大將人馬就位後，一切準備都就緒。

這時，校內音響傳來刺耳的嘯叫。

『啊——啊——啊——』

接著，是某人測試麥克風的聲音。

在千馬戰之前，都是由三浦和海老名負責實況報導。儘管播報得有點隨便，聽起來還是有模有樣。接下來的千馬戰，由於所有女生都要參加，實況報導的工作自然得交給別人。

播報區的新面孔，是天知地知你知我知獨眼龍也知的白痴三人組。這八成是三浦下的命令。

『好——運動會終於要進入最後的高潮，目前由白組取得領先。在葉山隼人的活躍，賺進大量分數下，我方一路保持優勢。』

……這播報是不是偏袒白組？說什麼「我方」……不愧是見風轉舵的處男大岡，公正性蕩然無存。

『不過，最後鹿死誰手還不知道……』

緊接著，大和用沉重的話音，燃起紅組的期待。

雙方燃起鬥志後，戶部也抓起麥克風大吼：

『運動會的壓軸項目，女子組千葉市民騎馬戰，簡稱千馬戰即將展開——』

所有人聽到這句話，紛紛騷動起來。沒辦法，突然聽到「千馬戰」這種莫名其妙的名字，任誰都會滿頭問號。

『現在，雙方陣營的大將都已就位。擊敗較多大將的隊伍，即是千馬戰的贏家。』

大岡簡單說明比賽規則。紅白兩隊各派出三位大將騎手，場上的人要一邊保護自己的大將，一邊攻擊對手的座騎，或是搶下她們的頭帶。

兩邊的人馬彼此對峙，緊張的氣氛彷彿一觸即發。

負責宣告開戰的是平塚老師。她拿著法螺，一臉興奮的樣子。我就知道，那個人一定很喜歡這種玩意兒……

平塚老師深深吸一口氣——

嗚——高亢的法螺聲響起，雙方立刻往前衝。

『千馬戰，正式點燃戰火！』

我聽著大岡的實況報導，雙眼也緊追局勢變化。

白組似乎打算速戰速決，三個大將相當積極，各自鎖定好目標上前挑戰。

首先上陣的是川崎。

她無視隊友的動態，筆直朝巡學姐的方向衝過去。

在紅組的大將中，巡學姐看起來的確最容易淪為攻擊目標。看著她溫和的外表，我不免擔心會不會稍微被撞一下，整組人馬便立刻垮掉。所幸，這樣的情況並沒有發生。

你在想什麼？別搞錯了！（註50）

巡學姐注意到川崎時，瞬間慌了一下，但隨後馬上穩住陣腳，對周圍的人出聲。

「各位，來囉！」

附近的同隊人馬迅速圍攏，一方面擾亂川崎，另一方面形成巡學姐面前的屏障。這是極具人望的巡學姐才辦得到的事。川崎被牢固的重重守備干擾，遲遲無法進攻。

「……嘖。」

她最後咂了下舌，重整態勢後暫時撤退。

以現階段而言，至少巡學姐的危機暫時解除。不過，還來不及放下心，場中央又傳來詭異的聲音。

「嗯呵呵呵～結衣——」

海老名由一群強健的女生抬著，發出奇特的笑聲，揚起陣陣沙塵，開心地衝向由比濱。

「哇哇哇！有人來了！」

由比濱淪為獵物，嚇得驚叫一聲，在場上拚命地逃給對方追，一副快哭出來的模樣。

她在眾多人馬之間穿梭，忽左忽右地改變方向，海老名也在後面窮追不捨。

註50 出自動畫《Code Geass 反叛的魯路修》之臺詞。

雙方在場上縱橫馳騁，每到一個地方，便在該處掀起一陣混亂。

這邊的戰況也陷入膠著……好在由比濱滿會逃的，短時間內似乎不需要擔心。

各組大將皆採取個別擊破的主動態勢，讓比賽相當有看頭。觀眾也興奮地大聲加油。

『大將之間不斷地短兵相接——喔喔！又有人馬要正面對抗了——』

大岡的實況報導更加炒熱現場氣氛。觀眾紛紛把注意力移到第三組人馬上。

雪之下展現出特別靈活的行動，一路過五關斬六將，準確地摘下擋在前方的敵軍頭帶，直闖最前面的三浦。

三浦一邊注意著雪之下，一邊應付接連上前的敵人，逐一將她們撂倒。

最後，終於輪到雙方正面交鋒。

兩個人互相對峙，三浦的嘴角浮現一抹冷笑，雪之下則維持冰冷的表情，戰鬥風格與她恰恰相反。

此刻，所有人的目光都聚集在她們身上。

兩人如同計算好似的，在同一時間發動突擊。三浦方來勢洶洶，地面響起渾厚的腳步聲；雪之下方安安靜靜，宛如降下的白雪。

接觸的那一刻——

三浦的身體稍微浮了起來。

從我所在的遠處，只看得出她們錯身而過。但我曾經見過類似的場景，所以非常清楚。那是雪之下擅長的招式，即使幾乎沒觸碰到對方，照樣能把人摔出去。

「空、空氣摔……難道她是東方不敗（註51）不成？她會不會死於破曉？」

我倒抽一口氣。下一秒，三浦的人馬失去平衡，癱軟地倒到地上。三浦敗下陣來，使得白組士氣重挫，在短時間內迅速潰散。

看樣子，比賽勝負已經很明顯。

高亢的法螺聲再次響起。

『漂亮的一擊！恭喜紅組勝利！』

隨著實況報導宣布勝利的一方，觀眾為所有隊伍報以熱烈掌聲。

她們還真的贏了比賽……

我在驚訝之餘，又覺得可以理解，而跟著拍起手來。

雪之下等人回到這裡會合。她參加這項比賽，便幾乎耗去所有體力，疲憊地用肩膀喘氣；由比濱也因為被追得滿場跑，緊張到現在走路都還東倒西歪。

「辛苦啦。」

我輕輕舉起手，雪之下和由比濱經過時，紛紛對我擊掌。

「接下來交給你了。」

「加油囉～」

「就算妳們這麼說……」

註51 出自動畫《機動武鬥傳G鋼彈》之角色。

我看著她們走向營委會的帳篷，然後望向自己的手。

× × ×

倒竿比賽開始前的短暫時間，我暫時回到救護組的帳篷，尋找自己要的東西，迅速塞進口袋。凡事總是要盡量小心謹慎。

實況播報區換回原本的班底，三浦對著麥克風說：

『緊接著要進行的，是男生組的倒竿比賽——』

好啦，差不多該往入場處出發了。

最後的「倒竿比賽」規則相當簡單。兩隊的陣地各會立起一根竿子，先把對方竿子推倒的隊伍即算勝利。

以海老名的標準而言，她會提議這麼單純的比賽，我不禁有些詫異。然而，這個想法維持不了多久，音響便傳來她詭異的笑聲和低語。

『咕腐腐腐，男、男生們交纏在一起互推對方的棒子，好、好猥褻……』

下一秒，音響傳來「啪」的響亮聲響，緊接著又是一陣刺耳的嘯叫。我猜三浦一定拿什麼東西敲了她的頭。

嗯，那個人果然不太正常。

我聽著實況播報，準備到入場門前排隊等待，但前方聚集了一群人，使得去路

被堵住。儘管心裡抱怨這群人真礙事，我也只能扭動身體，鑽過人群。

「喔喔，這不是八幡嗎？」

途中，我跟材木座遇個正著。

「為什麼這裡塞住了？」

既然他比我早出現在這裡，說不定知道些什麼。不過，他也只是把頭偏向一邊。

「唔嗯——看起來，前面似乎發生了什麼事。」

「嗯……」

算了，反正也不重要。

現場的人多到我快要受不了，還是趕快往前進吧。結果才走幾步，我便發現人群的中央是一大塊空白區域。

那片空白區域裡，出現一個孤零零的身影。

定睛一看，竟然是穿著學生服（註52）的戶塚。

他怎麼會穿上那種衣服……神啊，太謝謝祢了！我靠上前去，戶塚也注意到我。

「八幡！」

他綻開燦爛的笑容，往這裡跑過來，略顯寬鬆的學生服跟著翻飛。

「戶塚，這衣服是……」

由於此刻的戶塚實在太可愛，我湧起一股非得問出個中原因的使命感。搞什

註52 原文為「学ラン」，指日本傳統的黑色單排釦式男生制服。

麼，想到讓戶塚穿上學生服的人是天才不成？這完全是哥倫布之蛋（註53）的真實例子！我已經分不清楚，究竟什麼才是正確、什麼才是錯誤。這種感覺有如扭轉因果（註54），受到圓環之理的引導（註55）……

穿著學生服的戶塚本人，似乎也不太瞭解為什麼會變成這樣。

「嗯……我好像，被選為倒竿比賽的大將……然後，有人要我穿上這件衣服……會、會不會很奇怪？」

他不安地握住過長的袖子，並且縮起身體，對其他人的視線感到不太自在。這件學生服大概是臨時準備的，才會跟戶塚的身材差這麼多。不過，這同時也是加分。

「一點也不奇怪，很適合喔。」

沒錯，這不是奇怪，而是戀愛（註56）……

「唔嗯，我頭一次目睹墜入愛河的瞬間……」

材木座浮現戰慄的表情。不過因為戶塚太可愛，我根本沒有聽進去。

註53　意指即使是大家都能輕鬆做到的事，最初也是靠著創造力和行動力才得以成功。

註54　出自作品《fate/stay night》。

註55　出自作品《魔法少女小圓》。

註56　奇怪的原文為「変」，字型近似「恋」。

× × ×

紅組跟白組各自整隊好後開始入場。最後的倒竿比賽即將展開。

『首先介紹兩邊隊伍的大將。白組是足球社社長葉山隼人同學，紅組是網球社社長戶塚彩加同學。』

在海老名的介紹下，觀眾紛紛看向兩支隊伍的大將。

戶塚突然聽到自己的名字，驚慌失措起來。另一邊的葉山則是從容地舉起手，回應觀眾的歡呼。

他從容的態度也感染到周遭，同隊夥伴的士氣相當高昂。大家還圍著葉山排成圓圈，真是太青春了。

再看看紅組的男生，大家很明顯缺乏鬥志，一片死氣沉沉，有種先輸了一半的感覺。

若說有誰還有鬥志，恐怕只剩在旁邊碎碎念個不停，不知道在妄想什麼的材木座。中二病患者總是喜歡這類戰爭、戰鬥的場面，因為他們可以趁機展現魚鱗陣、鶴翼陣、六韜三略等派不上用場的冷知識。

照這個情況看來，恐怕沒有勝算……還沒開始比賽便預測到結果，我不禁嘆了口氣。

不過，這也不代表沒有任何希望。我凝視自己的手，整理思緒。若能把現有的牌打得漂亮，還是有辦法多少改變現狀。

「材木座，我有一祕策。」

材木座聽到這句話，身體瞬間一震。

「祕策……將軍當有參謀獻計。唔嗯，說來聽聽。」

很好很好，上鉤了。這個人果然很喜歡祕策之類的字眼。雖然不是很高興他把我當成部下，今天姑且不計較。反正過不了多久，便要讓他遇到大災難。

我在材木座的耳邊悄聲說明，他一聽，立刻大驚失色。

「……咦？由我來做？」

要是他現在變回原形，我的計畫可是會付諸流水。

「除了你，沒有其他人辦得到了。你現在的地位如同三國志的關羽，戶塚則是劉備。有資格下檄文、率領全軍作戰的就只有你一個。」

「唔唔唔～～」

我用大家最喜歡的三國志說服材木座，他果然陷入掙扎，最後終於大腿一拍，發下豪語：

「好吧，我瞭解了。包在我身上！」

材木座的中二病開關順利地被我打開。這樣一來，便不會有什麼東西讓他畏懼。邪氣眼類型的中二病患者擁有莫名頑強的精神力，這種精神力也有派上用場的時候。再怎麼說，若沒有足以顛覆常識的強烈自我意識，一般人根本沒膽把自己的妄想說出口，或是在大熱天裡穿厚重的風衣。

他走到隊伍前排，誇張地咳個幾聲，大聲宣布：

「諸位給我聽好！我軍總大將駕到——」

戶塚起先還愣愣地看著材木座，不知道發生什麼事，過了一會兒才意識到他在說自己，匆匆忙忙地跑到前面。

「啊，嗯……我是紅組的大將，戶塚彩加……大、大家，一起加油吧。」

他在胸前輕輕握拳，替自己打氣。雖然顯得不太有自信，我依然感受到他的努力——好想守護，這個笑容。

戶塚對所有人問候過後，材木座又往前踏一步。

「我們的敵人只有葉山隼人一個！其餘雜兵通通甩到一邊！聽好了，今天正是我們一償宿願的日子！難道各位願意見到，那個讓人看了就不爽的混帳爽朗帥哥，就這樣拿下勝利？我才不願意！死也不願意！我不想再讓自己過得更慘痛！不想要每次在走廊上遇到時，都得讓他先過！不想在被他搭話時，硬是勉強自己露出笑容！不想在他經過身邊時默默地安靜下來！難道各位不是如此嗎！」

喊著喊著，材木座開始聲淚俱下。而且他疑似太過入戲，還說了一堆教人難過的回憶。

所有紅組男生無不被他的悲慘經歷，以及難以名狀的魄力震懾，連白組的男生都好奇地從遠處看過來。此刻的材木座毫無疑問是眾人的焦點。

「喔、喔……」

四周開始出現稀稀落落的贊同聲。

「那麼，我們要怎麼做？只有獲勝一途對不對！現在正是我們覺醒的時刻！奮起吧！千葉縣民！」

「喔——」

經過材木座一番讓人摸不著頭緒的熱血演說，紅組的男生有了一點動力。另外不得不提，戶塚的問候真是太棒了！大家一定是看到戶塚那個樣子，而湧起要為他好好努力的念頭對吧！

這時，材木座一臉滿意地走了回來。

「哼嗯，這樣如何？」

「嗯，挺好的啊。噁心到引人注目的程度。接下來也拜託你囉。」

「噁、噁心？」

他有點受到打擊。不是我要說，按照一般標準，剛才的演說內容的確滿噁心的……但也因為如此，才能產生不容分說的魄力，使大家忍不住聽下去。讓一群士氣低落的人聽自己說話的首要步驟，便是引起他們的興趣。

以這點來說，材木座表現得非常好。今天回家後，他肯定會懊悔「我幹麼說出那麼丟臉的話……」然後滿地打滾。

人很容易被現場氣氛牽著鼻子走，也很可能因此留下一生無法抹滅的心靈創傷。

不管怎麼樣，感謝材木座的偉大犧牲和戶塚的笑容，比賽完全準備就緒。

我看向我們的目標，亦即白組的竿子。鎮守在竿子底下的，正是葉山隼人。儘管彼此相隔遙遠，對方好像還是感受到我的視線，朝這裡笑了一下。

——我接受挑戰。來一場正大光明，又卑賤陰險的正面對決吧。

× × ×

信號槍一響，兩邊陣營立刻傾巢而出。

場上男生的嘶吼咆哮，加上場外女生的熱烈歡呼，現場的氣氛幾乎要沸騰。

其中又屬負責實況報導的海老名特別興奮。

『倒竿比賽正式開始——由男生的男生所獻上只屬於男生的男生們的推棒子大賽！攻與受的對決！雙方陣營你來我往！首先是白組的先制攻擊！』

前面說了一大串莫名其妙的內容，報導本身倒是相當正常，我有點不知該做何感想。

白組有葉山擔任大將，全隊士氣又高昂，隊員個個顯得訓練有素。大家採用集中火力、單點突破的戰術向紅組進攻。

不用說也知道，紅組的男生們在缺乏默契之下迅速潰散，很快地便被逼退到竿子底下。

白組層層圍住守在竿子下的戶塚等幾個人。

「哇、哇……」

面對激烈的攻防戰，戶塚不禁時而蹲下身體，時而扭身閃避攻擊（好可愛）。要是他在這裡被突破，便再也沒有人守竿子。這時，幾名隊員前來支援。其中一人好不容易趕走跟戶塚對峙的敵軍，但是守衛隊也受到不少損傷。

戶塚見了，慌慌張張地跑過去。

「對、對不起！」

「哪裡！為了我們的大將，這點小事根本不算什麼！」

聽到這句話，戶塚泛起嬌羞的微笑。

「謝謝你……」

「……嗚！」

對方不慎直視到他的笑容，露出「這輩子了無遺憾」的清爽表情，當場無力地癱到地上。

「我們這隊淨是一群笨蛋……」

我在場上一角觀察一陣子。照這個情況看來，戶塚跟其他守備隊應該還撐得住。我這才踩著慢吞吞、懶洋洋，卻又堅定的腳步往前走。

正當我走到一半，敵陣中心傳來一聲大吼。

「唔啊啊啊啊——」

材木座弄得滿身泥土，腳步搖搖晃晃，逐漸步上榮耀的死亡之路。大家看到他詭異的模樣，都佇足在遠處觀察，沒有人敢靠近半步。

「嗚、嗚咳！就、就算我義輝就此死去，勝利依舊不死！終我一生，無怨無悔（註57）……遺、遺憾啊……咕！」

他的死狀實在太引人注目，敵方跟我方都退避三舍。

揚起的沙塵中，材木座頂著凌亂的頭髮，發出各種奇怪的呻吟，繼續踉蹌地走著。

那個傢伙還是一樣煩……不過，也多虧他把所有人的注意力吸引過去，我才得以進行自己的任務。

遠處材木座掙扎的聲音未歇，紅組陣地也持續受到猛烈的攻勢。也就是說，不論是紅組還是白組，都沒有人留意到我的動態。

更何況，我可是不受眾人注目的行家。

這正是長年當獨行俠培養出的能力——隱形小企！

我拿出先前塞在口袋裡的繃帶，綁到頭上。這樣一來，白組若不仔細看，應該會以為我是同組的人。

接著，我用這個方式混進白組，突破敵陣，如入無人之境。

材木座再度發出怪叫，四周的人都往那邊看過去。很好，就是這樣，繼續分散

註57　出自《北斗神拳》拳王拉歐死前之臺詞。

大家的注意力……

白組的竿子已經近在眼前。接下來只要隨便靠過去，輕鬆把它推倒即可。

在此之前，姑且還是確認一下有多少人防守。正當我把臉抬起時，忽然聽到有人對自己開口。

「嗨。我就知道你會出現。」

「葉山……」

葉山隼人一派爽朗地笑著，我也跟著揚起扭曲的笑容。

這時，我的四周都被他的人馬包圍住。

葉山指著自己頭上的頭帶，問道：

「你頭上包繃帶，該不會是受傷了吧？」

「誰教我本來就是個頭痛的傢伙……」

他的口吻如同看穿小孩子的惡作劇，連我都覺得尷尬起來，心虛地解開繃帶。

接著，他看向材木座。材木座還在發出更多奇怪的呻吟，繼續踉蹌地走著。

「那個人是材木座沒錯吧？拿他當誘餌，的確是個不錯的計畫。不過——」

說到這裡，葉山收起笑容，換上嚴肅的神情瞪視過來。

「我怎麼可能不注意你的舉動？」

「少抬舉我了。我才沒有那麼了不起。」

我的肌膚感受到來自周圍的壓力。在葉山之外，其他人也往這裡進逼當中。

我側眼觀察四周，尋找突破口。葉山察覺到這一點，下達最後通牒。

「不要誤會。既然你要耍小技巧，我們便用團體作戰來應對。」

「明明就是多數暴力……」

「這種說法不好聽。應該叫做物量戰術。」葉山咧嘴一笑。

這種時候還能露出笑容，他果然生得一副好個性。這個人也是滿彆扭的呢——

然而，現在不是分析葉山的時候，我緩緩舉起雙手。葉山看不出這番舉動的企圖，詢問：

「要投降嗎？」

以當前的狀況來說，的確像是要投降沒錯。只是很可惜，你猜錯了。

「不……材木座！」

我往竿子的方向，用力揮下舉起的手。

「喔——」

在附近滾來滾去的材木座一收到指示，立刻跳起身，瞄準竿子直線猛衝。

「你們是物量戰術的話，我們就是重量戰術。」

白組人馬一下無法理解發生什麼事。葉山見我露出邪惡的笑容，才猛然驚覺，趕忙對其他人下指示。

「不妙！是計中計！大家快回防！」

戶部、大和、大岡迅速反應，上前阻止材木座。

「休想通過！」

「有辦法的話就試試看啊！」

「我也奉陪！」

他們組成堅固的人牆，擋在材木座前方。不過，材木座無所畏懼，絲毫沒有停下的意思，就那麼一頭衝過去。

「強行突破——閃開！」

材木座全力衝刺的速度使他的重量增加，產生強大的威力，直接衝垮人牆，一路抵達竿子處。

竿子顛了一下，又擺回來，繼續晃動。觀眾紛紛譁然，倒抽一口氣。所有人張大眼睛，觀察竿子的動態，甚至忘記要發出聲音。

最後，竿子終於一個傾斜，倒了下去。

這一刻，全場歡聲雷動。眾人發狂似的歡呼聲中，材木座更是發出比誰都響亮的勝利咆吼。

×　×　×

秋意越來越濃厚，吹進社辦的風增添幾許寒意。在這種天氣喝暖暖的ＭＡＸ咖啡，更是格外美味。

桌上的茶杯裡，白霧裊裊上升。

總覺得已經好久沒像這樣，在社辦度過放學後的時間。運動會落幕後的幾天，侍奉社回歸正常軌道。講白一點，就是我跟雪之下重拾書本，由比濱重拾手機打發時間。

話雖如此，運動會仍然留存一絲餘韻。

雪之下闔上書本。

「真想不到，都做了那麼多，還是輸掉比賽……」

「啊……因為犯規被判輸，是滿讓人意外的。」

兩個女生喝著茶這麼談道，在我聽來實在滿刺耳的。

「要不是哪個人在頭帶上做小動作，贏的就是我們了……」

雪之下說到這裡，不悅地看過來一眼。她很明顯對運動會的結果不太滿意。好吧，畢竟她是不服輸的個性，不滿意也是理所當然。

「別這麼說嘛，也不是他一個人的錯。」

由比濱察覺到山雨欲來的氣氛，趕緊插進來打圓場。這麼說來，山雨欲來跟雪乃念快了有點像，該不會這就是當初的命名由來吧？

雪之下這才輕嘆一聲，將眼光放遠。

「表面上是這樣子沒錯……」

如同她們所言，運動會的最終結果，是我們紅組敗下陣。而且，原因正是出在倒竿比賽的犯規行為。

閉幕典禮上，相模宣布比賽結果時，場面只能用不忍卒睹形容。

「關於最後的倒竿比賽，經過查證，紅組與白組兩邊出現犯規和危險行為，所以比賽宣告無效，雙方皆不予計分。詳細情況會在日後公布。」

她僅簡短地這麼宣布，暫時判定白組獲勝。

實際上，像倒竿比賽這種多人混戰的活動，根本無從逐一檢查每個參賽者。有人被擊倒後會偷偷爬起來，有人使用暴力，或是有人偷換頭上頭帶的顏色……

紅組聽到比賽結果，當然立刻湧現抗議聲浪，要求相模清楚交代是誰做了什麼事。

不過，這種事情很難鉅細靡遺地解釋。因為在比賽期間，無法完整掌握哪個人出現什麼舉動的話，便無法百分之百斷言。明白人類無法斷定幽靈和ＵＭＡ是否真正存在，就不難理解這個道理。儘管舉證責任在監督選手是否違規的營委會一方，一旦他們不公開事實，外人將永遠不會知道真相。

多虧如此，我的犯規情事沒有被公諸於世。再說，也沒人能證明在我之外，其他人完全沒有犯規。

「反正主委大人都那麼決定了，這樣不就好了嗎？」

我剛說完，雪之下立刻冷冷地看過來。

「可見得你還反省得不夠……」

聽到她這麼說，我頓時語塞。看來雪之下跟由比濱早已透過管道，知悉我犯規的事情，也明白相模在閉幕典禮上所指的，正是我本人。

既然行跡完全敗露，我也不好意思再裝傻下去。

「抱歉啦……還以為沒有人發現……」

死了心地道歉後，由比濱豎起手指念我一句：

「怎麼可能？看得可清楚喔。」

「是啊。看你拿出繃帶，我還在想是要做什麼。」雪之下也無奈地嘆一口氣。

原來如此。她們從那個時候便目擊到，難怪會知道我犯規……

「啊，小雪乃也在看嗎？」

由比濱發現不是只有自己在看，訝異地把臉轉向雪之下。

雪之下被她盯著，連眨了好幾下眼睛。

「……剛好而已。」

她如此嘟噥，隨即把臉別開，看回手上的書本，不再對這件事表示興趣。

「妳們幹麼要看……」

其實我也瞭解，在這種團體競賽的場合，大家總會自然而然地看向自己認識的人。像是前一項比賽「千馬戰」上，我也一直盯著她們猛瞧，所以現在說這句話，都心虛得壓低音調。

由比濱察覺到氣氛有些沉重，用開朗的聲音說道：

「不、不過啊，巡學姐還是很高興呢！」

這是我們唯一的救贖。

儘管紅組輸掉比賽，巡學姐還是留下了愉快的回憶。可以的話，我們當然希望為她拿下勝利。不過，想要事事如願，本來就不太可能。

雪之下對由比濱輕輕一笑。

「是啊。而且，相模同學應該也是有所顧慮，才做出這種宣布。」

「是嗎──」

我不太相信人會有所成長和改變。真要說的話，我認為人的本性終究是不會變的。

話雖如此，人還是會學習去掩飾、去偽裝，拿捏彼此間的距離，並且劃清界線，用視而不見的方式避免雙方產生嫌隙。不過，現在的我還不曉得，這些做法是否正確。

「話說回來，我現在才明白，輸掉比賽意外地教人懊悔呢。」

雪之下想起運動會的結果，不服輸的個性便躁動起來。

「對啊，明年一定要贏回來！」

「……嗯，明年絕對要贏。」

她見由比濱精神十足的樣子，再度泛起輕柔的微笑。

「明年不見得還會在同一隊喔。」

「又馬上潑人家冷水——」

由比濱氣呼呼地鼓起臉頰，雪之下則是從容不迫地笑道：

「是啊。由你來當對手，應該很有意思。」

「怎麼突然燃起鬥志了！」

聽著她們的對話，我不禁苦笑起來。非日常的慶典過後，這些微不足道的日常光景，更是讓我感到強烈的懷念。

如同自己在不知不覺間，習慣了這樣的日常，將來的某一天，我也會習慣失去這般日常的生活吧。

或者說，得到什麼的同時也失去什麼，本身即為一種常態。我仰頭飲盡MAX咖啡，將種種思緒吞進肚裡。

由比濱還在跟雪之下笑鬧。我側眼看了一下，輕輕起身。

「出去買罐咖啡。」

我不待她們回應，逕自走出社辦。

×　×　×

秋風吹進特別大樓。

敞開的窗戶外，傳來運動型社團的聲音。運動會結束後，他們也回歸平常的生活。

遙跟結同樣會漸漸淡忘這次的運動會，以及跟相模之間發生的事，團體也將存續下去吧。

總有一天，大家終將遺忘這場運動會的過程和結果，讓一切風化殆盡。

我在空蕩蕩的校舍內緩步行走。

步下樓梯，正要轉過轉角時，另一邊冷不防地冒出人影，害我差點撞上。是誰啊，很危險耶……我抬起頭，發現對方是相模南。

相模捧著一疊資料，其中一張紙上大大寫著「運動會」三個字。看來她還在忙營運委員會的善後工作。

「……」

「……」

我們誰也不看誰，嘴巴也緊緊閉著。後來，是相模先打破沉默。

「可以麻煩你讓開嗎？」

儘管她開口出聲，依舊不肯把視線移過來。我們之間的關係沒有任何變化，仍是兩條永無交集的平行線。

我默默地讓到一旁。

此刻，除了相模逐漸遠去的腳步，再也沒有其他聲響。

不過，該怎麼說呢……不覺得，這已經是很大的進步了嗎？

儘管不是一蹴可幾，從現在開始，我跟相模應該可以妥善地維持「陌生人」的關係。

我聽著漸行漸遠的腳步聲，自己也再度踏出腳步。

如此這般，慶典之後的祭典也宣告落幕，一切都成定局。

人生中總有無法挽回的遺憾。但是，不論結局是快樂還是悲傷，日子總得過下去。高中生活也將繼續步步接近終點。

所以，他們的慶典不會結束。

中記

各位晚安，我是渡航。

原本應該是「後記」的地方變成「中記」，代表後面還有其他內容。所以，這裡只有一點類似短暫中場休息的廢文，但還是希望各位能稍微賞個光。

夏天終於來到，我都快搞不清楚「每次看到那傢伙時，他都一直在工作……」指的究竟是八幡還是我自己。最近很明顯炎熱許多，不知道大家過得好不好？我當然還是工作到快要死掉（翻白眼）。

本書為《果然我的青春戀愛喜劇搞錯了。》6・25、6・50、6・75集內容重新編輯、加筆改稿，組合成的作者剪輯版，故事時間點正好落在第六集的校慶和第七集的畢業旅行之間。

說到這一集的主角，毫無疑問是那個女生。老實說，我個人認為，世界上恐怕再也沒有哪個角色，比她更像個活生生的人。各位是否滿意她的活躍表現？雖然我也不曉得她到底算不算活躍。

輕小說作家就是要跟作中的角色周旋，下筆寫成故事。即使如此，她也是讓我特別感覺到「對對對，就是有這種人」，另一方面又產生「沒錯沒錯，真的有那種事。對不起……」想法的角色。我自己寫著寫著，都覺得很不可思議。但如果問這種人是不是真的存在，答案又是否定的。這樣的角色，也讓我體認到「真實」與「現實」的差異——沒錯，這兩者可是不同的喔！就跟pants和panties是不同的一樣道理。

總之，能利用這個機會撰寫她後來發生的故事，身為作者的我也很高興。希望之後還有機會寫這樣的內容。

如此這般，《果然我的青春戀愛喜劇搞錯了。》6.5集在這裡結束。

下一頁開始為各位送上的Bonus Track，是由《果然我的青春戀愛喜劇搞錯了。》廣播劇ＣＤ「在那聖誕燭光搖曳之時……」改寫成的小說版。擁有日本特裝版的讀者，請務必搭配廣播劇一起欣賞！

那麼，我們後記再見！

渡航

BONUS TRACK！
在那聖誕燭光搖曳之時……

本BONUS TRACK是由《果然我的青春戀愛喜劇搞錯了。》6・5集日本限定特裝版附贈之廣播劇CD內容改寫而成。CD內容是銜接第九集正篇的後續，因此建議讀者先讀完正篇再聽廣播劇，以及閱讀本BONUS TRACK。此外，在改寫成小說的過程中，有部分內容與廣播劇相異，還請多加包涵。

聖誕節。

這是整座城市陷入躁動、熱戀中的情侶隨處充斥、年輕人橫列占滿整條路，一邊大呼小叫一邊慢吞吞行走的恐怖節日。站在蔑視社會者的觀點，再也沒有其他更教人厭惡的事物。

但是，請暫且冷靜下來。

詛咒聖誕節的人啊，你們要心懷更遠大的志向！

千萬不要覺得好玩，在網路上發表「贊成立刻停止聖誕節活動的人RT」之類的言論。那不過是敗者的嘴砲。

真正該受詛咒的並非聖誕節本身，而是一年到頭大呼小叫個沒完的傢伙。不論今天是不是聖誕節，城市依舊躁動，街上的情侶照樣卿卿我我煩得要命；到了隔年春天開學時，那些大呼小叫的白痴學生們才真會教人抓狂。

否定聖誕節的人啊，你們要心懷更遠大的志向！

別把「我是佛教徒（笑）」這種弱到爆的理由說給別人聽。這不過是弱者的狡辯。

再怎麼說，搬出神明佛祖還是其他雜七雜八的名字，藉以否定聖誕節，未免也太過狂妄。

真正的獨行俠何止是人，連神明都不會依賴。

想否定聖誕節的話，不要把那些連是否真正存在都不曉得的神明當理由，而是下定決心，用自己的精神力予以否定。

別向神明祈禱，那只會讓你失望（註58）；不要哀求，學會爭取，若是如此，終有所獲（註59）。

歸根究柢，家畜配不上信什麼神（註60），社畜同樣沒有資格。

形單影隻也好，三五成群也罷，今年的聖誕節再度來臨。

總而言之，所謂的聖誕節呢——

所謂的聖誕節——嗯，總之呢……哎呀，反正就是很酷炫啦。誰教我從以前到

註58 出自漫畫《ARMS》之名臺詞。

註59 出自動畫《交響詩篇　艾蕾卡7》之名臺詞。

註60 出自遊戲《太空戰士戰略版》之名臺詞。

現在，從來沒有好好享受過聖誕節，當然不曉得到底要做些什麼。所以現在是要怎麼辦……

×　×　×

正式放寒假後，校舍立刻變得空蕩蕩。

窗外已經染成黃昏色，運動型社團成員的說話聲，稀稀落落地傳進來。

整片操場僅由校舍和體育館流瀉的燈光微微照亮，校舍內同樣昏暗且杳無人煙，顯得既荒涼又冷清，海面吹來的寒風還不停拍打窗戶。

話雖如此，我置身的這間教室內有一臺暖氣機，所以整個空間暖呼呼的。

「呼……紅茶真好喝～～」

坐在斜對面的由比濱舒服地呼了口氣，將馬克杯輕置於桌面。

我跟雪之下頷首回應，然後端起各自的紅茶。沒錯沒錯，Tea time 一定要好好享受才行喔（註61）～～

「聖誕節活動能夠成功，真是太好了……」

活動完美畫下句點的充實感，讓由比濱顯得悠閒祥和。雪之下聽了，嘴角泛起一抹微笑。

註61　出自遊戲《艦隊collection》金剛之臺詞。

「的確。原本還擔心會變成什麼情況，現在總算是能放下肩上的重擔了。」

「嗯，感覺好久沒像這樣悠哉了。」

坦白說，在這之前的好一段日子，我們有如被追趕一般，每天都在焦躁中度過。校慶、運動會、畢業旅行、學生會選舉，接著是聖誕節聯合活動……過往的活動一一浮現腦海，又一一歸於虛無。搞什麼，這是走馬燈不成？難道我快要死了嗎？

我淺嘗一下過往的回憶，接著拿起茶杯，喝光紅茶。飲盡的茶杯仍然帶有餘溫。

我們三個人不約而同地輕呼一口氣。

這時，雪之下抬起頭，看向由比濱的馬克杯。

「由比濱同學，要不要再幫妳倒一杯？」

「好，謝謝！」

由比濱開心地把杯子推向雪之下。

「比企谷同學，把杯子拿過來。」

「嗯。」

我沒有多想什麼，乖乖聽從指示，經過幾秒鐘，才意識到雪之下對待由比濱跟我的態度不太相同。

「……等一下，這是不是差別待遇？而且差得太明顯了吧。」

儘管我出言抗議，雪之下僅僅用眼神示意一下桌上的盒子，在準備紅茶之餘，繼續說：

「還有，這邊是多出來的餅乾，麻煩你負責處理掉。」

「根本沒在聽別人說話……好啦，餅乾我是會吃啦。何況之後有好一陣子不會來學校，總不能一直放在這裡。」

我把手伸進裝餅乾的盒子，在裡面翻找一陣，由比濱這時湊了過來。

「給我兩片～～」

「嗯，請用。」

「萬歲！小雪乃做的餅乾，真的超好吃的！」

在雪之下帶著微笑的注視下，由比濱開心地拿起餅乾要大口咬下——之時，她想起什麼似的，猛然從座位上站起。

「……啊！不對不對不對～～啦！」

她的吶喊響徹整間社辦。

「嗯？怎麼了？突然站起來。」

「別把紅茶弄翻了。」

我跟雪之下早已對她的誇張行徑見怪不怪，所以顯得相當冷靜。雪之下還一副她老媽的樣子。

由比濱對我們的反應不太高興，她睜圓雙眼，激動地說下去。

「都要怪你們太悠哉了啦！先前不是還在討論，晚一點要做什麼嗎？」

經她一提，雪之下才想起這件事，將頭歪向一側。

「對喔，剛才的確討論到一半……」

「沒有錯！所以，今天聖誕夜要做些什麼？反正機會難得，痛快地玩一場吧！」

由比濱這才終於滿意，用力地點點頭，還大大地兩手高舉。

不過，我實在沒有什麼頭緒，下意識地搔了搔頭。

「要痛快地玩，也想不出要玩什麼啊……我只打算走正常路線，在家裡度過。」

「咦～那樣算正常嗎？既然是聖誕節，不是應該大家揪團，出去玩得劈里啪啦碰嗎？」

「妳在說什麼東西，我完全聽不懂……」

尤其是那個劈里啪啦碰，我根本不知道是什麼。我發誓我絕對不知道什麼是劈里啪啦碰（註62）。

雪之下輕撫下顎，看起來在思考什麼。

「我不覺得在家裡度過很奇怪。聽說在歐美國家，大部分的人也是跟家人一起過節。」

「可是，這裡是日本……」

見由比濱不滿地抗議，我立刻開口，想辦法讓她死心。

註62　原文為「パンパカパーン」，出自遊戲《艦隊collection》愛宕之臺詞。愛宕配音員與動畫版由比濱結衣為同一人。

「等等，妳先好好思考。來自聖誕節發源地的人都這麼說了，妳就應該遵從習俗，乖乖地在家裡度過。這才是符合 world standard（世界基準），又 globalized（全球化）的聖誕節。」

我試圖用道理說服，由比濱卻沒有被唬住。她在面前揮揮手，告訴我：

「不對吧。雖然我不太清楚 the world 還是什麼 stand（註63），那些跟聖誕節沒關係吧？而且，大家同樣不是很清楚，還是玩得很開心啊。」

「……聖誕節在日本，的確逐漸內化成另一種特有的文化習俗。」

雪之下思考一會兒，這麼說道。能把她說服固然稀奇，更稀奇的還在另外一點。

「由比濱竟然懂得講道理……」

「嘿嘿——」

由比濱露出勝利的笑容，得意地挺起胸脯。

「好，我懂了。現在就假設妳的話是對的吧。那麼我請問，日本的聖誕節要怎麼過才正確？」

被我這麼問，由比濱的頭上也浮現問號。

「就、就是照正常方式——」

「對我而言，正常方式就是在待在家裡。我從來沒有跟家人以外的人度過聖誕

註63「stand」亦指《JOJO的奇妙冒險》中的特殊能力「替身」。「The World」（世界）即為一種替身。

節。所以，究竟有哪些具體活動？一群人在外面鬼吼鬼叫？又不是四月的大學車站前。」

雪之下點點頭，對我的話表示贊同。

「每年到了四月，大學附近的車站的確吵得要命……」

「那些傢伙可是真的都在鬼吼鬼叫……聖誕節的時候，整個市區只聽得到他們一下子『喂～』一下子『GG』（註64）光是想到走在路上會遇到那種人，便覺得快受不了。」

不只是年底的這段期間，那些傢伙隨時隨地都聒噪得要命。一想到這裡，我陷入空前的絕望。不過，由比濱揮手否認。

「沒有吧，才不會鬼吼鬼叫。」

「有啊，像是戶部。」

我想也不想，立刻反駁回去。由比濱頓時語塞。

「嗯——戶部啊……不過，他已經是那個樣子，沒有人救得了他……」

她露出裝傻的笑容，打算敷衍過去。不過，那句話還真傷人呢……雪之下聽到這裡，也露出疑惑的表情，說出更傷人的話。

「戶部同學不是重點，我比較好奇剛才的『喂～』，還有什麼『GG』，是什麼

註64　此處「喂～」之原文為「ウェイ」，「GG」之原文為「ワンチャン」，兩者皆為日本大學生常用語。

意思？」

我想，雪之下是真的不知道這兩句話的意思。跟戶部比起來，她對那些年輕人的口頭禪更有興趣。由比濱一時不知如何開口，開始傷腦筋。

「嗯，到底該怎麼解釋呢……會不會是，英文？」

聽到如此天真的回答，我的嘴角不禁泛起笑意。結果接下來要開口時，很自動地變成哄小孩的語氣。

「對喔。對妳來說，所有不認識的字眼都是英文嘛。這也不能怪妳喔～」

「你說得那麼溫柔，聽起來反而很火大！」

由比濱生起氣來。可是沒辦法嘛，妳想想看自己的思考邏輯，有如把所有的外國人跟美國人畫上等號，不覺得很像小孩子？所以現在是要怪我囉……

另一方面，雪之下倒是接受她的說法，發出沉吟思考。

「用英文念『喂』的話……就是『wait』。所以是等待的意思？」

「不，我想絕對不可能。」

那些傢伙不可能懂英文。真要說的話，連母語日文都說得很詭異。雖然他們語言能力不好，但溝通能力不但沒有特別低下，還有辦法用「超猛」、「就說咩」、「是喔」、「中肯」等幾個極為有限的辭彙構成對話。由此可見，智商越低落的人，溝通能力反而越高。這根本是超高情境文化（註65）。完全可以說是「文化不一樣～！」的

註65　高情境文化（high-context culture）國家的人溝通時，依賴情境大於語言本身。

狀況（註66）。

東想西想到一半，雪之下忽然認真地看過來。

「比企谷同學……wait，stay，house。」

「妳在訓練狗嗎……」

想不到妳也懂諧音遊戲（註67）？哎喲，超高情境喔～

「用不著妳下命令。我超想回家的好不好……」

我遵照吩咐，準備起身回家，但是被由比濱拉住袖子，硬是拖回座位。

「等、等一下等一下等一下！我們什麼都還沒有決定耶！」

「那不是又繞回原點……妳說要大家一起做些什麼，就提出計畫來啊。」

我心不甘情不願地坐回座位，但還是不覺得，這樣下去能討論出個名堂。大家一起玩要怎麼玩，仍然沒有半點頭緒。拜託哪位好心人士，務必製作一本應付這種情況的說明書，能編進字典的話當然更好。只要有了SOP，說不定人人都能變成一直玩的行家。

回到正題。這類說明書當然不可能存在，人們永遠是憑藉經驗法則，以及打聽來的消息，發展出屬於自己的處世之道。而今，堪稱處世之道活字典的由比濱結衣，同樣發出沉吟，絞盡腦汁思考。

註66　漫畫《歷史之眼》中主角的名臺詞。

註67「ワンチャン（譯：GG）」亦為日本人對小狗的暱稱。

「大玩特玩一番——不過，這樣子你不喜歡……去看美麗的聖誕燈飾？這樣你又會說一個人看也可以……唔唔唔……」

她那麼努力的模樣，讓我忍不住感動起來。

「喔喔，竟然懂得往前多想一步……我看得出妳有所成長。」

「倒是比企谷同學，我絲毫看不出你的成長……反正現在再怎麼掙扎，最後都得陪她去。何不早一點死心？真是不會記取教訓。」

雪之下半帶無奈地說道。不過，我也不可能悶不吭聲。

「不會記取教訓的是妳吧。我怎麼可能被說個一兩句，就乖乖點頭答應？」

「哎呀，建議你還是別太小看我。我可是懂得好好學習的。」

雪之下揚起勝利的笑容，可是說著說著，語調又低沉下來。

「……不要看由比濱同學那樣，一旦她打定主意，便不可能退讓。所以在某些情況下，其他人再怎麼拒絕也沒用。」

「那不叫學習，而是被『調教』……」

好吧，她們之間那種帶點糜爛的關係，其實也發展得挺不錯，姑且先予以正面看待。

這時，由比濱忽然敲一下手。

「啊～對了！」

「是不是想到什麼點子？不妨讓我們聽聽看。」

雪之下（調教完畢）很配合地抛出問題。接著，由比濱豎起手指不斷轉圈，不太有把握地開口：

「嗯……我們可以，一起去吃炸雞！」

「那不是隨時都吃得到……」

「若照妳的邏輯思考，那些賣炸雞烤雞的店豈不是天天過聖誕節？而且我們家也老早就訂好炸雞桶。」

雪之下聽到這裡，忽然把頭轉過來，對我投以優雅的微笑。

「你們家也有炸雞？確定不是膽小鬼（註68）？」

「喂，別把我家那隻跟外面賣的相提並論。家裡那隻根本沒有骨頭，吃起來超方便，而且加上老爸整整有兩隻，比其他店家大方太多了。等一下，雞不用『塊』而是用『隻』來算沒有問題嗎？」

「還活著的話應該沒有問題。」

「不要那樣說啦！什麼活不活的太有畫面了！會害人家不想吃啦！」

由比濱痛苦地哀號。可是這樣一來，她的提案便失去意義。

「不吃炸雞的話，還需要辦派對嗎？好，原本的目的已經不存在。結案。」

「自閉男，你真是策士！」

她頓時啞口無言，但仍然不氣餒地繼續動腦。

註68「炸雞」與「膽小鬼」之英文皆為chicken。

「不、不然……不吃炸雞的話，改吃蛋糕好了！」

「蛋糕啊……」

我開始評估蛋糕的可能性。老實說，先前聖誕節活動時，我烤蛋糕烤到快吐出來，今天若還要吃蛋糕，我真的會逃之夭夭。再說，炸雞跟蛋糕全年都吃得到，不足以構成聖誕節應景食物的要件。

由比濱見我面露難色，不安地看過來。

「咦？你好像不是很有興趣……難道說，你不喜歡吃甜食？」

我正要回答時，另一個人搶先開口。

「不，他也屬於甜食派。」

「為什麼是妳回答？現在又不是在玩自我介紹時的猜謎……好啦，我的確喜歡吃甜食。」

雪之下撥開肩上的長髮，認真地凝視著我。

「這不是看一眼便明白？除非是特別嗜甜的人，否則根本喝不下那種甜到發膩的咖啡。」

「哈！妳太小看MAX咖啡。很多不喜歡甜食的人，也會因為需要而買來喝。像是千葉地區的農家，十戶裡有八、九戶都是一大箱一大箱地買。MAX咖啡可是肉體疲勞時最好的營養補給品。」

不蓋你，千葉的農家添購MAX咖啡，真的都是以「箱」為單位。此外，他們還會大量購買四格漫畫雜誌。小學戶外教學時，我親眼在當地的農家看到，所以絕對錯不了。疲累的時候，果然還是要用甜食慰勞自己。但是仔細想想，千葉縣民如此大量攝取MAX咖啡，大家也太累了吧？

我打算好好幫在場的兩個人上一課，讓她們明白MAX咖啡的滋味和美妙。由比濱聽著聽著，把頭偏到一邊，發出疑惑的聲音。

「嗯……可是你看起來不怎麼累……好像一直處於省電還是環保模式，總是那副隨便的樣子？」

「喂，省電環保跟偷懶完全是兩碼子事……」

「你也曉得自己多喜歡偷懶……但如果是不認識你的人，看到那對死魚眼，當然會覺得你很疲憊。偏偏身體又那麼健康……你的死魚眼果然威力十足。」

「錯了，現在跟妳們在這裡瞎扯，是真的讓我很累。所以可以回家了沒？」

「不是說不能回去了嗎！好啦，不管要做什麼，總之已經決定了，不准反悔！」

「妳真霸道……」

就是這種謎樣的強硬態度，把雪之下調教得不得不屈服……正當我的腦海產生一些失禮的念頭，由比濱落寞地看向地面。

「你真的討厭的話，我也不勉強……」

她一邊說，一邊抬起眼睛窺看過來。

「唔！等一下，我也不是討厭啦，只是對聖誕節還不太瞭解……」

見她露出那種表情，心中立刻湧現強烈的罪惡感。但是我可以想見，一旦現在接受了失去初衷、空留下殘骸的聖誕節，自己對其他事物的堅持，將跟著一點一滴瓦解。我必須預先畫出自己能接受的底線……天啊，連我都覺得自己未免太龜毛。

雪之下見我陷入天人交戰，輕輕嘆了一口氣。

「何必想得那麼複雜？你大可把聖誕節放在一旁，直接當成小型慶功宴。總之，我會參加。」

由比濱聞言，馬上露出開心的表情，撲向雪之下。

「謝謝妳，小雪乃！當成慶功宴的確是個好點子，伊呂波那些學生會的人，應該也會自己舉辦。而且，我也想好好答謝來幫忙的小彩跟小町。」

「沒錯。我認為以慰勞大家為名義，即可成為充分的理由。」

雪之下一邊說，一邊忙著把由比濱拉開。聽過她的說法，我也開始思考可行性。

「……的確，有道理……不對，今天我還是沒辦法參加。」

「為什麼？」

由比濱把臉從雪之下的身上移開，轉向我這裡。

她提議的炸雞跟蛋糕讓我想起，今天得去肯德基領之前訂的炸雞桶。

「今天要去拿上次訂的炸雞，而且我還得代替小町準備晚餐。」

由比濱聽了我的理由，露出訝異的表情。

「想不到你意外地顧家……？」

「你會有其他行程，也很稀奇呢。」

雪之下的這番話讓我不禁苦笑。她說得對極了。在正常情況下，我幾乎不會有什麼行程，但只要是跟家人，尤其是小町約好的事，我可是從來沒有錯過。

「所以抱歉啦，今天沒有時間。」

「嗯……既然已經有其他事，也沒辦法囉……」

由比濱似乎也理解我的情況，微微頷首，「啊哈哈」地笑了幾聲，最後輕嘆一口氣。

儘管由比濱的提案太突如其來，我還是感受得出，她多麼期待聖誕節。她隨便約都能約到一大群出遊的夥伴，現在卻為了我這種人，露出落寞的神情。說實在的，我自己也感到愧疚。

雪之下大概也這麼覺得。她不忍地看著由比濱，然後默默將視線移過來。

「你說的是今天不行，所以明天可以對吧？」

「……嗯，明天沒有什麼計畫。」

我搔搔頭回答。由比濱聽出話中之意，來回看著我跟雪之下，接著拍一下手。

「咦？嗯……喔～喔喔～原來！那麼，我們明天再辦吧！明天大家準備好，一起出去買禮物！」

由比濱興奮起來。雪之下也點點頭，帶著沉穩的表情看著她。

「嗯，這樣比較好。今天我也有點累了……」

好在雪之下提出順延一日的提案，最後才得以圓滿收場。既然有了結論，我便從座位上站起，準備動身前往下一個目的地。

「……那麼，就這麼說定。」

正要拉開社辦大門時，我又想到自己少說了什麼，於是停下動作，回頭看向身後的兩個人。

「明天見啦。」

雪之下有點訝異於我的舉止，但她隨即泛起微笑，由比濱同樣開心地對我揮手。

「嗯，明天見。」

「明天見囉！」

我在她們的道別中離開社辦。即便只是再平凡不過的一句話，也覺得已經好久沒有聽到。

×　×　×

我去肯德基領取炸雞後，踏上回家的路。

「我回來了。」

爬上樓梯，打開客廳的門，原本倒在沙發上的小町立刻爬起，快步跑過來。

「哥哥，歡迎回來！」

「嗯。來，炸雞。」

我把手中的炸雞桶交給小町，她慎重地接下，端去廚房檯面。

「謝謝哥哥♪媽媽也差不多要回來囉。」

「嗯。那老爸呢？」

接著，她又拿起我剛脫下、扔在沙發的大衣，幫忙掛到衣架上。對於我的提問，則只是把頭歪到一邊，應聲：

「誰知道？」

為什麼對他這麼冷淡……難不成老爸又做出什麼讓小町討厭的事？

嗚呼，真是太可憐了！雖然被自己的女兒討厭，我實在幫不了什麼忙，但是想到他連在這個日子也得工作，便覺得社畜未免太悲哀……

「倒是哥哥，今天不跟雪乃姐姐和結衣姐姐一起過，沒關係嗎？」

「聖誕夜當然是跟家人一起過。」

小町聽我這麼回答，浮現曖昧的神情。

「嗯……哥哥這種拒絕方法，怎麼跟已經有其他心儀對象的女生這麼像……」

「咦，女生會用這個理由拒絕？哎喲，全世界那些傻傻地以為『真是個顧家的好女孩』的男生，豈不是太可憐了……妳怎麼狠得下心，告訴我這種根本不需要知道的事？」

天啊，女生好恐怖……聽過小町的這句話，以後看見女生的任何一舉一動，我搞不好都會懷疑是否有其他意圖。例如好心分喉糖給自己的女生，其實是在暗示「跟你說話無聊得要命。喏，這顆糖給你，乖乖把嘴巴閉上」。等一下，這好像跟國中時代的我似曾相識？

我深深地感到恐懼，身體不自覺顫抖起來。小町將手扠到腰上，挺起胸脯說：

「哥哥明明疑心病那麼重，卻又愛作白日夢，小町才要幫哥哥一點一點地破除幻想。這可是妹妹對哥哥的愛喔～」

「是喔，謝謝妳啊……」

雖然我不需要幻想殺手來幫忙破除這些幻想……陷入消沉之際，小町將視線移到廚房檯面的炸雞桶，換上過意不去的表情看回來。

「其實啊，哥哥用不著在意我們，趁聖誕夜出去玩一玩，不是很好嗎？」

「不是妳想的那樣。要慶祝還是要幹麼的，我們決定明天再辦。好像要先去買禮物，然後辦一場派對吧。」

「真的嗎？哇～小町也想參加！」

見小町興奮地湊過來，我又想起另一件事。

「啊，對喔。她們也想邀請妳，做為今天幫忙聖誕節活動的答謝。不過……妳現在正準備考試……」

「哎呀～一兩天不念書又不會差到哪去。而且，另外找一天加倍用功不就好了？」

「那是在立死旗喔。所謂的死線，總是在妳覺得還沒有問題、還有時間、搞不好趕得上的時候悄悄溜走。妳要曉得，即使死線能夠往後延，考試的日期可是不會改變的。」

「哥哥，死線也不能往後延吧……」

小町看著我的眼神早已超越不捨，到達憐憫的境界。哈、哈、哈……果然沒錯，死線哪有延長的道理……不久之前，被聖誕節聯合活動的進度追著跑的記憶，揪了一把自己的內心。唉，為什麼世界上會存在「死線」……要不是這種東西，一定有很多人能從此過著幸福快樂的日子……正是因為這個大敵，數不清的人才活在水深火熱之中。由此看來，死線無疑是一種邪惡，而破除邪惡的存在，當然就是正義囉——好啦，胡思亂想到此為止。

別忘了目前還在跟小町對話。死線誠可貴，吾妹價更高！

「可是，都已經這個時候了，出去玩實在有點……」

這樣真的好嗎？對小町是否能產生正面效果？我為此傷透腦筋，她本人倒是一副無所謂，好整以暇地說道：

「安啦安啦～讓小町留在家裡，一個人想著哥哥正在做什麼，擔心是不是又闖了什麼禍，而沒有辦法專心念書，不是更麻煩？」

「好吧，我能體會。」

我自己偶爾也會東想西想，擔心小町的身邊是否出現一堆蒼蠅，川崎大志會不會在補習班跟她搭訕，要是那個小鬼膽敢靠近，我肯定宰了他……結果，一堆事情都沒辦法好好專心做。

小町見我快要被說服，補上臨門一腳。

「而且對小町來說，一直被催促念書，反而會沒有動力。」

「喔，中肯中肯。沒錯，妳說得對極了！」

我忍不住伸出手，朝她用力一指。

「被別人逼著念書或工作時，效率反而會降低。這樣想想，也滿不可思議的。」

我下意識地嘆了一口疲憊的氣。這時，小町露出勝利的笑容。

「對吧～所‧以……」

「……好吧，但是記得別玩太晚。」

「萬歲！小町得趕快思考買什麼禮物了！」

看到她開心地高舉雙手的模樣，便覺得必須趕快提醒一下。我可不希望她因此而考不上高中。

「書也要好好念啊——對了，說到禮物，忽然想起來。」

我抓起扔到一旁的書包，從中取出一個包裹，放到小町的頭上。

「來，聖誕快樂。」

小町露出不可思議的表情，拿起頭上的包裹，盯上好一會兒。接著，她的嘴角逐漸泛起笑意。

「這是……送給小町的禮物？謝謝哥哥！現在可以開嗎？」

「請便。我也只是受雪之下跟由比濱建議，才挑了這個東西。要謝的話去謝她們。」

她聽到我這麼說，驚訝地停下拆禮物的手。

「……咦？這是哥哥跟她們一起選的？」

「……總之，天時地利人和……」

這一次，小町露出賊兮兮的笑容。

「喔～原來如此～一起選的，沒錯吧？」

「……那種表情跟語氣是什麼意思？真教人不爽。」

我超級不爽，賞小町一雙死魚眼。但是她不為所動，依然掛著笑容，用充滿暖意的眼神看過來。

「沒有啦，小町是因為太高興，才忍不住露出笑容。對小町來說，哥哥剛才的回答，才是最棒的聖誕禮物。」

「是喔。好吧，妳高興就好。」

語畢，小町豎起手指，擺出一副了不起的模樣。

「啊，可是呢，送禮物給女生的時候，不可以說『跟其他女生一起選的』這種話喔。不然會被小町大大地扣分。不過小町是哥哥的妹妹，所以一點也不會在意，應該說這樣反而更高興。哥哥跟雪乃、結衣姐姐在一起，根本是最強三人組。」

「知道了知道了～雖然我幾乎沒有送人禮物的機會，還是會記下來。好啦，差不多該準備晚餐啦。」

「好──啊，對了，還要傳簡訊問結衣姐姐明天的事情……」

我姑且聽聽小町的建議，隨即走進廚房。

首先要過的是比企谷家的聖誕節。今晚就好好大展身手吧……說是這麼說，其實包括肯德基的炸雞桶在內，幾乎都是買回來的外食。

× × ×

聖誕夜過後，天亮便是聖誕節。

我跟小町離開家門，前往購物中心跟大家會合。通往購物中心的路上，裝點著滿滿的燈飾和飾品，散發濃厚的節慶氣氛，來往的行人也顯得興致高昂。其中最興奮的，莫過於我的妹妹小町。她從剛剛開始，便愉快地哼著歌。

「一大早的，妳還真有精神。」

走在前面的小町聽了，輕盈地轉過身說：

「因為今天是聖誕節嘛。而且，等一下要跟雪乃姐姐和結衣姐姐買東西，之後還有聖誕派對，可以交換禮物，小町當然很興奮囉！」

看來她已事先取得今天的行程，搞不好還知道得比我詳細。

「好吧，女生應該很喜歡這些交換禮物的活動沒錯。說到交換，我只會想到當年沒有完成的圖鑑，跟沒辦法進化的神奇寶貝……」

我陷入過往的傷痛，小町溫柔地打氣：

「不用擔心，一定還有機會的……紅、藍寶石不是要重製了嗎？」

「妳的理由不太對吧……再說，我是初代派的……」

如果重製版能新增奇蹟交換的功能，的確可以解決不少困擾。可是小町啊，真要說的話，為什麼妳不先跟我交換……我對小町投以哀怨的視線，她則輕拍我的肩膀，指向購物中心的入口。

「好啦，別在意那些小地方，已經到購物中心囉。啊，她們也到了。」

我看向入口處，果然發現由比濱跟雪之下的身影。由比濱同樣注意到這裡，高舉起手揮舞。

「嗨囉──」

「嗨囉──結衣姐姐、雪乃姐姐！」

「妳好。」

小町向她們兩人打招呼。但不是我要說，別在外面那樣打招呼好不好，總覺得有點丟臉……我忍不住偷看一下四周。

「妳們來得真早。所以大家都到了嗎？到齊的話趕快走吧。」

今天是聖誕節，購物中心的人潮相當擁擠。一想到要跟這麼多人擠來擠去，我便覺得快受不了，最好能盡快結束這裡的行程。只不過，由比濱說：

「等一下，我也邀請了小彩。」

「真的嗎？那我願意等上一輩子，直到他出現。」

「嗯，雖然你的話好像哪裡怪怪的……」

由比濱發出沉吟，小町這時插入對話：

「雪乃姐姐，結衣姐姐，謝謝妳們的聖誕禮物。」

「哪裡，希望妳喜歡那份禮物。」

雪之下面帶微笑，輕輕搖頭，告訴小町不用客氣，由比濱也跟著點頭。

「哎呀——小町不太敢指望哥哥的眼光，所以能讓兩位挑選禮物，真是太好了！」

這次輪到我對小町的話拚命點頭。我也覺得當初請雪之下跟由比濱幫忙挑禮物，真是正確的選擇。姑且不論禮物究竟是什麼，由她們挑選的這項事實想必更值得高興。由比濱看著笑咪咪的小町，自己也開心地露出微笑。

「嗯，我們的確給了好幾個建議，不過最後還是由他決定。」

「是啊。這個人從不好好使用大腦，那天竟然也猶豫到最後一刻。」

雪之下用手指捲著長髮看過來。小町聽了，頓時驚愕地張大嘴巴。

「……咦？這、這是真的嗎？」

「等等，這個用不著說出來……拜託，別再提了……」

送禮物就是要表現出「我沒有多想什麼，看到順眼的便直接買下來」的樣子才酷。要是對方知道自己為了禮物大傷腦筋，可是超級丟臉。我再也受不了小町直視的眼神，尷尬地別開視線，一副若無其事地轉移話題。

「倒是妳啊，說什麼從不好好使用大腦，全世界還有哪個人思考得像我這麼周到？我簡直可以媲美沉思者的銅像。」

雪之下把手放到嘴邊，掩飾自己的笑意。

「哎呀，真是抱歉，應該是『從不好好使用大腦想正經的事』才對。」

「嗯，這樣沒問題。」

「這樣就沒有問題嗎？啊哈哈……對了，不過小町，妳哥哥其實真的有好好思考……小町？」

在由比濱的叫喚下，小町當掉的大腦才恢復運作。

「……啊！糟糕！差點又被哥哥的彆嬌技能騙了！總、總之，非常謝謝雪乃姐姐跟結衣姐姐……還有，哥哥。」

「被騙」是什麼意思……做哥哥的可是一年到頭都被小町可愛的模樣騙得團團轉好不好……我跟小町都覺得難為情，不約而同地把臉別開。

「嗯，沒什麼大不了的。別放在心上。」

「沒有錯～」

由比濱看著我們這對兄妹，輕輕笑了起來。雪之下靜靜地看向這裡，忽然想到什麼，對小町開口：

「對了，小町，這一陣子忙著準備升學考試，還邀請妳出來玩，真是不好意思。雖然妳都已經過來了，今天這樣真的沒有問題嗎？要是太過勉強——」

「不用擔心，偶爾喘口氣也是必要的。」

我這麼回答，立刻被她瞪一眼。

「休息太多只會變得怠惰，連學過的內容都忘記。」

「嗚，被說到痛處……」

雪之下所言甚是。不論是「喘口氣」還是「轉換心情」，這些不過是大家偷懶時的常用藉口。這句話同樣刺中小町的心，她開始低聲碎碎念。

「雪乃姐姐該不會是教育媽媽（註69）的類型吧……感覺相當牢靠……能夠有個這樣的姐姐也不錯。」

她的雙眼閃過一道光芒。

「不用擔心啦，小雪乃。人家小町那麼認真，一定沒問題的。」

嗯，我的妹妹的確認真又努力。小町聽到由比濱幫自己說話也很高興，又開始在一旁低聲碎碎念：

「結衣姐姐大概是賢妻良母的類型……感覺很有包容力……以後有個這樣的姐姐也不錯。」

註69 對孩子抱持高度期待，積極地安排大量學業、才藝等課程，要求其學習的母親。

她的雙眼再度閃過一道光芒。

「妳從剛剛就一直在自言自語什麼……」

「嗯？祕密～♪」

小町豎起食指晃幾下，再對我眨眨眼……可惡，這個鬼靈精，真是可愛得令人火大。

「反正啊，真的不需要擔心啦。而且妳看，不是連我都考上了嗎？」

由比濱輕敲自己的胸脯，雪之下不禁露出複雜的表情。

「被妳這麼說，的確沒辦法反駁……」

「拜託快點反駁啦！安慰我一下好不好！」

雪之下見她激動哭訴，冷靜地開口：

「那麼請問妳，全國番薯產量最高的都道府縣在哪裡？補充一點，第二名是茨城縣。」

「咦，耶？」

面對突如其來的考題，由比濱頓失方寸。這麼簡單的問題，連想都不用想好不好……

「妳啊，這已經是超級送分題了耶……提示還那麼明顯。」

由比濱聽了，開始認真思考。

「送分題，提示還很明顯……芋頭、茨城……啊！是千葉縣！」

「不對。我不是有提到薩摩嗎（註70）……正確答案是鹿兒島縣。順帶一提，千葉縣是第三名。」

「小雪乃妳出陷阱題，太狡猾了～」

「這題明明很單純，完全沒有陷阱……」

雪之下無奈地嘆一口氣，由比濱再度「唔唔唔～」地抗議起來。但不是我要吐槽，妳怎麼會從那個提示得出千葉縣的結論？難道妳的意思是千葉跟茨城一樣，都很像芋頭？不要瞧不起千葉好嗎？

小町看到這裡，臉上浮現戰慄。

「……結衣姐姐，妳到底是怎麼考上的？」

「這個世界是存在奇蹟跟魔法的（註71）。不過，妳的話不會有問題吧。妳可是我的妹妹，腦袋瓜一樣很靈光。雖然是個笨蛋，倒也很懂得掌握要領。」

「雖然暗捧自己很聰明的那句話太累贅，但我明白你要表達什麼。」

雪之下點點頭，對我的話沒有太大意見。只不過，太累贅是吧……不僅如此，小町也皺了皺臉，似乎不是很接受我下的評論。

「嗯——可是，『懂得掌握要領』聽起來不太像是稱讚……」

「啊～有道理。通常被別人那麼說，感覺比較像是要小聰明。」

註70 日文以「薩摩芋」稱呼蕃薯。
註71 動畫《魔法少女小圓》名臺詞。

由比濱也持相同意見。想不到她會把這點放在心上。不過，由比濱在交際手腕上，確實有兩把刷子。她擅長精妙地拿捏人與人之間的距離，所以在別人眼中看來，難免產生那樣的印象，而在背地裡被說幾句閒話。女生的社會真恐怖。

我搔搔頭，繼續動腦筋。

「好吧，我想想看其他說法……狡猾怎麼樣？」

「那不是更難聽嗎！」

由比濱大吃一驚。不過，雪之下不理會她的反應，自顧自地輕撫下顎，稍事思考，然後慎重地開口：

「或者說……陰險。」

「原來小雪乃才是大魔王……」

不知為何，由比濱換上崇拜的眼神看向雪之下。另一方面，小町則走另一條路線，裝可愛地提議：

「小惡魔也不錯☆」

「由妳自己說不太對吧！」

喔，關於這點啊，沒辦法。誰教小町的個性如此。這也算是她懂得掌握要領的範圍。由此可以得知，「懂得掌握要領」的同義詞即為——

「對了，『小町好可愛』。」

由比濱露出被打敗的表情。

「哇……妹控發言出現了……兄妹感情好是很好，但你的反應讓人有點不舒服……」

「怎麼會？就算塞進眼睛，我也一點都不會不舒服（註72）。」

「你到底多寵自己的妹妹啊！」

這一次，不只是由比濱，連另一個人都不禁倒退幾步。

「嗯……連小町聽了，都覺得不太舒服……如果只是在家裡，還沒什麼關係，不過在外面的話，可是不太ＯＫ喔。」

「在家裡沒關係是吧……」

「啊、啊哈哈哈……」

雪之下半是訝異、半是無奈，由比濱八成也一樣，傻笑了幾聲。接著她注意到什麼，倏地將手舉起。

「啊，小彩來了！嘿——這邊這邊！」

我往相同方向看去，立刻發現戶塚從遠處跑過來。

「八幡——」

「喔喔，戶塚，你來了嗎！」

我往前踏一步，準備用擁抱迎接戶塚。下一秒，他的身後衝出一隻活像山豬的生物，氣勢洶洶地直奔而來。

註72「放入眼中也不會痛」為日本諺語，代表對某人的溺愛。

「八幡──」

「啊啊……材木座，你怎麼來了……」

材木座「咻嚕嚕嚕」地調整氣息。同一時間，由比濱對戶塚打招呼。

「嗨囉，小彩！」

「嗯，嗨囉！」

多麼爽朗的招呼！打招呼果然是一件美妙的事，用「嗨囉」打招呼更是為可愛度加分！剛想到這裡，材木座也恢復呼吸，對我舉起一隻手。

「唔嗯。嗨囉，八幡！」

我收回前言。這種招呼方式果然還是很丟臉……而且，為什麼他只跟我打招呼？

「啊，喔……請問一下，是哪位把材木座找來的？」

我低聲詢問由比濱跟雪之下，她們皆露出訝異的表情。

「咦？不是你嗎？」

「我一直以為，那個人一定是由你負責……」

「不，我沒有找他……」

儘管沒得出答案，任何問題都能用「反正是材木座嘛」的理由解決，也是他的優點。另外還有一個原因，是大家純粹對他的行為沒有興趣。一言以蔽之：隨便啦，開心就好☆

「……好吧，這樣也好。反正我也打算找一天向你答謝。」

「唔嗯。不想變成禿頭的話，就別去煩惱那些小事。所以，今天出來的目的是什麼？」

經材木座詢問，小町看向雪之下跟由比濱。

「嗯……晚一點要開聖誕派對，所以要先採買食物飲料，以及交換用的禮物。沒有錯吧？」

由比濱點點頭。

「嗯。現在人都到齊了，我們趕快出發吧。」

「的確，趕快把該買的都買好。」

雪之下說完，旋即走入購物中心，我們也隨後跟上。

×　×　×

就某方面來說，送禮也是一門大學問。

要是送出不恰當的禮物，對方搞不好會認為：「喔——原來那傢伙覺得我想要這種東西」。

洞察力、品味、口袋深度……送禮物時，一個人有多少能耐，將徹徹底底地被攤在陽光下。我這麼說並不誇張——不，可能誇張了一點沒錯。嗯……但願真的太過誇張。總之，現在先做好覺悟吧。

購物中心內同樣人山人海，每個人的手上都是大包小包；聖誕歌曲一首接著一首播放，絲毫沒間斷過，各個店家也用聖誕花圈和彩色絲緞裝飾門面。放眼隨便一望，都看得出這裡的店面相當多。

「喔……這座購物中心從落成到現在，我連一次都沒來過。原來裡面有這麼多店。」

我第一次踏進內部，好奇地東看看、西看看，雪之下同樣不斷張望四周。

「裡面的空間真寬廣……再加上今天是聖誕節，人潮大量湧現，光是這樣走就開始累了……」

雪之下不僅缺乏體力，也很不喜歡擁擠的地方。我依稀從她的話語聽出絕望感。至於由比濱，則完全不是這麼回事。

「真的！超級熱鬧，一定很有趣！啊，你們看，聖誕老人！」

她沾染上歡愉的氣氛，整個人興奮起來，高興地指著發送氣球的聖誕老人，並且拉拉我的袖口。

「問你喔，你相信聖誕老人到什麼時候？」

「上小學之前，我好像相信過。」

「是喔~有點意外呢。」

由比濱訝異地張開嘴巴。但事實上，這沒有什麼好意外，我也有過一段純真的孩提時光。正當我要反駁時，小町靠過來說道：

「哥哥小時候可是超級可愛的喔～看著以前拍的照片跟影片，總會感嘆回不去了……而且，當時還沒有現在的死魚眼。」

「咦～好想看！」

小町似乎沒聽見由比濱的話。她的目光縹渺，表情也像是在追思什麼。她想必是感慨那段再也不會復返的日子吧。對、對不起喔～都怪哥哥後來變成這樣……

雪之下看著她們，泛起憐憫的微笑。

「真不曉得為什麼會變成這樣呢……時間果然是殘酷之物。」

「完全同意。一切都是時間的錯。」

「天啊，還是老樣子……」

由比濱嘆一口氣，如同在說「這個人沒救了」。嗯，這一定也是時間的錯，不可能是我的錯。

「那個人再說什麼都沒有用，那麼小雪乃呢？妳相信過聖誕老人嗎？」

經她這麼詢問，雪之下也換上縹渺的目光，喃喃說道：

「剛懂事的時候，姐姐便馬上告訴我實情……」

「喔喔，她的確是會做這種事的人……」

這樣未免太過悲慘，我跟由比濱不禁流露同情的眼神。不過，既然對方是陽乃，也只有認命的份。而且，假如她生性喜歡黏著姐姐，常把「不愧是姐姐大人」

掛在嘴邊（註73），感覺好像也不太對。

「八幡，我從一開始便沒相信過聖誕老人喔！這個世界上根本沒有神沒有佛也沒有聖誕老人跟女朋友！」

材木座高高舉起握緊的拳頭。

「好好好，我明白你的心情，但為什麼只對我一個人說……這麼重要的發現，不是應該跟大家分享？」

我們無法否認，「女朋友」的存在性之曖昧，跟神佛和聖誕老人差不了多遠。光是憑藉這點，材木座的話便有一聽的價值。

在場的人大多從小就不相信聖誕老人，由比濱有點難為情地笑起來。

「啊哈哈……大家很早就發現了呢。我一直到小學三年級都還相信～」

小町跟著發出笑聲。

「結衣姐姐，妳真是的～」

「哈哈哈，就是說啊～我小的時候，大概有點呆呆的……」

其實不只是小時候，妳到現在都還是呆頭呆腦——正想這麼說時，小町的眼睛亮了起來，堆出討人喜愛的笑容。

「不不不，聖誕老人真的存在喔！這句話是幫小町加分的。」

「出現啦——又是那個黑暗笑容！」

註73　改寫自《魔法科高中的劣等生》中的定型句。

小町不受影響，雙眼依舊閃閃發亮。

「算了吧，她那種笑容早已看過好幾百遍……倒是你們，趕快結束這個話題吧。說不定還有人相信聖誕老人……像是戶塚。」

「對喔！小彩很有可能喔！」

我往戶塚的方向瞥過去，他趕緊揮手否認。

「沒、沒有啦！我現在也不相信了。不過……我很希望聖誕老人真的存在呢。嘿嘿……」

小町無意間直視到戶塚靦腆的笑容，身體不禁後仰過去。

「好、好亮！戶塚哥哥好耀眼！」

「要、要變成光了～～～～」

連視線一隅捕捉到戶塚的材木座都痛苦得不得了。真是的，可見你們根本沒做好覺悟。這點程度的光芒，對戶塚來說只是理所當然。

「省省吧，才不會變成什麼光。我沒有辦法變成光，所以就變成戶塚的聖誕老人吧。」

「你在說什麼啊……」

雪之下撥撥頭髮，受不了地說道。啊！糟糕！本來想裝做鎮靜的樣子，一回過神，自己早已完全變成光了……

「回到正題。空間寬敞到這個程度，真會讓人毫無頭緒，要從哪裡開始看。」

雪之下一邊環顧四周，一邊說著。的確，畢竟妳是個路痴……

小町也陷入短暫的思考。

「嗯……不知道大家想買什麼樣子的禮物？」

「我想買一些小東西，或生活用品之類的……你們呢？」

材木座意外地有所反應，如此提案：

「說到聖誕節，當然要買玩具。說到玩具，當然是反斗城！」

「喔喔。他們的廣告歌詞很不錯，超有共鳴。」

「是怎麼唱的？」

既然戶塚問了，我便試著哼幾句。嗯……印象中是這樣唱的……

「好想當個小～孩子，哼～哼哼哼，哼～哼哼？等等，好像不對。是喵嗎？喵～喵喵～我才不想當什麼大人～真不想工作……」

才哼個幾句，現場氣氛便好像沉重下來。咦，奇怪，他們的廣告歌有這麼陰沉嗎？戶塚也抱持相同的疑惑，臉上的笑容有些僵住。

「是、是那樣唱的嗎……幾乎沒有唱幾句，只有最後記得特別清楚，也滿厲害的呢……啊，不過那邊剛好有一家玩具反斗城。」

「唔嗯，那麼就進去吧。」

「喔，好啊。我開始興奮起來了。」

男生們顯得興致勃勃，由比濱則毫不保留地表現出厭惡。

「咦～～你們說真的嗎？」

小町拉起她的手，安撫道：

「好嘛好嘛～裡面說不定有派對道具，逛一下也不錯啊～」

「嗯，妳這樣說也很有道理。不知道這裡有沒有彩炮。」

雪之下思考一下，也點點頭。戶塚跟著贊成。

「嗯，進去找找看吧。」

於是，一行人跟在戶塚的後面，走進玩具反斗城。

……話說回來，雪之下竟然想到要買彩炮，可見她多麼期待之後的聖誕派對……好啦，這也是好事一件。

× × ×

反斗城內經過特別布置，散發濃厚的聖誕節氣氛；再加上玩具專賣店特有的夢幻感，這裡儼然成為夢與魔法的小小國度。先前一副興趣缺缺的由比濱，看見眼前的景象，也發出驚喜的歡呼。

玩具專賣店果然能夠讓大家重拾童心。我真心誠意地想著：真不想當什麼大人，真不想工作……

一行人在充滿歡樂的空間中閒逛，途中發現一個熟悉的人影。對方正蹲在塑膠模型的商品架前。

是平塚老師。

我不禁「嗚」地哀鳴一聲，平塚老師察覺到動靜，轉過來開口。

「嗯？比企谷……」

「平、平塚老師……」

「啊，是老師。」

「喔，你們是一起的嗎？」

跟在後面的由比濱等人，也注意到平塚老師。

「老師在這個地方，請問有什麼事嗎？」

「嗯，這個嘛……是工作。」

不不不，這一聽就知道是說謊……妳不但回答得結結巴巴，而且店內的暖氣不強，卻還是滿頭大汗。儘管如此，由比濱用孩子般的純真眼神，看著她說道：

「是喔——老師真辛苦。難得的聖誕節耶……」

「嗚！唔……是、是啊。總之，就是工作……這也屬於學生輔導的一環。要是有學生放寒假玩得太過頭，惹出什麼問題，我們也會很麻煩。哎呀——真是受不了——都是工作的關係，連自己的時間都沒了～看來在不久之後，連晚餐話題都會被工作玷汙～啊、哈、哈、哈……」

「老師的眼神，一點也沒在笑……」

平塚老師發出空虛的乾笑，戶塚對她露出畏怯的眼神。笑聲持續一陣子後，老師的心中似乎頓悟什麼，突然恢復冷靜。

「……總之，我是來工作的。你們呢？」

「我們等一下要開聖誕派對，所以先來這裡買東西。啊，對了，平塚老師方便的話，要不要參加？」

面對由比濱的邀請，老師盤起雙臂，閉目思考。

「嗯……你們到時候玩得太瘋也不好，我就當個不速之客吧。反正今天也沒什麼計畫……」

小町聽到最後那句嘟噥，露出疑惑的表情。

「說好的工作呢……」

「小町，不要問，識相一點。」

我輕輕攀住小町的肩膀制止她。好在平塚老師沒有聽見，自個兒喜孜孜地物色起附近的商品架。

「決定之後，心情立刻好多了！比企谷，快看！這裡有好多好玩的玩具喔！」

雪之下望著平塚老師，兀自低喃：

「一下子變得真有精神……」

「大概完全看開了吧……」

也罷。能夠快速調適心情也很好，對吧！我決定正面看待這樣的平塚老師。她本人從架上拿出一個又一個的商品，開心地對我說：

「比企谷，迷你四驅車怎麼樣？長大後再來玩，可是會迷上的喔！其他還有彈珠超人、HYPER YO-YO、戰鬥陀螺……不過，我終究還是變形金剛派——不對，機獸系列也很難割捨……哎呀，還有卡牌遊戲。怎麼能忘了這個？」

老師列舉的一大串名字，比較打動我們男生的內心，所以材木座很快便上鉤。

「唔嗯。由 Movic 發行的 Precious Memories 卡牌收錄大量燙金簽名卡和全新插畫，現正熱賣中！」

「幹麼突然幫忙打廣告……」

由於材木座表演得有模有樣，我一下不知該做何感想。戶塚倒是點頭表達同感。

「不過，卡牌真的很好玩，我以前也常常玩……大家要遵守規則，快樂地決鬥喔！」

「你還不夠飢渴（註74）！不過，男生就是要玩超合金！變成光吧（註75）——」

「喂，別鬧了。聽到你那樣叫，連我都開始想要了……」

由於材木座喊得太帥氣，我也忍不住把身體往前傾，端詳起商品架上的玩具。

至於女生組，她們只是待在幾步之外，冷冷地看過來。

註74 卡牌遊戲《決鬥大師》角色佐佐木小次郎的口頭禪。動畫配音員與材木座義輝為同一人。

註75 出自機器人「超合金魂」系列動畫《勇者王》獅子王凱之臺詞。獅子王凱配音員與材木座義輝為同一人。

「唉……男生就是喜歡那些東西。」

「因為男生都是長不大的小孩嘛。」

由比濱無奈地低喃，小町在一旁緩頰。

「為什麼平塚老師也跟他們待在一起……」

儘管雪之下感到不解，這並不是什麼稀奇的事。要知道，她可是平塚老師。這個世界上，根本不存在什麼稀奇的事。

我們幾個男生外加平塚老師，繼續物色架子上的商品。這時，戶塚拉了拉我大衣的袖子（好可愛）。

「啊，八幡你看，這邊有好多鋼普拉！」

戶塚看著的地方，塞滿鋼彈的模型玩具。

「喔，還真的。你喜歡鋼普拉？」

總覺得這跟我平常對他的印象有些出入。戶塚的外表不需我多贅述，再加上他參加的是運動型社團，照理來說，應該不會對這類東西有興趣。

他聽到我這麼問，把視線垂到地上，不好意思地低語：

「……嗯，喜歡。」

「……我、我也喜翻！」

「咦？」

他一時反應不過來，愣愣地看著我。哎呀，糟糕糟糕，荷爾蒙一不小心便失去控制。得趕快糾正說法才行。

「啊，抱歉，我不是那個意思。剛才沒有聽清楚，才脫口說出那麼奇怪的話。不好意思，可以請你再對我說五次嗎？」

「八幡！等一下！」

好在材木座及時抓住我的肩膀予以制止，我才再次回過神。

太、太危險了！先前戶塚微微紅起臉頰別開視線一副不好意思開口的害羞模樣固然不在話下，他現在輕輕把頭歪向一邊睜圓眼睛而且純真無瑕的臉上夾雜困惑與訝異由於實在太可愛，結果又不小心脫口說出奇怪的話。我用眼神向材木座表達謝意，卻見他操作起手機，推一下眼鏡說道：

「我立刻準備錄音工具，你負責爭取時間！」

「喔喔，交給我！」

材木座真是太可靠了！要是換做我，根本想不到把戶塚的聲音錄下來早上聽晚上聽天天聽一直聽甚至設成鬧鐘！這個傢伙未免也太噁心。可是我喜歡！但絕對不可以散布出去！只能我自己獨占！

我努力尋找話題爭取時間時，被小町的嘆氣聲打斷。嘖，作戰失敗！

「天啊，這兩個人太差勁了吧——不過，哥哥以前也很常玩這些東西呢。」

她拿起一盒鋼普拉模型，這麼說道。

「是啊，而且常常被妳弄壞……沒辦法，誰教這是長子的宿命。」

不是我要說，家中有弟弟妹妹的人，幾乎都經歷過辛苦做好的模型被玩壞的傷痛。除此之外，遊戲記錄檔也很容易損壞。不小心踢到主機，導致冒險之書消失早已是家常便飯，有時候為了重複欣賞某個場景，特別另外存的記錄檔，也會遭遇「人家想重新開始玩，不小心消掉了☆」的命運，讓我默默地流下幾滴眼淚。

不堪回首的往事歷歷在目，好在戶塚甜美的聲音把我拉了回來。

「八幡玩過模型嗎？我也玩過喔。因為我爸爸同樣喜歡模型。」

「是喔，有點想不到呢。」

本來以為，他肯定從小便被教育得既端莊又有氣質，所以會受到岳父——說錯了，是父親的影響這一點，教我有些意外。

戶塚聽了，捂住嘴角輕笑起來。

「呵呵，是嗎？再說，我同樣是男生喔。」

他把頭一偏，拉近兩人之間的距離，從下方打量過來。這舉動簡直是在試探我，我一時發不出聲音。接著，材木座同樣轉來盯著我看。你幹麼啦？

「沒錯！八幡，他長得這麼可愛，怎麼可能是女的！」

「嗚！沒錯，戶塚當然是男生……可惡……」

平塚老師見我們有一搭沒一搭地瞎扯，靠過來拿起一盒ＭＧ鋼彈仔細研究。

「是鋼普拉啊。聽說最近女生也開始玩這些東西……說不定到了將來，玩模型也會成為吸引異性的要素。」

「真的嗎？小町好像也有點興趣了……琪拉拉☆（註76）」

小町的雙眼亮起來，平塚老師泛起挑釁的笑意。

「喔？比企谷妹，要不要跟我來場鋼普拉對決？」

兩人之間爆出火花，然後不知為何，雪之下也往前站了一步。

「既然要比賽，便沒有輸的道理。」

「平常明明沒什麼幹勁，一聽到比賽，精神馬上就來。這個人也太好勝……」

話說回來，鋼普拉對決是要怎麼對決……比誰做的模型完成度比較高？儘管心中納悶，小町似乎根本不在乎誰輸誰贏，只是空有消耗不完的精力。她揚起得意的笑容，指向平塚老師與雪之下。

「呵呵呵，沒問題！小町接受挑戰！贏過小町的話……可以得到哥哥當作獎品！」

「喔——」

平塚老師看著小町的目光轉趨銳利。不妙，她是認真的！

「……等等，我說小町？不要說得那麼好聽，其實只是想把我這個麻煩掃出家門好不好？先說好，那種——」

「不行不行！絕對不可以！」

我還沒說完，便被由比濱打斷。見她那麼著急，我不禁把視線移過去。

註76《鋼彈創鬥者》角色琪拉拉的口頭禪。配音與小町為同一人。

「喔，這樣……的、的確不太好……」

「啊……應、應該說……」

我們對上視線，隨即把臉別開。

「……」

「……」

然後，再也沒有人開口。這是什麼情況，感覺超想死的……小町也察覺到異樣，來回打量我跟由比濱。

「喔？喔？這種過去從沒出現過的氣氛，該不會是……」

她的眼睛越來越亮。討厭啦～不要那樣看著哥哥好不好──這時，在遠處當觀眾的材木座興趣缺缺地出聲。

「八幡──你們到底夠了沒？我想要選鋼普拉的說──」

「咦？啊，對喔。我也過去看看。」

我急忙走向材木座的方向。離去時，背後傳來小町的咂舌聲。

「嘖，那個中二……竟然在氣氛正好的時候攪局……」

「呵，看來比賽得延期了。那麼，我們也到處看看吧。」

平塚老師說道。於是，大家在反斗城內物色起各自的東西。

材木座跟戶塚正在看鋼普拉，我站到他們身旁，嘆一口氣。

「累死了……」

「啊，八幡，你要不要也選一些什麼？」

戶塚注意到我出現，轉過頭來開口。

「我不太熟最近的模型，買回去大概也組不起來……」

「不用擔心。要怎麼組鋼普拉，每個人都能自由發揮創意！」

戶塚熱切地說著，眼神閃閃發亮。他的笑臉好耀眼……

「被你這麼一說，我突然好想組一臺……那麼，選這個吧……」

我比較好幾種模型，選出最順眼的一個。材木座見到我挑的模型，重重地嘆一口氣。

「唉——你確定要選那個？真的不會後悔？」

「怎、怎麼了？不行嗎？」

我不解地看向材木座，但他的回答跟沒有回答一樣。

「其實……也不是不行。真的要的話我不會勉強……可是啊……」

「煩死了……所以說你們這些宅……夠了，就決定是這個。我要靠這臺機體……成為超級駕駛員（註77）！」

材木座見我下定決心，跟著擺出帥氣的表情。

「呵，有趣。既然如此，我就用這架在暴風雨中閃耀（註78）的機體，加倍奉

註77　暗指《機動戰士鋼彈AGE》中的角色阿西姆亞斯諾。配音與八幡為同一人。

註78「在暴風雨中閃耀」為動畫《機動戰士鋼彈08MS小隊》主題曲。

還——」

兩個人大眼瞪小眼，嘴角揚起不懷好意的笑容。下一秒，由比濱拍幾下手，過來打斷我們的對峙。

「好，停——現在挑的禮物到時候不知道會被誰拿到，所以請你們重新考慮。」

「唔，有道理……」

我跟材木座乖乖地把原本選的模型放回架上。按照由比濱的說法，得挑選一般人比較容易接受的鋼普拉——我得出這個結論，準備拿起另一盒模型時，再度被她制止。

「停，重選——一個人只能挑一件禮物！」

「妳是我的老媽喔……」

小町站在遠處，觀望我們男生這邊的慘況。她「嗯～～」地思考半晌，敲一下掌心開口：

「繼續在這裡陪他們挑東西，可能會沒有時間買其他禮物。從現在起，改成自由行動如何？」

「嗯，這樣也好。」

戶塚表達贊成，由比濱也舉手同意。

「沒問題——那麼大家買完後，到蛋糕店前面集合！」

「知道了，那麼晚點見。」

雪之下說完，所有人各自散開。

……接下來，我也該挑禮物了。

× × ×

我走出玩具反斗城，在購物中心內漫無目的地閒逛。雖然這裡聚集各式各樣的店家，經過店門口看向裡面，始終沒看到中意的商品。而且我不過看個一眼，店員立刻走過來推銷，我只好趕快逃走。

好不容易找到一間店員不會主動推銷的百貨用品店，我在裡面看了半天，還是完全不知道該選什麼。

「唉，送別人的禮物真難挑……更何況是送給不特定對象……不管送給什麼人，都不會變成累贅，還必須有一定的實用性，這也太難了吧……」

我一邊自言自語（特技），一邊整理思緒。這時，後方出現一個人影。

「哼哼哼，好像很煩惱的樣子呢──」

「喔，是妳啊，小町。我現在是很煩惱沒錯。」

我轉過頭，看見小町擺出很了不起的樣子，豎起手指說：

「這種時候，最好選擇消耗品喔。」

「消耗品？」

什麼玩意兒？喔咿喔咿？那是消防車。小町見我聽不懂，補充：

「嗯，不留下形體的東西比較沒有負擔，要丟掉也很簡單。」

「是、是喔……以丟掉為前提是嗎……」

這個人說的話亂可怕一把……不過，我大致上也有概念了。簡單說來，要選擇會逐漸消耗、使用後會減少的東西，例如點心、茶葉、日用品等。這些東西都如小町所說，可以輕鬆地處理掉。

小町繼續說下去。

「飾品之類穿戴在身上的東西，感覺好像貴重了點。」

「好恐怖……我的妹妹對我露出女性的一面……總之，我找找看。」

「嗯，加油囉。晚點見！」

「瞭解。」

她大概已經找到目標，跟我道別後，隨即把我丟下，跑了出去。我稍微舉起手，目送她離開，接著搔搔頭。

「戴在身上的東西太貴重，是吧……也對，有道理。」

禮物太有價值的話，收的一方想必也很頭痛。

「好啦，該認真了。能讓戶塚高興的禮物，能讓戶塚高興的禮物——」

我打起精神，走進附近的一家店。

× × ×

這家店在人潮擁擠的購物中心內，顯得相對清閒。我走進來，又是一陣東看看、西看看。

這裡賣的同樣是生活百貨，架上陳列擺飾、小物、餐具等五花八門的商品，以種類來說，絕對能讓人滿意。

不過，可以選擇的項目一多，反而會不知從何下手。此乃人之常情。現在的我正處於這樣的困境。

「唉……該買什麼好呢……從剛剛看到現在，完全不知道有什麼適合的……」

我自顧自地碎碎念。架子另一邊的人聽到，對這裡開口：

「啊，自閉男。你也來生活用品店挑禮物？」

「嗯？是由比濱啊。我也是來挑禮物的沒錯，只是不知道究竟哪些東西算生活用品。」

我把手中某種帶有濃濃亞洲風、用途不明的玩意兒放回架上。由比濱看了，露出苦笑，走到我身旁。

「是啊。感覺什麼東西都可以送，所以才不知道該怎麼選……」

「什麼東西都能送反而很危險吧。選擇定義因人而異的東西當禮物，八成不會有好下場。」

不只是禮物，尚未建立共識的事物同樣是紛爭的火種。這種時候，我們更需要建立 grand design 的 consensus 之雙贏關係 innovation——哇！我好像變成菁英惹～

「不用想得那麼複雜，心意才是最重要的。知道有人把自己放在心上，不是一件高興的事嗎……所以才說，什麼東西都可以送。」

由比濱戳著食指，將內心的想法說出口。的確，我是可以理解「心意最重要」的道理。

只不過，無法傳達的心意和話語，究竟擁有多大的價值？再說，我也不認為只要有心意，什麼都可以被接受。

我輕嘆一口氣。

「什麼都可以，反而最難做決定……像是妳收到鋼普拉模型的話，也會不知道該怎麼辦吧？」

由比濱被我這麼問，眨了好幾下眼睛，偷偷別開視線。

「嗯……我嗎……可能，會有一點……擔心，對方認為自己是什麼樣的人……」

「沒錯吧？讓收禮的人產生其他遐想，並非送禮物的本意。因此，不論送禮的人願不願意，都得認真挑選禮物。」

要是對方收到禮物後，短暫沉默幾秒鐘，才勉強擠出笑容說謝謝，一定很想死了算了。我想像著這般情景，懷著陰鬱的心情在架上翻找。這時，由比濱忽然展露笑容。

「你老是在奇怪的地方認真……那麼，我也認真一點挑禮物好了。」

「對，最好認真些。妳可不曉得禮物會落到誰手上。」

「是啊。」

我們不斷地拿起餐具或一些小東西，看個幾眼再放回架上。經過一會兒，由比濱不太好意思地開口。

「……不過，真希望禮物能讓你拿到。之前，你送我生日禮物，我都還沒有好好回禮……」

「啊？」

我想了幾秒，才明白她指的是什麼——由比濱生日時，我送了一份禮物。雖然感覺隔了好長一段時間，事實上，那也不過是半年前的事。更何況，我不過是利用她過生日的機會，用那份禮物將自己會錯意造成的感傷歸零罷了。

「喔——但我送禮物不是那個意思，妳不用放在心上。我本來便打算將那份禮物當作謝禮。一直這樣回來回去，只會沒完沒了。」

我恐怕也是為了自己，才說出這套理論。現在的我想不出其他理論，所以只能這樣告訴她。

由比濱沒有看過來，低聲喃道：

「我覺得，一直這樣下去，也沒關係……」

這番不經意的話，揪住我的內心。

「……或許吧。」

「……嗯。」

接著，兩人再也不作聲。

我完全無從想像，「永不結束的關係」會是什麼樣子。那大概屬於夢想、幻想、理想，不可能發生在真實世界。

越是美麗的事物，越是帶來痛苦。我不知道該如何回應由比濱的話。

後來，是她先露出開朗的笑容，打破沉默。

「啊，突然想起來，小雪乃的生日快到了。」

「對喔，好像有印象。」

我不知道確切日期，只記得是在冬天。由比濱繼續拿起架上商品，看一眼又放回去，重複不知多少遍後，忽然看過來一眼。

「我生日的時候，你跟小雪乃，一起去買禮物，對不對？」

「嗯，還有小町。」

「這樣啊——」

她發出興趣缺缺的聲音，將手上的東西放回原位，就那樣盯著架子不動。

「那麼，你也陪、陪我，去買東西……好不好……」

我隨著她的視線方向看去，隨意拿起她先前把玩過的物品。

如果是為了買東西，我沒有什麼好拒絕。畢竟有跟雪之下外出的前例在先，由比濱現在提出的目的也很明確。

忘記是什麼時候，我們約好要一起外出。她現在提的，應該不是當時的約定，想得輕鬆一些也沒什麼關係。

我暗自吐一口氣，抬起頭回答：

「嗯……買東西啊……只是買東西的話，我隨時都可以。」

「嗯……」

由比濱簡短應聲，不太滿意地將臉別開。這時，她在另一個方向發現雪之下。對方大概也是來這裡挑禮物。

「啊，是小雪乃。這件事留到下次再說吧！喂——小雪乃——」

她一口氣說完，隨即跑去找雪之下。

「哎呀，由比濱同學跟比企谷同學。」

雪之下轉過頭，由比濱把手搭到她的肩上。

「小雪乃，妳決定好要買什麼了嗎？」

「還沒。雖然小町提供了許多建議……」

喔……原來她跟小町一起行動。

「可是，我沒看到小町……」

「她在那邊。」

我順著雪之下指的方向看去，果然發現小町……等等，她的樣子不太尋常。

「看到了看到了。喂——小町……妳在做什麼啊？」

她整個人陷在超大型懶骨頭內，失去任何反應，腦袋也完全放空，雙眼盯著一片虛無。直到我出聲呼喚，她才猛然回神。

「啊，哥哥。這個沙發很棒喔！躺下去會立刻變成廢人！哇～好厲害，感覺真的會變廢——啊，糟糕，身體好像……」

小町的身體越沉越深。這就是專門生產廢人的懶骨頭威力……

「咦，有那麼厲害？突然好有興趣。」

我也有點躍躍欲試，腦中開始評估乾脆跟小町躺在上面睡午覺的可能性，搖搖晃晃地準備踏出一步——之時，某個聲音制止了我。

「哎呀，比企谷同學，你已經是個十足的廢人，應該不需要懶骨頭了吧？」

回頭一看，雪之下的臉上掛著笑容。

「別那樣對我笑。難道妳沒聽說過，負負可是會得正？」

「負加負只會負更多。國中數學老師沒教過你嗎？」

「等等，妳要反向思考。讓每個人都有一顆懶骨頭，通通變成廢人不也是個方法？想想看，大家都是廢人的話，廢人便不存在了。」

雪之下聽到這裡，大大地嘆一口氣。

「你還是那套要爛大家一起爛的想法……我看你最好別靠近那種沙發。」

小町聽著我們沒什麼營養的對話，接著勉強爬起身。

「呼……嘿～咻。沒有錯，哥哥真正想要的，是讓別人包養。對小町來說，跟買這個廢人沙發比起來，有個把哥哥寵成廢人的妻子更好♪瞄～」

「咦！那、那個……人家……」

從剛剛到現在，由比濱淨是陪在一旁苦笑，聽到小町這句話，才嚇了一跳，張開嘴想說什麼，卻又遲遲擠不出話。好險……不論她說出什麼，我都只會恨不得去死算了……另一方面，雪之下則是對小町的視線一笑置之。

「非常遺憾，妳的願望恐怕不可能實現。這個對比企谷同學來說，實在太困難。」

「咦～是喔～小町好失望～人家還希望趕快交棒的說……」

我說，小町妹妹，最近妳恨不得趕快把哥哥處理掉的念頭，是不是太過強烈？要離開哥哥，晚一點也不嫌遲喔！

雖然很感謝雪之下對小町做的球四兩撥千斤，我還是不太同意那番話。

「等一下，不要隨便破壞別人的夢想好嗎？」

雪之下換上冰冷的眼神，將視線移過來。

「你每次嘴巴上那麼說，身體還不是會老實去做。」

「對對對，我能體會。就算他天天抱怨，最後還是會好好工作。」

由比濱也點頭同意。接著，小町轉過來對我說：

「聽到了嗎，哥哥？」

我的腦中不禁產生恐怖的想像。

「老實說，連我自己都覺得很有可能……搞不好公司只給香蕉，就把我當十個人用，我也只會咒罵老闆幾句，然後繼續乖乖工作，看到加班費或什麼的加一加也還過得去，便越來越習慣那樣的日子，最後終於看開一切，產生『呵，這樣的人生也不賴』的念頭，從此過著幸福快樂的健全社畜人生……想到這裡，我便擔心得不得了……前途多難啊……」

「你的想像意外地真實……」

「只不過，擔心的點不太對……」

由比濱跟雪之下露出快受不了的表情。夢想跟希望果然不可能存在（註79）。

「正因為如此，我才希望多少抓住一個夢想。我要成為，家庭主夫……」

「你的想像力明明很豐富，得出的結論卻總是那麼差勁。這點我一直覺得不可思議……」

雪之下重重地嘆一口氣。

「哎呀，兩位想必也很瞭解哥哥就是這種個性，所以建議不要抱持太高的期待。」

小町插進來緩頰，但是一點也沒幫到我。

「是啊，早就死心了。」

「啊、啊哈哈哈……已、已經沒救了呢～」

雪之下跟由比濱說得很直接，唯有小町笑咪咪地盯著我看。

註79 出自漫畫《食夢者瑪莉》之臺詞。

「她們是這麼說的喔。太好了，哥哥！」

「等一下，這到底哪裡好？她們可是說我已經沒救，對我死心了耶。」

自己簡直廢到一種極致。若以打工來形容，大概等於別人死心到告訴自己：「唉……好，夠了，你什麼都不用再做」。然而，小町依舊掛著笑容，似乎不這麼認為。

「嗯？是嗎？小町倒覺得是好事……呵呵，沒關係。總之，這個沙發不需要了對吧。」

「嗯。用不著這種懶骨頭，家裡已經有個毛茸茸的類似東西。」

小町聽我這麼說，馬上點頭表示理解。

「喔～小雪嗎？不過，牠看到這個東西，應該會很高興，說不定還會一整天窩在上面。」

沒錯沒錯，非常有可能。為什麼貓總是動不動就想霸占沙發或棉被？而且，會這麼做的還不只是貓。由比濱同樣想到什麼，敲一下掌心。

「對耶──家裡的酥餅應該也喜歡在上面跳來跳去！我也買一個好了！」

「算了吧，牠八成只會陷進去……然後我家的貓窩在上面，同樣會爬不起來。」

這一刻，雪之下突然停止動作。

「……貓，窩在上面……好可愛的貓。」

她、她是不是說了什麼超冷的笑話（註80）……不對，她說得那麼小聲，搞不好是自己聽錯。我看向雪之下，她已經換上認真的表情，同樣看著這裡。

「比企谷同學，後來想想，你還是買一個回去比較好。寵物也是家庭的一分子，如果你重視跟家人共度聖誕節，便應該為牠準備一份禮物。」

「不要露出那種得意的笑容，像是在說『我的理論超完美』好不好？妳的說法可是跟蜂窩一樣漏洞百出……」

我懂了，因為是跟蜂窩一樣漏洞百出的理論，才要那樣笑（註81）對吧……正當我想著該如何婉拒她的提議，小町拉拉我的袖子幫腔：

「啊，哥哥快看，這邊也有比較小的沙發，感覺很不錯喔。」

我看向小町說的地方，發現縮小版的懶骨頭。雪之下輕輕摸幾下，滿意地點頭。

「這個大小對貓也很足夠。如何，比企谷同學？」

「判斷標準已經完全變成貓囉……我考慮看看。先去其他地方啦。」

要是再耗下去，真的很有可能被說服買一個懶骨頭給家貓，於是我趕緊蒙混過去。接下來，大家也各自準備去其他地方。

「嗯。那麼，待會兒見。」

我在她們的目送下，離開此處。

註80　貓窩在上面之原文為「猫が寝ころんだら」。「猫」與「寝こ」二處發音相同。

註81　此處笑容之原文為「はにかむ」，發音與蜂窩（ハニカム）相同。

×　×　×

買好交換用的禮物，以及其他一些東西後，我動身前往蛋糕店，跟其他人會合。我拎好裝著禮物的紙袋，確認時間。

「呼……不管怎麼樣，至少有買到禮物……集合地點就在附近，沒有什麼問題。時間也快要到了……」

大家也差不多要出現，於是我待在原地等待，順便把玩一下手機。這時，某種類似大夜班超商店員的慵懶聲音傳入耳中。

「光臨～光臨～～」

「嗯？這煩人的聲音有點耳熟……」

我用「你很煩耶」的眼神瞥一眼聲音來向。原來是有人打扮成聖誕老人，在店門口有氣無力地叫賣蛋糕。

「光臨～～光臨～～～」

雖然對方煩得要命，既然這裡是集合地點，我也沒辦法離開。我盡可能不去注意他的聲音，但因為實在太煩，最後還是忍不住看了一眼。結果，我跟聖誕老人就這麼對上視線。

「……啊。嗯？那不是比企鵝嗎？」

聖誕老人一派輕鬆地叫出我的名字。喔喔，什麼嘛，原來是戶部。難怪從剛剛就一直覺得怎麼那麼煩。

「喔，嚇我一跳。原來是你……突然那樣開口搭話，害我以為是朋友……」

戶部那副跟我很熟的模樣，讓我有點受不了。他本人倒是完全不在意，自顧自地說下去。

「哇──竟然在這種地方碰到，也太巧了吧！我正在這家蛋糕店打工，超閒的～」

「喔，難怪你打扮成聖誕老人……等等，打工中卻很閒，不是很奇怪嗎？」

「因為沒有客人啊～～超閒的～」

戶部扯扯髮際，有氣無力地說著。但就算他很無聊，我也沒辦法陪他打發時間，頂多興趣缺缺地應個幾聲。

「是喔。」

「對啊～」

「喔……」

「真的啦～閒到爆了。」

「這樣啊……」

對話進行至此，戶部終於明白再這樣下去，也不會有什麼新意。他略顯尷尬地頓了一下。

「……嗯……對了，你來這裡做什麼？」

見他硬是想辦法找話題，我不禁感到有點對不起他。

「沒做什麼，只是來買東西。」

既然對方抛出問題，我便應該好好回答。這是最基本的禮節。戶部似乎從我的回答發現話題，開心地把身體湊過來。

「買東西？來買什麼東西，快點告訴我！不過，你也會出來買東西啊……真想不到呢～」

等等，我好歹也是人，當然會出來買東西……不然你把我當成什麼……

這下是該怎麼辦？我實在不覺得對話進行得下去，自己也沒有什麼能跟他聊的話題……我為此傷腦筋時，有個人在附近停下腳步。

「比企谷同學，你在做什麼？」

「是妳啊，雪之下。我剛好遇到戶部。」

已經快到集合時間，雪之下也出現在約定的地點。她聽到戶部的名字，將頭偏向一邊，浮現疑惑的表情。喂喂喂，就是那個戶部啊。有什麼好訝異，難道妳不認識？

至於戶部，他同樣歪起頭，用更加訝異的神情，來回打量我跟雪之下。

「嗯？欸？雪之下？你們怎麼會一起出來買東西……啊！喔～～」

「喂，中間那段空白是什麼意思？難道有什麼新發現……」

他不待我開口，逕自在腦中得出結論，一副了然於心的樣子，盯著我們猛瞧。

雪之下受不了他好奇的視線，不舒服地扭動身體。

「……你好像誤會了什麼。事情不是，你想的那樣……」

她前面說得很認真，還用力瞪回去，後面卻漸漸無力，話音通通糊成一團，根本聽不懂。戶部不把她的話聽完，過來拍拍我的肩膀。

「哎──呀～這種事情說一聲就好了嘛～那天在得士尼樂園，我們一定會超識相的～」

「不，真的不是那樣……」

我大概察覺出戶部想成什麼樣子，於是趕緊否認。不過，他還是沒聽進去。

雪之下開始不高興。

「……我可以離開了沒？」

「嗯？喔，可以啊。但不是妳先搭話的？」

我藉此詢問雪之下是否還有其他事，她突然閉上嘴巴，把臉別到一邊，才嘟噥：

「……的確……因為戶部同學穿著聖誕老人裝，我沒有認出來，才……」

雪之下說到一半，聲音便消失。在她的視線前方，由比濱走了過來。由比濱發現我們，朝這裡揮手示意。

「自閉男、小雪乃，你們在做什麼──啊，是戶部。」

她同樣看到我身旁的戶部，戶部也露出驚訝的表情。

「咦，什麼？妳也一起來……喔～喔～～」

「所以說，你到底想到哪裡去……」

戶部拉了拉髮際，用力拍一下額頭。

「啊～～什麼嘛！比企鵝你也太爽，竟然跟兩個女生出來逛街！爽人！現實充！現充鵝！決定以後就叫你現充鵝！」

「我聽不懂你在說什麼，而且我本來就不叫比企鵝。」

不用說，他當然還是沒有聽進去，只是自顧自地低聲碎念。這時，由比濱對他開口。

「戶部，你在打工嗎？我們是來這裡買聖誕趴用的東西。」

「喔～什麼嘛……」

他這才瞭解狀況，連連點頭。接著，戶塚跟小町也在集合時間準時抵達。

「啊，是戶部同學。」

「哇──好久不見！」

戶部一連見到幾個熟面孔，開始提起精神，高高地比出 rock 手勢。

「喔──戶塚跟比企鵝的妹妹！喂──」

「那是什麼招呼方式，煩死了。」

「啊、啊哈哈……因為人家是戶部嘛……」

由比濱一副「真拿他沒辦法」的樣子，雪之下也盯著他看。

「是不是哪個部落的問候方式……完全不知道在講什麼。」

「對吧，根本聽不懂。」

我白一眼戶部，但他絲毫不放在心上。

「聖誕快樂～喂——」

「喂，別又開始吠……」

話還沒說完，小町也用相同方式對他打招呼。

「喂——聖誕快樂！」

戶塚見小町表現得那麼自然，猶豫了一下，決定加入他們的行列。

「ㄨ……喂——」

「喂——」

「咦！為什麼連你也開始？」

啊！糟糕！竟然下意識地跟著喊了……不、不過，如果是跟戶塚或小町一起，好像還滿ＯＫ的。

戶塚見那麼多人回應自己的招呼，開心地環視大家。

「喔喔，人多果然會 high 起來——咦，等等，怎麼連宅木座都在？宅木座，喂——」

宅木座是誰啊……喔，我知道了，他是在叫材木座。那傢伙是什麼時候出現的？戶部能夠注意到他，真不簡單。我看向材木座，他冷不防地被對方搭話，正顯得不知所措。

「喂？喂喂？喂喂喂——」

「嘖，喜歡喂來喂去的果然都該去死。」

「哥哥，反應太露骨囉。」

小町啊，雖然妳這麼說，也改變不了很煩的事實。這股煩躁感的來源，材木座同樣摸不著頭緒，不停地自言自語。

「喂、喂、eight……eight man？用日文來說，就是八幡？」

「嗯？」

「那個男的是誰？叫什麼名字？何方神聖？」

「喔，他是跟我同班的戶部。雖然很煩，基本上是個好人。只是真的很煩。」

我簡潔扼要地介紹，材木座也連連點頭。

「有道理有道理，那個人的確滿煩的。尤其是他的嗓門跟長頭髮，還喜歡跟我裝熟。」

「你知道你在打自己的臉嗎……」

以上幾點放在你身上，也通通吻合喔……

「話說回來，為什麼他知道我的名字？還取了什麼代號……啊！難不成是組織派來的！」

「嗯，他的確跟你不一樣，有自己所屬的組織，所以算組織分子沒錯。」

「沒錯沒錯，從來沒有組織願意收留我——喂喂喂！八幡，你在說什麼啊！」

材木座說到一半，突然敲一下我的胸口。這是先裝傻後吐槽嗎？

「我看，果然還是你比較煩……」

這樣想想，我越來越覺得戶部的聒噪沒有什麼。至於戶部本人，他好像想到什麼事，開口說道：

「所以結衣，你們要開聖誕趴？」

「嗯，沒錯。」

「那那那，要不要買個蛋糕？這是一個學長家開的店，他找我來幫忙，我賣不完的話就慘了——」

「嗯——蛋糕嗎……要不要買呢……」

由比濱猶豫到一半，外面冷不防地傳來一陣巨大吆喝，響徹整座購物中心。

「你們的對話我都聽見了！」

「咦？平塚老師？」

室內明明沒有風，老師的大衣卻不停翻飛。她一登場，戶部頓時傻住。接著，平塚老師踩著響亮的高跟鞋聲，走到戶部面前。

「蛋糕賣不出去，讓你很困擾是吧？」

「是啊，超頭痛的——」

戶部看向堆積如山的聖誕蛋糕，平塚老師跟著看過去，隨即大力頷首，換上溫柔的眼神。

「我知道了……全部由我包下吧……沒人要的心情，是很寂寞的。」

「請等一下，不要對蛋糕產生移情作用好不好？」

「戶部，那句話不要當真喔。」

由比濱擔心老師真的買下所有蛋糕，趕緊出言提醒。

「全部買下來的話，我們也吃不完。」

「但是，如果我們只買一個，同樣無濟於事。」

戶部聽了小町跟雪之下的話，整個人消沉下來，向我們求救。

「可是，萬一真的賣不完，學長一定會暴怒啦——這個叫做什麼？職權騷擾？所以，能不能幫忙想點辦法？」

聽到這裡，戶塚詢問：

「想辦法幫你把蛋糕賣完嗎？」

「不過，我們現在也幫不上什麼忙吧。」

我剛這麼想，由比濱隨即神采奕奕地舉手。

「我想到了！」

「來，由比濱請說。」

「打折！」

「好辦法！」

這個方法簡單明確，戶部也點頭贊成。緊接著，材木座也想到什麼點子，信心滿滿地清了清喉嚨。

「咳嗯。用特典讓顧客覺得物超所值！只要附上本人寫的小說——」

「不可能！」

戶部高舉起雙手，那模樣之誇張，跟美國人沒什麼兩樣。雖然我看得有點煩躁，不過在戶塚認真思考的神情下，也兩相抵消。這次輪到戶塚提議。

「模仿生日蛋糕，幫顧客寫上名字如何？」

「嗯，是個方法。」

雪之下聽過其他人的提案，點一下頭。

「用限定商品的名義宣傳。」

「也是好方法。」

戶部對大家的意見都是立刻接受，他該不會根本沒思考，覺得什麼都行吧……話說回來，儘管現場有了好幾個意見，這些都不屬於他能決定的範圍。

「錯了，這些方法的可行性都不高。工讀生的權限相當有限，既然你討厭職權騷擾，何不乾脆擺爛？」

「比企鵝，你超壞的——不能擺爛啦！幫忙想個不錯的辦法吧，拜託惹！」

他都已經雙手合十拚命拜託，要是再狠下心拒絕，可是會受到良心苛責。於是，我看向裝滿蛋糕的購物車，思考有沒有戶部能力範圍內做得到的事。櫃檯前放著一疊貼紙……對喔，現在差不多是時候了。

「嗯……啊，這樣吧。你們店應該也有半價促銷時段吧？那邊剛好有半價貼紙，要不要提早一點開始？」

不知道為什麼，最先對這句話起反應的不是戶部，而是平塚老師。

「嗚！半價……是啊……過了二十四就要打對折，二十五之後根本是跳樓大拍賣……」

「現在是在討論蛋糕沒錯吧？我們是要賣聖誕蛋糕沒錯吧？」

平塚老師聽不進我說的話。

「明明這麼划算，為什麼賣不出去……唉……」

說著說著，她把手伸向櫃檯。

「糟、糟糕！平塚老師開始在自己身上貼半價貼紙了！誰快點來把她娶走！」

由比濱也加入阻止老師的行列。

「不、不用擔心！半價可是超級划算的！而且現在消費稅不是提高了嗎？」

「那樣安慰不到她吧……」

「是啊。提高稅率之前，會出現一波消費潮。這跟平塚老師的情況不一樣。」

喂！雪之下！

不要落井下石行不行！還待在那邊做什麼！快來人把她買走！ＣＰ值絕對讓你滿意！

我是誠心誠意地希望，哪個男人快點把她娶回家，否則我很可能忍不住接收。實在想不通，為什麼平塚老師的條件那麼好，竟然嫁不出去……這個謎團要排進世界七大不可思議的前三名，一點都不是問題。

「總之，以現實層面考量，我們也只有招攬客人這種最普通的方式。」

「招攬客人嗎……那最好是找些能吸引眾人目光的東西。」

雪之下提出攬客的建議，戶部靈光一現。

「啊，可以喔！來來來，這邊有多的聖誕老人裝，還有馴鹿角。」

他走到櫃檯後面，取出聖誕老人裝。由比濱看著他手上的衣服，發出沉吟。

「嗯……不過女生穿起來，好像有點大。」

「那麼，只能交給男生負責囉。」

經雪之下提道，戶部看向我們幾個男生。

「宅木座一定穿不進去啦。這樣看來……只有戶塚囉？」

「咦？我、我穿嗎？」

戶塚驚訝了一下，我也一樣。

「咦，我直接被跳過了嗎？」

「沒辦法啊，要哥哥招呼客人，實在太困難了……所以戶塚哥哥，拜託囉～」

小町拍拍我的肩膀，然後對戶塚露出笑容。

「那、那麼，我穿穿看……」

戶塚見自己確實被當作男生，也就欣然接受。他從戶部的手中接過服裝，馬上在櫃檯後方換起來。

「嗯……這樣……」

布料的摩擦聲與他嬌媚的聲音不時傳入耳中。大家不好意思盯著看，紛紛轉向背後。他換好裝後，走來我們這裡。

「如、如何……」

戶塚害羞地扭動身體，我忍不住發出低呼。

「喔……」

服裝穿在他身上略顯寬鬆，下半身看起來像穿了迷你裙。一直在意衣襬長度，不時伸手往下拉的模樣，更讓我的心頭一陣搔癢。他大概不好意思被盯著看，用另一隻手調整聖誕帽，稍微遮住自己的臉。白皙的肌膚配上染成紅色的臉頰，可愛度簡直破表。

戶部，幹得太好了！他果然是個好人，我說不定能跟他做朋友。雖然一週後八成會忘得一乾二淨。我對戶部的記憶，一週之後就會消失（註82）……

戶部同樣滿意地點頭。

「喔喔，真不錯！那麼，跟我一起喊喊看吧……光臨——糕嗎？」

他先示範一次招攬客人的話術，但實際上能否做為參考，仍然有待商榷。雪之

註82　出自漫畫《一週的朋友》。

下皺起眉頭問道：

「完全聽不懂他在喊什麼……」

「深夜超商語最難的就是聽力。翻譯成日文，應該是『歡迎光臨，要不要買一塊蛋糕？』」

戶塚聽了我的解說，立刻用發亮的眼神看過來。

「八幡，你好厲害……那麼，我也試試看——歡、歡迎光臨！要、要不要……買一塊蛋糕？」

這一瞬間，歷史的巨輪開始轉動。

「唔嗯。好，給我來七兆個蛋糕！」

「啊，不好意思，我也要一塊蛋糕。」

我排到材木座後面，準備掏出錢包。雪之下在一旁看到，露出被打敗的表情，嘆一口氣。

「為什麼連你也排進去……」

「啊！糟糕！都是因為戶塚太可愛，才忍不住……」

「不過，客人真的開始來囉。」

如同由比濱所說，附近的人群紛紛看過來，研究起商店展示櫃、價目表，和堆積如山的蛋糕，你一言我一語。其中有些人甚至決定好順便買個蛋糕走。照現場的盛況看來，要賣完所有蛋糕，一點都不是問題。

戶部也放心地鬆一口氣，開心說道：

「啊——一定是有可愛的女生排隊，人才會越來越多～」

「可愛的女生？喔呵呵呵……」

平塚老師聽到關鍵字，如反射動作般地揚起微笑。小町見到這一幕，不禁開始哽咽。

「嗚！淚水讓眼前的燈光變得一片模糊……是啊，老師也是一個女生……沒有錯，小町非常瞭解。女生永遠都是少女嘛……」

展示櫃前聚集人潮，使更多經過的人好奇地佇足。戶部看到這個景象，滿意地露出笑容。

「呀～你們幫了大忙呢～看來蛋糕真的能賣完！」

「哪裡，我們什麼也沒有做……」

由比濱的話不無道理，我們的確沒有特別做什麼。平塚老師望著周圍的客人，開口說道：

「嗯……用人潮吸引更多人潮，就是這個樣子。跟拉麵店一樣。」

「拉麵店那些其實是假客人吧……」

好啦，不管是真客人還是假客人，只要能解決戶部的問題，都是好客人。我看向戶部，他順利地達成目標後，向我們道謝，然後從展示櫃裡拿出蛋糕。

「比企鵝，你們不是要開派對？這個送給你們當作謝禮，拿去吧。我還貼心地附上蠟燭喔☆」

「聖誕蛋糕不需要蠟燭吧……」

不知道為什麼，他還對我眨一下眼睛。真煩。

不過，既然這是戶部的心意，不如心懷感激地收下。我接下蛋糕，由比濱向戶部道謝。

「戶部，謝謝你！」

「哪裡哪裡，你們也幫了我大忙，所以ＯＫ的。那～JUICY PARTY YEAH！」

戶部對我們豎起大拇指。這個人煩歸煩，不過的確是個好人。可惜真的很煩。

「雖然聽不懂那句話的意思，還是非常謝謝！」

小町也很規矩地道謝。一行人簡單道別後，終於要離開此處。在這裡繼續待下去，反而會干擾戶部工作。臨去之際，戶塚對他揮揮手。

「戶部同學，下次見！」

「喂──再見！」

戶部一邊忙著為客人結帳，一邊朝這裡揮手。他的嗓門異常地大。

「……啊～～真羨慕！明年我也要跟海老名──咦，明年不是要考大學了嗎？天啊～～糟了糟了～～」

一行人聽著他在背後碎碎念，離開購物中心。

×　×　×

結束採買行程後，我們在由比濱的帶領下，來到車站前的KTV。大家進入包廂，各自拿起彩炮。

所有人拿到彩炮後，用眼神彼此確認。接著，由比濱輕聲數「一、二、三」，大家一起拉開彩炮，大聲喊：

「聖誕快樂！」

拉過彩炮，便是「啵」地打開Chanmery（註83），倒入玻璃杯。我們輕敲玻璃杯乾杯，各自送上聖誕祝福。

在此同時，我好奇地看著整個空間。

「對了，為什麼又是選在KTV？」

由比濱一邊排盤子，一邊回答：

「在小雪乃家辦的話，一定會被鄰居抗議太吵啊～而且，這家KTV還能自己帶蛋糕進來。」

「啊，嗯，是沒差啦……」

雪之下接著說：

「本來已經沒蛋糕了，想不到又馬上從戶部同學那裡拿到三個。」

註83　日本特有的無酒精碳酸飲料，開瓶時會發出聲響，是聖誕派對上不可或缺的道具。

正在切蛋糕的小町也點頭同意。

「戶部哥哥真是大好人！」

「我怎麼聽都覺得妳是在發好人卡。是我多心了嗎？」

事實上，戶部確實是個好人，但也很可能只能當個好人，我不禁為他感到哀憐。連一色都對他使喚來使喚去，未來實在教人擔憂……

思考到這裡，戶塚幫忙把盤子傳過來。

「來，八幡。這裡還有炸雞。」

「喔，謝啦。」

我拿起炸雞，見到一旁的材木座滿臉幸福，對面的平塚老師也開心地倒著飲料。

「八幡，是雞肉、是雞肉啊……炸雞乃撫慰人心之物……」

「今天盡情地喝吧，雖然只是Chanmery。」

在場的每個人大啖炸雞和蛋糕，暢飲Chanmery，盡情聊天，大家都樂在其中……但是，請等一下。

這樣算得上聖誕節嗎——這個念頭在我的腦海盤旋不去。

為了釐清疑惑，我把玻璃杯擱在桌上，杯中冰塊發出清脆的碰撞聲。

「喂，我問妳……」

「嗯？」

嘴巴塞滿蛋糕的由比濱把臉轉過來。我看著她的眼睛，緩緩問道：

「這樣跟慶生會或慶功宴有什麼不同？」

「咦？」

她頓時停止動作。

「我們來到同一家ＫＴＶ，同樣乾杯吃吃喝喝……聖誕節真的是這樣度過的嗎？我覺得這樣跟那些大呼小叫的年輕人沒什麼兩樣，人格好像開始分裂……」

「嗯、嗯……」

由比濱給不出答覆，偷偷別開視線。出現在她視線前方的小町，擺出「天啊」的厭惡神情。

「哥哥，你真的很難搞耶……」

儘管她大表不滿，有同樣想法的人不只我一個。雪之下也放下蛋糕，瞇起眼睛問：

「……的確。這跟慶生會有何不同？」

「啊！糟糕！哥哥難搞的性格擴散出去了！」

小町一副頭痛的樣子，平塚老師突然笑著說道：

「比企谷，你跟獵豹一樣，好不容易走了一步，又馬上倒退兩步（註84）……」

她還露出「怎麼樣」的表情。不過，由比濱只是疑惑地在雪之下耳邊悄聲詢問。

註84 改自演歌「365步進行曲」之歌詞，原為「前進三步後退兩步」。演唱者水前寺清子的暱稱「チーター」音同獵豹。

「小雪乃，獵豹真的會走一步退兩步？」

「嗯，這個……我也沒聽說過……」

連堪稱貓科博士的雪基百科也回答不出來。平塚老師不禁發出痛苦的呻吟。

「嗚！沒有人聽得懂嗎……也對……年代差得太遠了……唉……」

平塚老師親眼目睹世代隔閡，整顆心盪到谷底。等等，人家跟老師的年代同樣差很遠吧……

「啊啊！雖然不知道發生什麼事，難搞的人又增加了！」

小町再度哀號。好在這時，戶塚想到什麼點子。

「不過八幡，等一下還要交換禮物，這不是很有聖誕節氣氛嗎？」

「喔喔，有道理！」

原來如此。交換禮物的話，很有聖誕節的感覺沒錯。過生日時，只有壽星單方面地收到禮物；大家彼此交換禮物，確實是聖誕節才有的節目。

小町見我終於理解，用力握起拳頭。

「好耶！戶塚哥哥神救援！那麼，馬上進入交換禮物時間！來來來，請各位準備好禮物，放到桌面中央——」

她為了一掃先前的沉重氣氛，迅速充當起主持人。

「放在這裡對吧？」

戶塚首先拿出禮物，其他人也陸續跟進。小町確認禮物到齊後，宣布：

「好──那麼，要打散囉！」

「洗牌時間─────！」

材木座大聲叫道，小町開始把禮物混在一起，並且說明接下來的規則。

「禮物發下去後放音樂，大家開始傳禮物。音樂停下時，手上拿到的就是自己的禮物～然後，就請各位看場合自行判斷。」

「這個人雖然很會察言觀色，說明事情時卻很敷衍……」

如同雪之下所言，聽了小町那麼敷衍的說明，我還是一知半解。如果是格鬥遊戲，對新手不友善的話，顧客可是會很快流失喔！

「實際試一次看看，是最快的方法。那麼，放音樂！」

平塚老師拿起遙控器，「嗶」地按下去。想不到現在還有特別為派對量身訂做的設計，時代真是越來越方便。

音樂開始後，大家繞著順時鐘方向傳禮物，沒有人開口說話。這種不尋常的氣氛，像極了什麼神祕儀式。後來是雪之下先疑惑地出聲。

「這種沉默是怎麼回事……」

「總覺得，比想像的無聊很多……由比濱，交換禮物真的是這樣？」

「嗯……差、差不多是這個樣子……吧？比較有聖誕節感覺的活動，也有可能跟想像不一樣，熱鬧不起來……」

「好像聽到了不該聽的話……啊，音樂停了。」

「好，停——現在，由哥哥開始拆禮物！」

我被小町點到名，於是拿起傳到面前的禮物，拆開外面的包裝。

「我是第一個嗎？我看看……喔，這個是……USB隨身碟？」

「鏗隆鏗隆匡啷！看來你拿到的是我的禮物。」

材木座發出一串詭異的咳嗽聲。等等，他真的是在咳嗽？不管怎麼樣，他選擇隨身碟做為禮物，挺讓人意外的。

「喔喔，這個禮物是你選的？也太實用了吧……你是不是吃錯什麼藥？」

我萬萬沒想到他懂得挑這麼實用的東西，忍不住想知道他的真意。材木座推推眼鏡，揚起得意的笑容。

「八幡，不用擔心。裡面已經存好我的劇情大綱跟設定資料。」

「哇塞怎麼辦，那些我一點也不想要。」

「呼哈哈哈！你就利用這個寒假好好讀完吧！那麼，我拿到的又是誰的禮物呢——」

「喔？糾——竟是什麼？原來是——墊子！」

他不理會我的反應，自動拆起自己面前的禮物。

「啊，是在廢人沙發那裡看到的東西。」

由比濱看到他抓起的軟趴趴墊子，立刻認了出來。

「所以，是比企谷同學選的禮物？」

「嗯。原本的懶骨頭太大，價格又高到買不下手，就選了比較小的墊子。」

我回答雪之下的疑問。由於實在想不出買什麼好，索性挑選她推薦的東西。

材木座把墊子捏來捏去，確認它的柔軟度。

「唔嗯，滿不錯的。以後我每天晚上都要抱著它睡覺。」

「拜託不要，感覺好不舒服。」

不知道材木座到底有沒有聽進我的制止，他一說完，馬上將墊子放到旁邊，把頭靠上去。

「稍微躺躺看……喔？唔嗯嗯……這、這種感覺——」

說時遲那時快，他的雙眼張到不能再大。

「冉冉升起的溫暖，跟恰到好處的柔軟觸感讓墊子漸漸變形，貼緊我的身體……啊……我、我不行了……要～陷～下～去～了～～呼……」

最後，他悶哼一聲，再也沒有反應。

「喔喔……他安靜下來了。這個墊子真好用。」

剩下的人將陷入沉睡的材木座拋在一旁，繼續進行活動。

「嗯——接下來，請平塚老師拆禮物。」

經小町點名，老師領首回應，拿起面前的禮物。

「嗯，包裝得挺可愛的……裡面裝的是——喔，是護手霜。」

我環視所有人，想知道是誰選的禮物。這時，戶塚開口說道：

「啊，是我送的。現在正是乾燥的季節，這種護手霜加了雪亞脂，水分相當豐富。參加社團活動時，我也常常使用。」

「小、小彩，你好厲害……」

「好驚人的女子力……」

由比濱和小町不禁感到戰慄，我自己也一樣。不過，平塚老師則是吃驚到無法用戰慄兩個字形容了。

「原來，這就是女子力……我用了這個護手霜，也能增加女子力嗎——唉……好想得到愛情的滋潤（註85）……都快要枯萎了……」

平塚老師呢喃個沒完，現場有如吹過一陣乾燥的寒風。小町敏銳地察覺情況不妙，趕緊打破沉默。

「啊！糟糕！氣氛又沉重下來了！下、下一個輪到小町！喔，這個包裝好精緻……裡面是……啊，是紅茶茶葉，所以是雪乃姐姐送的囉？」

她手上的四角形罐子很眼熟，跟放在侍奉社辦的一模一樣。雪之下見小町猜中，對她泛起微笑。

「沒錯。我從大家常用於送禮、比較安全的項目中選了這一個。」

說到這裡，她有點不安起來。

「只是……」

註85　出自《神樣中學生》四條光惠之口頭禪。

「怎麼了嗎？」

小町對突如其來的轉折感到疑惑。雪之下瞄我一眼，才說：

「只是在想，小町會不會也比較偏好咖啡。」

啊，原來是擔心這個。真要說的話，我喝的咖啡量的確大於紅茶，平常在侍奉社辦，也大多喝MAX咖啡。難怪雪之下會擔心，跟我朝夕相處的小町是否也養成喝咖啡的習慣。

不過，這種擔心是多餘的。小町開心地將紅茶罐摟進懷裡。

「怎麼會呢？雖然小町平常跟著哥哥一起喝咖啡，這罐茶葉說不定會讓我們從此愛上紅茶喔！」

「沒錯。拓展自己的興趣，也是得到禮物的樂趣之一。」

平塚老師一邊塗護手霜，一邊說著。小町也大力點頭。

「沒有錯！那麼接下來，請雪乃姐姐開禮物～」

「沒問題。」

雪之下拿起手邊的禮物，由比濱立刻綻放笑容。

「哇，是我選的禮物！」

「哎呀，沐浴鹽嗎？外面的包裝也很可愛……的確是妳會選的東西。這份禮物非常棒。」

「對吧！還可以用來洗臉喔！」

「完全是女生之間的對話……」

她們興高采烈地交換心得，我在旁邊看到一半，平塚老師冷不防地拍一下大腿。

「沐浴鹽……糟糕！好像跟我選的有點重複……」

「咦，老師也選擇這種東西？」

我訝異地問道，她頭痛似的按住前額。

「是啊。想不到會選到跟時下高中女生類似的東西……哎呀～真是敗給自己～」

「可是老師，您明明很高興的樣子……」

平塚老師仍保有年輕女子的眼光，才選到高中女生也會挑的禮物。我順著她的視線看過去，最後目光落在戶塚的手中。由比濱的雙眼亮起來，興奮地期待看到禮物。

「真的嗎？到底是什麼，超好奇的——小彩，趕快打開吧！」

「嗯，那我開囉。嗯……這個是……」

戶塚打開相對簡樸的包裝，一個大盒子赫然出現在眼前。

「嗯……」由比濱見到那樣東西，遲疑了一下。

「溫泉劑組合……」

「的確有點類似沐浴鹽，但又好像有什麼決定性的差異……」

雪之下按住腦門，小町也不知該如何反應。

「嗯……跟高中女生比起來，更有阿、阿姨……啊，應該說是更有大人的感覺！」

「嗚！我知道妳很努力地想安慰我……」

平塚老師發出呻吟，即將崩潰之際，戶塚綻開花一般的笑容。

「不過，我很喜歡泡溫泉，所以很高興拿到這個。」

這、這樣嗎……既然戶塚高興，便沒什麼問題。儘管禮物跟大家想像的不太一樣，我還是贊成戶塚說的話。

「嗯……的確。以男生來說，收到這類東西是會比較開心。」

「對、對吧！雖然你們還太年輕，在溫泉裡泡上好一陣子後來罐啤酒，可是人生最大的享受！」

多虧戶塚的一番話，平塚老師振作起精神，充滿男子氣概地宣言。

「小町好像明白，老師為什麼結不了婚了。因為老師比在場的其他男生，更有男子氣概。」

小町悲傷地說道。嗯，確實如此。要是出現跟平塚老師一樣帥氣的女生，男生反而會退避三舍……

「最後輪到我了。」

由比濱拿起自己的禮物。

「所以說，結衣姐姐拿到小町的禮物囉。」

「小町選的啊——真好奇是什麼樣的東西。我現在可以開了嗎？」

「請便請便～」

在小町的催促下，由比濱打開包裝。

「哇，是肥皂！而且是現在超紅的那種！謝謝妳，小町！」

「沒有錯！小町也用這種肥皂洗澡，真的很香喔！」

原來女生喜歡送這一類的禮物……這就是女生啊，受教受教。不過，我又覺得好像哪裡怪怪的。

「……咦，妳都用那種肥皂洗澡？可是我在家裡從來沒看到過……」

「喔，對啊，因為小町只在洗澡時才帶去浴室。被爸爸跟哥哥用的話，感覺很噁心耶～人家才不要。」

「什麼……不、不覺得那樣說很傷人嗎？哥哥我可是有點受到打擊……」

為什麼很噁心……不過是用個肥皂，有什麼關係？人家的心真的有點受傷了說……這時，由比濱忽然想到什麼，拍一下手。

「對了！小雪乃，今天我們一起用看看！還有剛才的沐浴鹽！哇——超期待的！」

「我是沒有問題……咦？妳不是要跟我一起洗澡的意思吧？」

「咦？可是，不一起洗的話，要怎麼一起用……」

她們兩個人滿頭問號，對望好一陣子。我也不禁想問問看，究竟是不是自己聽錯。所以說，妳們今晚要一起洗澡——不對，不要在公開場合談這種事好不好！很容易引人遐想知不知道！

「喂，百合濱——不對，由比濱，那種事情等妳們回去再聊……不然其他人，會很……」

由比濱起先還不明白我沒說出的部分有什麼含意。好不容易想通後，她的臉頰漸漸漲成紅色。

「啊……嗯。」

「由比濱同學，大笨蛋……」

雪之下用快聽不見的聲音抱怨。見她的臉頰紅到像一顆蘋果，連我都開始覺得不好意思……再加上小町笑咪咪地在旁邊看著，更讓我恨不得找個地洞鑽進去。

「咳哼咳哼咳哼啪擦！唔嗯……為什麼一醒過來，便覺得有種詭異的氣氛？」

「啊，中二哥哥醒來了嗎？再睡一下也沒關係喔～呵呵～」

材木座爬起身，好奇地到處張望。小町對他露出意味深長的笑容，感覺好恐怖……

不管怎麼樣，聖誕派對的重頭戲，交換禮物順利告一段落。所以，接下來要做什麼？

「交換禮物一結束，便沒有什麼聖誕節要素了呢……」

由比濱跟小町聽了，紛紛動起腦筋。過了一會兒，由小町首先提案。

「啊！說到聖誕節，當然要唱聖誕歌！」

「對喔！沒錯！」

由比濱立刻贊成，小町也不斷點頭。

「而且，再也不會有比這個更好的提案！」

真的嗎——不只是我不太相信，雪之下也皺起眉頭。

「唱唱歌就能有聖誕節的感覺？」

她懷疑地問道。戶塚想了想，這麼回答：

「很多聖誕歌都很有名，光是用聽的，就能產生過節氣氛喔。」

「沒錯。主題歌可以說是一部作品的門面，也就是face song！歌曲同樣能夠描繪情景。」

材木座的話亂有道理一把，我聽得連連點頭。至於對面的平塚老師，她掛著無神的雙眼，發出「哇哈哈」的豪邁笑聲，有如已經變成廢人。

「喔，要唱歌了嗎？好耶好耶，唱吧唱吧！要是你們不唱，我就要唱聖單鈴身囉！」

「平塚老師醉了嗎？我們應該沒有買酒……」

如同雪之下所言，這場派對沒有任何酒精飲料。不過，平塚老師好像還是被現場的氣氛迷醉。由比濱受到老師的刺激，抓起麥克風，從座位上站起。

「我！我由比濱結衣要唱——還有，小雪乃。」

「等一下，為什麼連我也……」

雪之下面對由比濱遞出的麥克風，起初還不想答應，可惜最後仍舊拗不過她的燦爛笑容，不情不願地接下。

「喂——」

小町也打起鈴鼓，為她們壯大聲勢。

……好吧。要不是這樣的機會，我們也不可能聽到那兩個人唱聖誕歌，所以算得上聖誕節特有的活動吧。

既然如此，這種度過聖誕節的方式，說不定可以說是專屬於我們。

×　×　×

寒風呼嘯過從車站延伸出去的道路。

聖誕派對畫下句點，一行人走出ＫＴＶ時，夕陽早已完全隱沒。跟白天比起來，路上的行人明顯減少許多。

今年的聖誕節即將進入尾聲。夜晚的這條小路上，飄蕩著些許寂寥。

由比濱用力伸展一下筋骨。

「嗯～～唱得真過癮……」

「唱到後來，還不是變成一般的卡拉ＯＫ……」

歸根究柢，「派對」到底為何物——我的話中隱含這個疑問。由比濱聽了，頓時語塞。

「有、有什麼關係，玩得高興就好嘛。」

「不過，這樣有沒有確實向小町他們傳達到謝意……」

雪之下略顯擔心地低喃。畢竟當初的目的，正是好好答謝小町他們的幫忙。不過，從今天的樣子看來，我知道不用擔心。

「我看大家都玩得很高興，這樣不是很好了嗎？」

「嗯，希望如此。不過，自閉男，你陪我們走這段路，真的沒關係嗎？雖然是小町要求的，其實你也不必真的送我們。」

「是啊，我家已經在前面。」

雪之下看向小路的前方，亦即她所住的高樓大廈。從車站到她家並不遠，所以我不需要特地送這段路。只是在小町的強力勸說下，才變成現在這個情況。

「……妳們還有蛋糕跟行李要拿。這點小事我不介意。」

「那的確幫了我們不少忙。何況蛋糕也多到吃不完。」

「不過啊，能看到一整個蛋糕真的很棒呢，簡直跟作夢一樣！好想大口咬下去！」

由比濱露出陶醉的表情，雪之下只是冷冷地看著她。

「吃得下的話，是沒什麼問題……不過，非常痛苦喔。」

「難道妳試過……」

閒談到這裡，我們正好走出公園，來到大馬路。這裡離雪之下的家，已經剩不到多少距離。

「啊，看到小雪乃的家了。」

「嗯。比企谷同學，送到這裡就好。」

三個人在斑馬線前停下腳步。

「嗯。那麼，蛋糕。」

「好──」

我將一路提過來的蛋糕交給由比濱。

「……還有，這些妳們也拿去吧。」

接著，我又從袋子裡拿出兩個包裝。

由比濱跟雪之下接過包裝，但一時無法會意是什麼東西。經過一會兒，由比濱才忽然察覺，小心翼翼地對我確認：

「這個，該不會是……聖誕禮物？」

「我們各有一份呢。」

雪之下訝異地發出輕嘆。

她們一臉不可思議地睜大雙眼看過來，我不禁感到難為情。

「這個……算是杯子的回禮。」

我不敢跟她們的視線接觸，眼睛飄向其他地方。

「……現在，可以開嗎？」

「嗯……」

雪之下不太有把握地開口，我也含糊回答。雖然現在是冬天，想像起她們看到禮物會出現什麼反應，手心便不斷滲出汗水。

呼嘯的風聲中，夾雜進打開包裝的窸窣聲。接著，兩人不約而同地低呼。

「哇……」

「是髮圈……」

她們的聲音透出暖意，我這才鬆了一口氣。

「我們兩個的，剛好湊成一對耶！」

由比濱來回看著自己和雪之下的髮圈，開心地說道。

「由比濱同學的是藍色，我的是……粉紅色？總覺得顏色好像反了。」

「會嗎？我覺得這樣沒有問題……」

若要深究為何這樣挑選，我自己也說不出所以然。不過，這是我經過考慮得出的結論，我相信不會有錯，不需真的理解也沒關係。這或許正是送禮的真諦。

「是嗎……」

雪之下低聲呢喃，不再多問什麼。接著，她從手上的髮圈抬起視線，露出微笑。

「既然是禮物，我便心懷感謝地收下。」

「嗯，謝謝你……我會好好珍惜。」

由比濱凝視著我，將髮圈捧在胸口。看到自己送的禮物受到那樣對待，我害臊得難以直視前方。

「呃，嗯。要怎麼用，是妳們的自由……」

我支吾其詞，別開視線，正好看到馬路上的紅燈轉為綠燈。

「那、那麼，再見。」

我抓緊這個機會，催促她們過馬路。

「嗯，再見……還有，晚安。」

雪之下跟由比濱相互點點頭，一起步上馬路。

她們走遠後，我也轉過身去。

「好……」

我輕輕吐一口氣，舉頭仰望。

冬天的夜空十分清澈，可以清楚地看到獵戶座。天上當然還有許多星座，可惜我所認識的，就只有獵戶座這一個。

肉眼能見之物同樣多得數不清，只是我們未曾瞭解。那些被遺漏的事物，不知有沒有被發現的一天？

在星光和街燈的照耀下，我向前踏出一步。

「比企谷同學。」

「嗯？」

後方傳來自己的名字。回頭一看，雪之下停留在斑馬線上。由比濱早已走到另一端，疑惑地看著她。

雪之下將長髮整理成一束，呆立在原處。跟我對上視線時，輕輕地用手梳起頭髮。

點綴其上的粉紅色髮飾，在黑暗中也顯得特別明亮。

她停下手邊的動作，猶豫了一下，直到燈號開始閃爍，才稍微吸一口氣，對我揮動半開的手掌。

「……聖誕快樂。」

「……喔……嗯……聖誕快樂。」

這句話來得出其不意，我當下愣在原地，好在嘴巴還是得以擠出聲音。

雪之下輕笑一下，隨即快步追上在另一端等待的由比濱。

她們重新走在一起，彼此說幾句話後，由比濱也朝這裡用力揮手。藍色髮飾在她的袖口晃動。

看完這一幕，我重新轉過身去。

「回家吧……」

說也奇怪，今天明明走了一整天，現在的我卻覺得步伐輕盈，嘴巴也忍不住哼起歌。

夜幕悄然降臨，冷風拂面而過。不過，街燈有如微微發亮的燭火，溫暖地點亮即將結束的聖誕節。

難以傳達的祈求、無法實現的願望，想必都存在著。

至少，今天得以將這些祈求和願望，連同白霧一起呼出吧。

口中呼出的氣息，一定會吹動某人的燭火。

形單影隻也好，三五成群也罷，今年的聖誕節再度來臨。

因此，致所有的人們——Merry Christmas。

FIN

後記

晚安，又再會了。我是渡航（Watari Wataru），不要念成ＴＯＫＯ！這點還請麻煩各位（註86）！

真是夏天好時節！

啊，夏天！我過得非常好（註87）——各位想必都像夏天的螳螂，享受著盛夏季節。可是，我卻要工作。所以不要靠近我……

至於本書呢，故事中的季節則跳到秋天和聖誕節，地位各自相當於《果然我的青春戀愛喜劇搞錯了。》後半部的前哨戰和中場休息。

０・５系列的發售時間有點凌亂，使照出版順序閱讀過來的讀者混淆，這一點我感到相當抱歉。

真的非常不好意思。

接下來說說６・５集。這一本是運動會期間的故事，由動畫版番外篇①背後的劇情改寫、加筆修正而成。

動畫版不僅有時間長度限制，挑選構成劇情的內容時，也得考量如何呈現。事

註86　出自遊戲《艦隊collection》雷之臺詞。
註87　出自工藤直子作詞之詩「我是螳螂」。

實上，在觀眾看到的故事背後，還存在這麼一段故事。

不只是這部作品的番外篇，任何事物皆擁有不為人知的另一面。在大多數的情況下，大家總是巧妙地剪裁修飾，才呈現在世人面前。即便我們窺探到其內側，底下也可能藏著更黑暗的深淵。

這一點也能套用在角色上，特別是這部作品。本作以比企谷八幡的主觀視點寫成，所以隨著他的價值觀，以及理解的程度不同，他眼中的世界也會時時變化。這意味著逐步挖掘不為人知的另一面，抑或使自己的錯誤越堆越高，完全操之在他自己。但是不管怎麼樣，這都不會只是單方面的描寫。再說，出現在眼前的是正面還是背面，不過是觀者主觀的認定罷了。

既然任何事物都存在看不到的另一面，渡航當然也不例外。其實啊，我總是表現得無所謂，只巧妙地表現出自己好看的一面喔……什麼？完全不覺得我好看？真的假的？慘了慘了，這下慘了——我平常表現出好看的一面，別人竟然不這麼覺得——

不過啊，私底下骯髒的人，也不代表外表一定光鮮亮麗嘛。

老實說，我私底下也有一堆不為人知的祕密喔……

例如在《果然我的青春戀愛喜劇搞錯了。》之外，還緊鑼密鼓地準備新作品之類的！（打廣告）

如此這般，由小學館ＧＡＧＡＧＡ文庫出版的新作品，目前正積極地籌劃中。

為了避免讀者抱怨「新作怎樣我不管，快把新的果青生出來！不然揍你喔」，果青的後續部分我也非常努力，說不定今年底或明年初還會有新的消息，像是延期之類的！所以，還請各位密切注意後續動態。

工作相連到天邊的地獄仍然持續著，但我還是會好好努力。真是的，工作已經爆滿到我不知道該怎麼辦，開始打算找《人生》諮詢煩惱。等等，這樣變成幫七月起在TOKYO MX等電視臺播放的人生諮商動畫《人生》打廣告，所以我先不說了。想到川岸偷笑的樣子，便覺得不太痛快。

以上就是《果然我的青春戀愛喜劇搞錯了。》6・5集的內容。

以下是謝詞。

Ponkan⑧神，想不到川什麼的竟然有登上封面的一天……見到她突然大翻身，實在很難想像當初寫第二集時，還跟星野責編有過這樣的對話：「她之後還會登場吧？」「不，我想是不會……」「是嗎……不過，還是會登場吧？」「不，我想不會……」「是嗎……不過——」「夠了。」實際看到精美的封面圖，感動的淚水更是停不下來。特裝版封面及內頁插畫同樣太棒了！非常謝謝您。

責編星野大人，想不到川什麼的竟然有登上封面的一天……現在我終於能說，謝謝您當時一直跟我死纏爛打，我也開始重新思考「這個角色該不會其實很重要……」當初懷疑你「那只是你自己的興趣吧？所以說橫須賀出身的人啊——」真是太不好意思了。哎呀～放心啦～下次川崎主場有什麼問題！哇哈哈！

全體配音員，錄製廣播劇CD真是辛苦各位了。每次都寫出那種莫名其妙的劇本，在此致上深深歉意。動畫配音結束後，相隔將近一年再次錄音，大家的演技又更上一層樓，我也要致上深深謝意。同時也非常期待與各位在第二季動畫重逢，接下來也請多多指教。

那麼，這次請容我在這裡放下筆桿。我們《果然我的青春戀愛喜劇搞錯了。》第十集再會！

六月某日　於溫熱的風中，飲一杯溫熱的MAX咖啡　渡航

國家圖書館出版品預行編目資料

果然我的青春戀愛喜劇搞錯了。/ 渡航著 ; 盧威辰譯.
— 1版. — 臺北市 : 尖端, 2015.2-
冊 ; 公分. — (浮文字)
譯自 : やはり俺の青春ラブコメは間違っている。
ISBN 978-957-10-5859-7(第6.5冊 : 平裝)

861.57　　103023447

浮文字
果然我的青春戀愛喜劇搞錯了。6.5
（原名：やはり俺の青春ラブコメはまちがっている。6.5）

著者／渡航
譯者／盧威辰
執行長／陳君平
協理／洪琇菁
執行編輯／呂尚燁
內文排版／謝青秀
封面插畫／ponkan⑧
榮譽發行人／黃鎮隆
國際版權／黃令歡、梁名儀
美術編輯／李政儀
文字校對／施亞蒨

出版／城邦文化事業股份有限公司　尖端出版
台北市中山區民生東路二段一四一號十樓
電話：（〇二）二五〇〇－七六〇〇
傳真：（〇二）二五〇〇－二六八三
E-mail：7novels@mail2.spp.com.tw

發行／英屬蓋曼群島商家庭傳媒股份有限公司城邦分公司
尖端出版
台北市中山區民生東路二段一四一號十樓
電話：（〇二）二五〇〇－七六〇〇（代表號）
傳真：（〇二）二五〇〇－一九七九

中彰投以北經銷（含宜花東）／楨彥有限公司
電話：（〇二）八九一九－三三六九
傳真：（〇二）八九一四－五五二四

雲嘉經銷／智豐圖書股份有限公司　嘉義公司
電話：（〇五）二三三－三八五二
傳真：（〇五）二三三－三八六三

南部經銷／智豐圖書股份有限公司　高雄公司
電話：（〇七）三七三－〇〇七九
傳真：（〇七）三七三－〇〇八七

一代匯集／香港九龍旺角塘尾道六十四號龍駒企業大廈十樓B＆D室
電話：（八五二）二七八三－八一〇二
傳真：（八五二）二七八二－一五二九

馬新經銷／城邦（馬新）出版集團Cite (M) Sdn. Bhd.
E-mail：cite@cite.com.my

法律顧問／王子文律師　元禾法律事務所
台北市羅斯福路三段三十七號十五樓

二〇一五年二月一版一刷
二〇二三年三月一版十二刷

郵購注意事項：
1. 填妥劃撥單資料：帳號：50003021戶名：英屬蓋曼群島商家庭傳媒(股)公司城邦分公司。2. 通信欄內註明訂購書名與冊數。3. 劃撥金額低於500元，請加附掛號郵資50元。如劃撥日起 10～14日，仍未收到書時，請洽劃撥組。劃撥專線TEL：(03) 312-4212 ・ FAX：(03) 322-4621。E-mail：marketing@spp.com.tw